MANCHESTER GERMAN T

Five stories

The five stories in this edition are diverse in theme and demonstrate Jurek Becker's talent as a storyteller: a Jewish survivor of the Holocaust pretends to become a child again and to re-experience events in a Polish ghetto through his own five-year-old eyes; a loyal servant of the State describes how he himself has come under state surveillance; an official analyses his own split personality and explains how his alter ego has taken control; a car driver tells how he betrays a fugitive to the police; a young man confronts a housing official with an extraordinary request.

Jurek Becker is a novelist of international standing with a high political profile. His stories are rooted in his unusual personal history – he was a child in the Lodz ghetto and in concentration camps; then in the former GDR he became a loyal party member turned outspoken critic of hard line trends. His writing transcends the limited context of the GDR however and makes political statements which are still relevant today.

This is the first critical edition of any of Becker's work. The editorial apparatus is designed to introduce English readers to this important author and to help them explore the texts through the medium of German.

David Rock is Lecturer in Modern Languages at the University of Keele.

MANCHESTER GERMAN TEXTS

Jurek Becker

Five stories

edited with introduction and notes by

David Rock
Department of Modern Languages,
University of Keele

Manchester University Press

Manchester and New York

Distributed exclusively in the USA and Canada by
St. Martin's Press

Published by Manchester University Press
Oxford Road, Manchester M13 9PL, UK
and Room 400, 175 Fifth Avenue,
New York, NY 10010, USA

Distributed exclusively in the USA and Canada
by St. Martin's Press, Inc.,
175 Fifth Avenue, New York, NY 10010, USA

British Library Cataloguing-in-Publication Data
A catalogue record for this book is available from the British Library

Library of Congress Cataloging-in-Publication Data

ISBN 0 7190 3586 4 *paperback*

Printed in Great Britain
by Bell & Bain Ltd, Glasgow

Contents

Series preface

The *Manchester German texts* series has been devised in response to recent curricular reforms at school and undergraduate level. A major stimulus to the thinking of the editorial board has been the introduction of the new A level syllabuses. The Manchester editions have accordingly been designed for use in both literature and topic-based work, with the editorial apparatus encouraging exploration of the texts through the medium of German. In addition to the features normally included in an advanced Modern Languages series, the editions contain a new and distinctive section entirely in German called the *Arbeitsteil.* It is envisaged that the Manchester editorial approach, in conjunction with a careful choice of texts and material, will equip students to meet the new demands and challenges in German studies.

Acknowledgements

I would like to express my gratitude to the British Academy and to the Deutscher Akademischer Austauschdienst for generous financial assistance during periods of study leave, when much of the preparatory work for this edition was carried out. I would also like to thank the Editorial Board of the Manchester German Texts series, especially Andy Hollis for his patience, advice, support and many suggestions when reading and commenting on my manuscript in its various stages of development. I am also indebted to Jurek Becker himself for discussing the stories with me when we met in Berlin in November 1991.

D.G.R.

Introduction

Two previous editions

These five short prose works were first published in West Germany in 1980 by Suhrkamp as part of a collection entitled 'Nach der ersten Zukunft'. Becker had submitted the original manuscript in 1979 to both Suhrkamp Verlag in the former Federal Republic of (West) Germany and to Hinstorff Verlag in the then (East) German Democratic Republic. However, having rejected his novel *Schlaflose Tage* (1978) as too critical, publishers' readers were equally wary of Becker's new work. When the Hinstorff edition (*Erzählungen*) finally appeared in 1986, four of the pieces in the original manuscript had been omitted because they were considered politically too sensitive. *Erzählungen* did, however, contain all the five stories in the Manchester edition, despite the fact that one of them, *Der Verdächtige*, had been 'verboten'[1] when Becker had first offered the stories to Hinstorff.

Four of the stories printed here are identical in the Suhrkamp and Hinstorff editions, while the fifth, *Der Verdächtige*, is the Hinstorff version, for which Becker made a small number of minor improvements (cf. Notes, p. 114).

Origins and reception of the stories

Becker composed *Die Mauer* and the first version of *Der Verdächtige* in 1977, when he was still living in the GDR. *Allein mit dem Anderen* and *Das Parkverbot* were written during his stay as writer in residence at Oberlin College (Ohio) in the United States in 1978. The last story in this edition, *Das eine Zimmer*, was not completed until 1979, when he had been living in the West for two years. All five stories spring from the period when he was still resident in the GDR and the last four, *Allein mit dem Anderen*, *Der Verdächtige*, *Das Parkverbot* and *Das eine Zimmer*, are largely products of his experiences there during the early Honecker period (1971–77).

When *Nach der ersten Zukunft* first appeared in 1980, it was extensively reviewed by the leading cultural journals and newspapers in the West.[2] Its reception was for the most part favourable, yet by no means uniform, indicating the variety of responses open to readers of the stories. For instance, reviewers praised the precision of the narration – Becker 'überprüft ... Hoffnungen und weltanschauliche Positionen ... mit den Mitteln ... präzisen Erzählens' (*Der Tagesspiegel*) – and his 'klare Sprache, die dem Leser wie einem Kind vorführt, was in den Köpfen der Erwachsenen so alles vorgeht'. Becker was considered a 'scharfsinniger Beobachter kommunikativer Mikroprozesse' (*Schwäbisches Tagblatt*). Some saw the stories as reflections of aspects of life in an 'authoritarian' system (*Die Furche*); most specified that system as belonging to the GDR and interpreted many of the stories as encoded criticism of the conditions in the GDR (e.g. *Tribüne*). They then either attacked Becker for being so indirect in his criticism of socialism that the state in question was hardly recognisable (*Die Welt*), or they praised what they saw as the moral purpose of the collection – to expose conformity and hypocrisy and portray courage (*TLS*). There were suggestions in some reviews that the experiences portrayed by Becker in such stories were by no means peculiar to the GDR, but rather reflected a 'Klima der Angst' and 'Schrecken im Alltag' which are universal (*Der Tagesspiegel*). Another reviewer argued that Becker was interested solely in the inner lives of his characters, not in their social situation, and went on to criticise the 'Atmosphäre des Unheimlichen' which prevails in many of the stories for being diffuse and contrived: 'Zutat ... mit rein stilistischen Mitteln über die Geschichten gegossen' (*Badische Zeitung*). One critic, on the other hand, liked the way in which the stories demonstrated Becker's ability to capture precise experiences of reality (*Schwäbisches Tagblatt*). Several critics focused their attention on the story *Die Mauer* and expressed their approval for the way in which Becker avoids sensationalism (e.g. *Frankfurter Allgemeine Zeitung*). Very few of the reviewers detected any humour in the book. Those who did referred, rather vaguely, and without giving examples, to Becker's 'arch wit' (*World Literature Today*), his 'traurigen Humor' (*Zeitwende*), his 'gelassene Heiterkeit' (*Schwäbisches Tagblatt*) or his 'melancholisch-heiteren Ton' (*Tribüne*).

There were no reviews in GDR journals of the GDR version of his stories, *Erzählungen*, when it appeared in 1986.

Jurek Becker

The stories are rooted in Becker's own unusual personal history, his 'doppelte Herkunft', as Peter Demetz calls it. This consists of 'seiner jüdisch-polnischen Kindheit' and 'der Gegenwart eines politisch empfindsamen DDR-Bürgers' (*Frankfurt Allgemeine Zeitung*). While it is true that Becker, in his essay *Mein Judentum*, denies any religious or emotional attachment to Judaism (Becker himself is an atheist), it is none the less clear that a story such as *Die Mauer* relates at least indirectly to his own Jewish childhood in Poland. It is set in a Jewish ghetto somewhere in Poland during the Second World War and in the transit camp inside that ghetto.

CHILDHOOD IN POLAND – *DIE MAUER*

Jurek Becker was born in 1939[3] into a large Jewish family in Lodz, an industrial city in the west of Poland with a population of 700,000, of whom 233,000 were Jews. In 1940 Lodz fell without resistance to the Germans. The Jews were ordered to vacate their homes within five days and were sent to the Balut slum district, which became in effect a massive prison. The Lodz ghetto itself was completely enclosed – not by a wall, but by ten miles of barbed-wire fences which were patrolled day and night by soldiers and by the local German police ('Schutzpolizei').

Becker lived for over three years with his parents in this ghetto until, like the family in *Die Mauer*, they were eventually deported (in 1943). Becker now lost contact with his father, who was sent to Auschwitz, whilst Jurek and his mother were moved first to Ravensbrück and then later to Sachsenhausen concentration camps.

The deportation of the Jews from the Lodz ghetto continued until the arrival of the Soviet troops in January 1945, by which time there were only 877 Jews left.[4] Virtually the entire ghetto had been removed to extermination camps, where most of them died. Becker's own family, 'eine ehedem fast unübersehbare Personenschar',[5] had been reduced to three members – Jurek, his father and a distant aunt. Becker was one of the few Jewish children from Lodz under ten years of age to survive this period.

Like the father and son who survive different concentration camps in Becker's novel *Der Boxer*, Jurek and his father were reunited in 1945 through the efforts of an American relief organisation. His father at once decided to take him to the Soviet Sector of Berlin, rather than return to the site of their devastated home in Poland. According to Becker, his father chose to go to Germany in the belief that anti-Semitism would be dead once and for all now that fascism had been eradicated in the land where discrimination against the Jews had taken on its most horrifying form.[6]

Die Mauer

Asked whether *Die Mauer* was based on his own experiences in the ghetto during his childhood, Becker commented in 1991: 'Das jüngere Kind in der Geschichte war ich.' However, his claim should be treated with some caution, since he has acknowledged that his works set in this period are largely the product of his father's anecdotes, and a combination of his imagination and his own historical research: 'Es sollten mir keine plumpen Fehler unterlaufen, ich wollte die Abweichungen sozusagen komponieren.'[7] He has affirmed that his only 'deutliche und abrufbare Erinnerungen'[8] started from the point of his reunion with his father after the war. He was not sure, therefore, whether his memories of the ghetto were his own memories, those of others or even inventions.[9] In an interview in 1988, he explained the way such stories came to him in terms of 'pseudo-memories': 'Eine dritte Möglichkeit ist. ... Ich erinnere mich oder ich verinnere mich, d.h. ich erinnere mich falsch. Das falsche Sich-Erinnern ist eine besonders reiche Quelle.'[10] Becker's 'erroneous' memory is thus an important source of his creativity: memory is creative, functioning as the filter through which experience passes before emerging, transformed, as literature.

Die Mauer is, then, a fictional reconstruction of the historical context which has exerted an important influence on his life but has left no clear imprint on his memory. Whilst having many similarities with Lodz and with other Polish ghettos during the Second World War,[11] the ghetto of the story is neither an historically exact reproduction of that in Lodz nor of that in any other Polish town. It is an imaginative construction. The few details of the situation and the surroundings which Becker does give us (such as the unseen presence of German soldiers and Jewish police (36) and the 'Eimer, der unsere Toilette ist' (40)) reveal nothing of the horrors of the real ghettos, only the prevailing sense of threat, the bleakness and the squalor. Yet such details are enough to evoke a hostile environment.

LIFE IN THE GDR

The stories in this edition are, then, not directly autobiographical, yet they do have autobiographical dimensions in the sense of experience transformed into literature. Thus, whilst the stories *Der Verdächtige, Allein mit dem Anderen, Das Parkverbot* and *Das eine Zimmer* do not reflect actual details of Becker's own life in the GDR ('keine Wiederspiegelung meiner. ... Situation' – *Stuttgarter Nachrichten*), many of their themes and concerns have a GDR focal point. Becker acknowledged this when he stated in 1987: 'Bei aller Prosa, die ich bis jetzt gemacht habe, hat die DDR im Mittelpunkt gestanden.'[12] Becker's experiences in the GDR are reflected indirectly in themes such as the pervasive power of the 'Behörden'; the idea of both physical and mental constraints ('Zwänge'); the servility of state bureaucrats; yearning for conformity; but also the contrasting themes of resistance, wilfulness and defiance; and the individual as an outsider, an isolated being cut off from society.

As a seven-year-old child in a strange country whose language he did not speak and whose countrymen had tried to murder him along with most of his family, Becker was an outsider. He did not begin to learn German until the age of eight – for the first seven years of his life, he had spoken only Polish[13] – and it was only when he was about fifteen that he was finally able to speak without anyone being able to hear the difference between himself and others. But such linguistic problems were not without their advantages:

> Der Umstand, daß ich erst mit acht Jahren Deutsch zu lernen anfing, könnte verantwortlich dafür sein, daß mein Verhältnis zu dieser Sprache (Deutsch-DR) ein ziemlich exaltiertes wurde. So wie andere Kinder meines Alters sich für Maikäfer oder Rennoautos interessierten und sie von allen Seiten beachteten, so drehte und wendete ich Wörter und Sätze. In einer extrem intensiven Beschäftigung mit der Sprache sah ich das einzige Mittel, dem Spott und den Nachteilen zu entkommen, die sich daraus ergaben, daß ich als einziger Achtjähriger weit und breit nicht *richtig* sprechen konnte.[14]

At school he became a member of the youth organisation of the GDR, the *Freie Deutsche Jugend* – by his own account, more out of conformity than conviction.[15] He completed his Abitur in 1955 and then spent two years in the *Nationale Volksarmee* (the People's Army of the GDR), a period during which he acquired an aversion to the sort of blind obedience which he lampoons in the story *Allein mit dem Anderen*. From 1957 to 1960 he studied philosophy at the Humboldt University in East Berlin and it was during this period that he became a Marxist and joined the communist *SED* (Socialistische Einheitspartei Deutschlands – the official state party of the GDR). Becker stated that he was expelled from university in 1960 both for being a bad student (he became more interested in writing than in studying philosophy), and for getting into trouble with the *SED* by, for instance, petitioning for a lecture course to be discontinued, only to discover that the professor who gave the course was a member of the Central Committee of the *SED*.

Becker was twenty-three years old when the Berlin Wall was built in 1961. He was prepared at the time to accept the official argument that it was a necessary and logical consequence of the political and economic situation. Becker shared the hopes of a number of other GDR writers that the wall would actually help matters and that many of the constraints that existed previously would prove to be unnecessary – if the authorities no longer needed to be afraid of people running away, then they could allow life to become freer, more open and democratic. However, by 1978 Becker had long since realised that not much had come of this hope.[16]

From 1960 onwards he earned his living as a scriptwriter for the East German television and film industry. His international reputation is based, however, on a novel about life in a Polish ghetto, *Jakob der Lügner* (1969), which has been translated into twelve languages and sold 200,000 copies in the GDR alone. It had originally been written as a screenplay, and an award-winning film version of the work was made in the GDR in 1974.

Becker's second two novels, *Irreführung der Behörden* (1973) and *Der Boxer* (1976) were written during the period of relaxed restrictions which followed the replacement of Walter Ulbricht as leader of the SED by Erich Honecker. At the Eighth Party Congress in 1971, Honecker had declared that there would be no taboos for writers who proceeded from the 'festen Grundlagen des Sozialismus'. *Irreführung der Behörden* takes an ironic and critical look at the 'Kulturbetrieb' of the GDR in the early 1970s and exposes the pressures on a writer to produce the kind of literature which the Party wanted. *Der Boxer* gave the lie to naïve assumptions that all outsiders could be integrated into the socialist society of the GDR.

By 1976, the cultural tolerance that had characterised the early years of the Honecker era had begun to wane. That year Becker's name became associated with opposition to hard-line trends in GDR cultural policy (*Kulturpolitik*). In October 1976 he was one of the few prominent GDR writers to speak out in public on behalf of Reiner Kunze. Kunze had been expelled from the *Schriftstellerverband* (the writers' federation of the GDR) after publication in West Germany of *Die wunderbaren Jahre* (1976), a collection of short prose pieces criticising the treatment of young people in the GDR. Becker was also one of the twelve leading intellectuals who signed an open letter to Erich Honecker protesting against the expatriation (*Ausbürgerung*) of the dissident poet–singer Wolf Biermann during a concert-tour in the Federal Republic. For this he was ejected from the SED. He was not prepared to indulge in public self-criticism, an action which would probably have led to his reinstatement in the party. As a further act of protest, in spring 1977, he resigned from the *Schriftstellerverband*.

His books began to be withdrawn from the bookshops. He was not allowed to give public readings of his works – after a 'Leseabend' in an East Berlin church, he was accused of organising a 'konterrevolutionäre Veranstaltung', an activity punishable by imprisonment.[17] When his next novel, *Schlaflose Tage*, was rejected for publication in the GDR, Becker decided to apply for a visa to leave the GDR. In an interview which he gave at the time to the West German magazine *Der Spiegel*, he declared that if he had to keep his mouth shut, then he would prefer to keep it shut in the Bahamas![18] Any previous acquiescence in an intolerant system had now changed into a position of critical defiance: 'Nachdem auf eine Art und Weise mit mir verfahren wurde, die ich nicht mehr billigen kann, sehe ich weit und breit kein vernünftiges Motiv mehr, meine Ansichten zu verbergen, nur aufgrund der Tatsache, daß sie der heutigen Linie meiner ehemaligen Partei nicht entsprechen.'[19]

Yet despite everything, Becker still professed to be a socialist; he was simply dissatisfied with the form which socialism had taken in the GDR. In 1977, he commented: 'Die DDR kommt mir wie die Skizze für einen sozialistischen Staat vor, nach der das richtige Bild erst gemalt werden muß.'[20]

In December 1977, Becker left the GDR. He later made it clear that his frustration at not being allowed to publish his latest novel was the critical factor in his decision to leave. He had consistently held to the view, expressed in an interview in 1978, that 'the most important literature is literature which causes controversy and thus promotes change',[21] and that it was a writer's duty to help towards the creation of a better society. Since his latest work was not being published in the GDR, he was effectively being prevented from fulfilling what he considered to be his duty as a writer.

He was granted a special extended visa, allowing him to travel freely between East and West. He was therefore able to keep his options open, retain his East German citizenship and never declare his move to the West final. He has lived in the West Berlin inner-city area of Kreuzberg since 1980.

During his time in West Berlin, he has refrained as much as possible from making pronouncements about the GDR, despite pressure from the media to do so. He also refused to join in the euphoria which accompanied the fall of the Berlin Wall in 1989. Whilst welcoming the collapse of 'really existing' socialist states, he lamented the demise of his hopes for socialism and its promise of a more humane form of society. For Becker, Western societies are no real alternative because they have 'no particular goal or objective' and are driven only by consumerism.[22] In 1991, he commented: 'Ich fühle mich immer noch als Fremder im Westen.'

The five stories

CONCERNS

GDR Dimensions

There are no clear-cut topographical references at all in *Der Verdächtige, Allein mit dem Anderen, Das Parkverbot* and *Das eine Zimmer*, nor is there any clearly defined social or political context. However, they do contain features, ideas and dimensions which GDR readers will have recognised as specific to the GDR.

For instance, in *Allein mit dem Anderen*, the narrator's use of the first-person plural form of the possessive adjective[23] – 'In **unserem** Land' (80) – is an ironic echo of the frequent use of 'wir' in political speeches and Socialist Realist works to emphasise a positive sense of collective identity. GDR readers of *Allein mit dem Anderen* will also have been familiar, from their everyday experiences, with features such as the narrator's servility, typical of the ambitious bureaucrat; the 'Hunderte von Regeln' (78) which dominate his life; and his awareness of ever-present, watchful 'Behörden' (81), capable of destroying his career. Many GDR readers of *Das eine Zimmer* would themselves have experienced the long 'Wartezeit' (99) involved in securing an appointment at the *Wohnungsamt* and the red tape involved in applying for a flat. Many would have suffered from the 'Wohnraummangel' which makes it necessary for the young couple to live with their parents until they are married.

Above all, however, certain ideas in the stories will have elicited from East German readers a response quite distinct from that of their counterparts in the West. Two of the main concerns in *Allein mit dem Anderen*, for example, turn on key concepts of Marxist thought: freedom and alienation.[24]

The Western notion of freedom emphasises the right of the individual to do what he/she wants, within the limitations of the law. In the GDR the official emphasis was quite different, and freedom as it was understood in the West was condemned as mere 'individualism'. For the communist, freedom implied both individual rights and a sense of responsibility to the socialist State, which provided freedom from the alleged exigencies of capitalism, such as unemployment and poverty. The GDR view of 'Freiheit' is rooted in Engels's definition of the 'Dialektik von Notwendigkeit and Freiheit': 'Nicht in der erträumten Unabhängigkeit von den Naturgesetzen liegt die Freiheit, sondern in der Erkenntnis dieser Gesetze, und in der damit gegebenen Möglichkeit, sie planmäßig zu bestimmten Zwecken wirken zu lassen. ... Freiheit des Willens heißt daher nichts anderes als die Fähigkeit, mit Sachkenntnis entscheiden zu können.'[25] In *Allein mit dem Anderen*, Becker exposes the implications of this view for the individual. The entire story revolves around the contradictory notion of 'freiwilliger Zwang', a common saying in the GDR which echoes Engels's idea of 'Einsicht in die Notwendigkeit'. The narrator's confusion about the notion of free will leads to loss of identity and alienation.

Citizens of the GDR had also been taught to regard alienation (*Entfremdung*) as a capitalist phenomenon. For Marxists, what makes human beings fully human and gives them a sense of identity is work. According to Marxist doctrine, the division of labour in capitalist production is so specialised that the worker loses control over the products of his labour and is reduced to a mere cog in the machine. Instead of selling the products of his labour, he is forced to sell his labour itself.[26] Hence in the capitalist process workers become 'entfremdet', alienated, split between a dehumanised, functional public self, and an innermost private self (cf. the narrator's words: 'Nur irgendwo noch, in meinen untersten Gedanken bleibe ich mir selbst erhalten' – (79). The official GDR view was that in a socialist society alienation was not possible[27] because of collective ownership: workers could appreciate the value of their labour in the knowledge that what they were producing had been planned to contribute to an economic system which operated for the benefit of all. However, in the story *Allein mit dem Anderen*, Becker suggests that subservience to the very system which is meant to eradicate alienation can cause an individual to become divided against himself and so lose his sense of identity. The narrator's *Entfremdung* has its roots in the public function which he performs within the system. He would prefer a job where he does not need to hide his feelings, and where the fruits of his labour are visible or where he would at least be working with something tangible: 'Ich tue täglich so, als erfüllte es mich mit Freude, der höhere Behördenangestellte zu sein, der ich bin. Viel lieber wäre ich Landwirt oder Geologe, was beides unerfüllbar ist' (78). Even in private moments, the role which he plays is so difficult to discard that he loses sight of his true self: 'Wenn ich am Abend das Licht endlich lösche und zu mir sage, daß ich mich bis zum nächsten Morgen nicht mehr zu verstellen brauche, dann weiß ich manchmal selber nicht, wie ich zu sein habe' (79).

In *Der Verdächtige* Becker gives an example of the way in which external pressures in a state where the authorities are obsessed which 'die Sicherheit des Staates' (69) can cause isolation. When a loyal servant of the State suspects that he himself is under surveillance by 'Das Auge des Staates' (69), his attempts to become inconspicuous and so avoid arousing suspicion lead him to withdraw so completely from the society around him that he ceases to exist as a social being. The atmosphere of threat and suspicion to which even this 'überzeugter Bürger' (69) falls victim will have been particularly familiar to GDR readers. Becker's story expresses a general truth of which many citizens of the GDR were only too aware – that as a fundamental principle, the State distrusted its subjects, even its loyal ones. As Becker commented in 1980:

> Ich bin in der Sowjetischen Besatzungszone und in der DDR aufgewachsen, in einer Umgebung, in der das Aufspüren von Feinden für eine der wichtigsten Funktionen des Staates gehalten wurde, und zwar von denen, die dem Staat vorstanden. Dies geschah mit eiserner Gründlichkeit ... und es geschah auf eine

Art und Weise, die mir heute wie von Verfolgungswahn diktiert vorkommt. So viele wurden für Schädlinge gehalten und bedroht und bestraft, daß aus vielen Gutwilligen, Gleichgültigen oder Abwartenden tatsächlich Feinde wurden.[28]

Some GDR dimensions in the stories would, of course, have been clear to readers in both East and West Germany. The title of the ghetto-story *Die Mauer*, for instance, suggests historical parallels between the GDR and the Nazi period: the wall in question turns out not to be the one which German readers might have expected (the Berlin Wall), but a wall which surrounds a transit camp in a Jewish ghetto. In *Der Verdächtige*, the narrator's references to 'ein bestimmtes Amt' (69) and an 'Amt für Überwachung' (70) would have been read in both East and West as a reference to the hated 'Ministerium für Staatssicherheit' ('Stasi').

Some of the features mentioned above as having particular significance for GDR readers, however, such as the servile mentality of bureaucrats, the red tape and the intrusiveness of the State, were not unfamiliar to residents of West Germany. After a reading of *Der Verdächtige* in Stuttgart in 1980, Becker himself made the provocative remark: 'Die Praktiken des Bundeskriminalamtes[29] sind nicht besser als die des Staatssicherheitsdienstes.'[30]

Not only do the stories go beyond the confines of East Germany in their significance, but a story like *Die Mauer* is actually unorthodox in GDR terms in the way it portrays the 'Nazizeit'. A more typical portrayal of the Holocaust period is, for instance, Bruno Apitz's *Nackt unter Wölfen* (1957), the most famous GDR novel about the Nazi concentration camps. Set in Buchenwald, it portrays the heroic resistance[31] of a clandestine communist group against SS oppression. The concerns of Becker's story, however, have no specifically socialist slant to them. Like the central themes in the other stories, they are universal in their appeal. For instance, it is true that, superficially, *Das eine Zimmer* treats the problem of 'Wohnraummangel' which was very much a concern of everyday life in the GDR. In the light of the contrast between the shortage of living accommodation and the seemingly absurd request of the young man in the story, GDR readers are likely to have read the story as a satire on specific features of their own system. Yet the 'Probierzimmer' which the man requests, in which the couple can exercise their 'Phantasie', can also be seen as a metaphor for the desire of every individual for a freedom of thought which deviates so radically from all conventions that any state, regardless of ideology, would probably be loath to concede it. In this portrayal of a young couple who are even prepared to sacrifice living together for 'dieses eine Zimmer' (104), the story is making a political statement which transcends GDR issues.

Main themes

Becker has claimed that no consistent themes unite his novels and stories.[32] Yet analysis of these five stories reveals both variety and continuity of theme. The aim of this section is to identify these themes and to explore them in greater depth.

Power All the stories in this edition are linked through the underlying central theme of power and the related themes of captivity, restriction, helplessness ('Ratlosigkeit'), conformity and deception. They portray the reactions of individuals to either external (political) or internal (mental) constraints and compulsions ('Zwänge'), which are themselves often the result of external pressures. Such pressures can lead to repression ('Verdrängung'), to feelings of guilt and anxiety, and even to loss of identity.

All five stories are concerned with the nature of power and its psychological implications. They may focus on oppressive regimes (*Die Mauer*) and repressive institutions (*Das eine Zimmer, Der Verdächtige*), or on individual behaviour, as in *Das Parkverbot* and *Allein mit dem Anderen*: the former examines a situation where a coward turns bully, as the narrator's anxiety gives way to open aggression (94), and the latter depicts a power-struggle which takes place within the mind of one individual.

The title of *Die Mauer* draws the reader's attention immediately to two major themes in the story, power and captivity, in the shape of a high wall erected by the Germans around a Jewish transit camp consisting of bleak stone huts. The constraints upon inmates are mainly physical, for this is 'ein Lager mitten im Getto, das doch Lager genug ist' (41).

But confinement within walls within walls has psychological implications too. In the ghetto, where even the keeping of house-plants is a capital offence, despair is so great that it drives people to suicide (44). The children, too, are affected by an atmosphere of restrictions, threat and terror. To deter the five-year-old boy from leaving the relative safety of the street in which he lives, his father makes up a story about a 'moving' boundary. Any children who unwittingly overstep it, he says, are caught and taken away. A story told with the intention of protecting the child from the dangers in the ghetto by instilling fear has the effect of reinforcing the child's belief in a fantasy world of monsters and bogeymen. 'Oft glaube ich nicht ... manchmal aber doch' (36), says the child. In the minds of the children, the real dangers of everyday life in the ghetto take on the terrifying yet also exciting dimensions of the world of fairy-tale and the supernatural. The children believe they are about to be boiled alive (43) or pursued by ghosts (49), they think they hear a signal from a raven (53), they become robbers in the night (56), confront a devil's face (57) and are later captured by a giant (in the shape of a German soldier – 62). The old woman who unexpectedly opens the door of a friend's house becomes a 'Hexe', her curses a 'Zauberspruch' (39).

Closely related to the themes of power and captivity in *Die Mauer* are those of pain and helplessness. The moment when even his 'hero' (53) Julian is reduced to tears 'vor Ratlosigkeit' (61), is 'etwas Fürchterliches' for the child narrator. In the course of their adventure, he learns that mental anguish is worse than physical pain (66), but also that words of comfort from his parents can banish physical pain: 'Nichts tut mehr weh in diesem Augenblick' (66).

The theme of mental pain is also linked to those of memory and guilt: the psychological scars of the past carry forward into the present, a point emphasised by the use of the historic present tense to recount past events ('ich leide' (39)). The narrator's memories of his time in the ghetto are marked by feelings of guilt and pain; indeed, the very first incident related concerns his own involvement in the death of the merchant Tenzer, taken away as a result of the child's inability to keep a secret to himself.

Another central, though understated theme in the story is the retrieval of the past through memory. It is announced, indirectly, in the first line of the story: 'Mein Gott, ich bin fünf Jahre alt, wir Juden sind wieder ein stilles Glück' (36). 'Wieder' implies an intention on the part of the narrator to recapture the past. Unlike his narrator, Becker himself has virtually no memories of his early childhood. He views his writing about this time as an attempt to retrieve memories or even to create them for himself: 'Ich kann mich an nichts erinnern. ... Dennoch habe ich Geschichten über Gettos geschrieben, als wäre ich ein Fachmann. Vielleicht habe ich gedacht, wenn ich nur lange genug schreibe, werden die Erinnerungen schon kommen. Vielleicht habe ich auch irgendwann angefangen, manche meiner Erfindungen für Erinnerung zu halten.'[33] Becker sees memories as essential: 'Ohne Erinnerungen an die Kindheit zu sein, das ist, als wärst du verurteilt, ständig eine Kiste mit dir herumzuschleppen, deren Inhalt du nicht kennst. Und je älter du wirst, um so schwerer kommt sie dir vor, und um so ungeduldiger wirst du, das Ding endlich zu öffnen.'[34] Commenting on an exhibition of photographs from the world of his earliest childhood, Becker then declared: 'Ich starre auf die Bilder und suche mir die Augen wund nach dem alles entscheidenden Stück meines Lebens. Aber nur die verlöschenden Leben der anderen sind zu erkennen, wozu soll ich von Empörung oder Mitleid reden, ich möchte zu ihnen hinabsteigen und finde den Weg nicht.'[35] The story *Die Mauer*, along with the other work set in this period, the novel *Jakob der Lügner*, can be seen as part of a quest by the author to 'climb back down' to this period and 'unlock the box' of his own memories.

In his essay in *Mein Judentum*, published in 1979, Becker expresses the view that there was a good reason for suppressing for so long his memories of the ghetto and concentration camps: 'Zum ersten muß der eigenartig späte Beginn meiner Erinnerungen etwas mit Verdrängung zu tun haben. Ein Schutzmechanismus, dessen Vorhandensein wohl ein Glück ist, könnte (*sic*) mich von einer schlimmen Zeit trennen.'[36] Whilst *Die Mauer* can be viewed as an attempt to unlock the past, other stories illustrate characters' attempts to 'lock up' their feelings. 'Verdrängung' (either the repression of feelings, or the conscious suppression of the truth) is a prominent theme in several of these stories. It is linked to the theme of captivity, which is just as central in the other stories as it is in *Die Mauer*. The atmosphere in which individuals in these stories live is as unpredictable and threatening as that in the ghetto story, but their captivity manifests itself in a less obviously tangible way in the form of internal compulsions[37] – the 'Zwänge' (78) to which the state official in *Allein mit dem Anderen* succumbs; the all-determining 'Angst' of the driver of the car in *Das Parkverbot*; and the sense of shock in *Der Verdächtige* (69) which causes the loyal supporter of the State to completely change his behaviour (73). The latter's self-imposed isolation is another form of captivity. Unlike the child in *Die Mauer*, who is unable to keep words from 'springing' out (36), the narrator of *Der Verdächtige* has developed the repressive psychological mechanisms of the adult, necessary to impose a ban of silence on himself (72).

Such concern in Becker's stories with the hidden motives of human behaviour led reviewers to compare them to those of Franz Kafka, an author much admired by Becker.[38] H.L. Arnold, for instance, saw 'lupenreine Kafka-Anklänge' in *Allein mit dem Anderen (Deutsches Allgemeines Sonntagsblatt)*, while I. Meidinger-Geise dismisses some of the stories for depicting a world which is 'allzu exemplarisch kafkaesk verfremdet' (*Zeitwende*). More helpful is Becker's own view of Kafka. It is revealing about what Becker considers important in a writer, for his remarks about Kafka's work apply equally well to the stories in this edition:[39] '(Trotzdem) finden sich bei ihm (Kafka) die tiefsten, erstaunlichsten Einsichten über das Wesen einer Gesellschaft, über die geheimen Beweggründe menschlichen Handelns, über das Ausgeliefertsein des einzelnen an die vielen.'[40]

Allein mit dem Anderen, Der Verdächtige and *Das Parkverbot* portray individuals who often appear at the mercy of social and political forces ('die vielen'), and who exist in a state of anxiety which makes them timid (78) and cowardly (76) in their own eyes. Moreover, the nature of the society in which the individuals live is reflected in the hidden motives of their behaviour, which is shown as being directly conditioned by external pressures.

Most reviewers of *Nach der ersten Zukunft* interpreted that society as the GDR. However, in 1980, after two years in the Federal Republic, Becker was surprised to note that many aspects of people's personalities and behaviour which he had regarded as unique to the GDR were just as common to West Germany: 'Und auf einmal treffe ich hier Eigenschaften oder Verhaltensweisen an, die ich aus der DDR gut kenne und die mir dort einmalig vorkamen'.[41] He believed that the State in both Germanies had tended to subjugate everything to its own system and values, and that too many people were submissively prepared to accept this. Like Wolf Biermann, he was critical of both German states and perceived between them 'eine Ähnlichkeit im Häßlichen ... Ähnlichkeiten im Anspruch des Staates, sich selbst zum höchsten und schützenswertesten Gut zu erklären und auf immer arrogantere und rücksichtslosere Art und Weise diesem Ziel alles unterzuordnen. Andererseits sehe ich die fatale Bereitschaft so vieler Leute, sich diesem Anspruch zu fügen ... eine Ähnlichkeit in der Unterwürfigkeit'.[42] *Allein mit dem Anderen, Das Parkverbot* and *Der Verdächtige* can be read with hindsight as illustrations of these observations. Their protagonists are, in different ways, submissive subjects of the State and, at some stage, become its victims.

Allein mit dem Anderen and *Der Verdächtige* also demonstrate two more dangers which threaten individuals who succumb to the pressure to conform or who try to evade the full implications of the situations in which they find themselves. These dangers are loss of identity and an attendant sense of guilt, main themes, particularly, of *Allein mit dem Anderen*. The story is a portrayal of a fragmented personality and shows the individual's potential for self-mutilation. A high-ranking state official explains how his subservience to the system has caused him to become divided against himself – his story is, in fact, a confession written from the point of view of one side of himself.

Like the narrator of *Der Verdächtige*, he is a conformist, and one, moreover, who ascribes his feelings of 'Lustlosigkeit' (78) precisely to his need always to conform to what is expected of him and to his inability to behave in accordance with his own wishes. Feeling guilty about his hypocritical and contemptible behaviour, he decides that matters might be improved if he could actually increase the external pressures on him to behave in this way, for then he would no longer feel responsibility for his own actions and his sense of guilt would vanish. After an incident when he is robbed at gunpoint, he realises that the weapon itself provides the tangible threat (79) which he needs. He therefore steals a revolver and uses it to compel himself to continue to act in a manner which he finds distasteful. He explains to the reader that he is able to do this thanks to his split personality, which enables him to play the part of others so comprehensively that his own self becomes virtually obliterated. The role-playing side of himself ('der Andere') now takes over completely from his normally dominant side and becomes the 'Befehlsgeber' (83) in him. Despite a sense of oppression ('Bedrückung' – (83)) and anxiety ('Angst' – (83)), he believes that he has achieved a state of inner equilibrium, because he now has no option but to behave in the way he does, otherwise he will be shot; this gives him peace of mind (84) similar to that achieved by the narrator in *Der Verdächtige* through self-negation (75). Moreover, being a 'yes-man' leads swiftly to promotion from middle- to high-ranking official, demonstrating how the society in which he lives rewards dishonest behaviour.

However, he soon begins to experience problems of identity. Unaware that free will and responsibility are interrelated, he fails to realise that his objective – to establish a situation in which he controls, but is not responsible for, his own behaviour – is unsustainable. His peace of mind lasts as long as the 'other' side of himself orders him to do what he does not really want to do but must do in order to get on (84). The trouble starts when the hitherto controlling side of himself suddenly loses control – without warning, the 'other' side of himself rebels ('hörte auf, mir zu gehorchen' – (84)), driving him to perform acts of insubordination ('Befehle, die ich nicht will' – (84)). By the end of the story, the two opposing wills within him have led to stalemate and a feeling of helplessness. His situation is 'ein auswegloses Verhängnis' (89) similar to the quandary of the man in *Der Verdächtige* who finds himself caught in a web of conflicting suspicions (72–3). The previously dominant side of the official tries to rid himself of the 'revolver-man' side of himself by getting rid of his weapon, but is unable to act for fear that his *alter ego* will pull the trigger before he can throw the revolver into the lake. He is trapped, and his imprisonment is self-inflicted.

Unlike the official in *Allein mit dem Anderen*, the young man and his bride to be in *Das eine Zimmer* experience no such conflict of will within themselves. On the contrary, because they are both of the same 'Wille' (105), sure of themselves and of their own wishes ('sicher, daß unsere Wünsche wirklich unsere Wünsche waren' – (105)), they are not prepared to conform. Unlike the characters in the other two stories who surrender to constraints, they will not accept 'das Mögliche' (104), but wish to test and even to go beyond the limits of the restrictions which they encounter: 'Daß unser Antrag an die Grenze des Erfüllbaren stieß und sie womöglich überschritt, war uns von Anfang an bewußt' (103).

In this story, too, as in *Allein mit dem Anderen*, the conflict between truth and deception is a central theme, though it is treated quite differently. In *Allein mit dem Anderen*, the narrator's deceit is one of his main problems: he is unhappy because he is aware of his deceit – his realisation 'daß nichts als die reine Wahrheit schuld an meinem Unglück war' (88) brings him no comfort because this master of deceit knows that truth can only be beneficial when one tells is of one's own free will (88–9). In *Das eine Zimmer*, on the other hand, it is the truthfulness of the young couple which is the cause of many of their problems – the necessity for deception in order to make progress is made clear by the official herself, as she declares: 'Fragen Sie mich aber nicht, was in mich gefahren ist, auf diese Weise meine eigene Behörde hinters Licht zu führen' (105). However, the couple resolve to stick to the truth at all costs ('bei der Wahrheit zu bleiben' – (100)), because they feel that their right to use their 'Probierzimmer' (101) as they please is not something they should have to conceal as if it were illicit: 'Wir wollten nicht irgendwann beim Phantasieren ertappt werden wie bei etwas Verbotenem' (103). As in the other two stories, the situation at the end is one of stalemate as the narrator's 'Unnachgiebigkeit' (107) confronts the 'starre Haltung der Behörde' (105). 'Das ist bis heute der Stand der Angelegenheit' (108), comments the narrator.

Hope Despite the fact that, in the final paragraph of *Das eine Zimmer*, the couple show the first signs of wavering in private as they wonder whether the extra room really is so important, the story is not entirely bleak in outlook and does have some positive aspects. However black many of the themes in Becker's stories may be, the tone of this collection is not ultimately pessimistic. The theme of hope is present throughout Becker's works, either directly or implicitly, and in these stories, it underlies several related themes such as defiance and, in *Die Mauer*, children's games and the family.

The very title of the original Suhrkamp edition of the stories, 'Nach der ersten Zukunft', suggests that there is hope, a second 'Zukunft'. In Becker's novel *Schlaflose Tage*, too, written during the same period as some of the stories, the idea of 'Zukunft' is associated with hope. The hero of the novel experiences what he calls 'Lust auf Zukunft', a desire to overcome habitual ways of thinking and mechanical behaviour, to break out of his rigid conformist shell and enter into a dynamic state of constant change through self-reflection. The reason why the young couple in *Das eine Zimmer* are so serious about the room is that for them it is synonymous with their future happiness (102). Even the otherwise bleak story *Der Verdächtige* ends with the man reflecting positively on his future, as he resolves to change his ways: 'Ich legte mich ins Bett, um über meine Zukunft nachzudenken; ich spürte schon die Entschlossenheit, nicht noch ein zweites Jahr so hinzuleben' (77). The positive note in *Allein mit dem Anderen* is provided by the official's rebellious *alter ego* who offers resistance and defies the pressures to conform.

Thus, although Becker, in works such as *Allein mit dem Anderen* and *Der Verdächtige*, exposes individuals made captive by their own hypocrisy and conformity, he also shows that it is possible to overcome such problems.

The theme of captivity, as well, is complemented by the themes of resistance and defiance. In an interview in 1983 on his first novel *Jakob der Lügner*, Becker was asked what he understood by resistance. In his reply he spoke about the importance of mental as well as physical survival: 'a lot of people I would say died mentally'. Becker argues that mental survival implies the need to 'practise resistance ... not to do what they want you to do. Not to behave in the way that Big Brother[43] wants'.[44] In *Die Mauer*, the two small boys who escape for a few hours from the Jewish transit camp practise their own form of resistance by demonstrating that the high wall which surrounds it is not the impregnable barrier which their parents accept it to be.

The story presents a sharp contrast between the attitudes of adults and children.[45] The 'boy' narrating the story continually asks questions out of natural curiosity (36). The parents, on the other hand, accept what they are told without question – the father makes no attempt to explain to his son why they have to sleep three to a bed even though there are empty ones nearby, which the boy considers 'ein Sieg der Unvernunft' (41). The parents are, with good reason, passive, reticent and secretive; the situation requires them to do what they are told without asking questions. The child, on the other hand, is unable to keep silent (37) (despite the possibly dire consequences – (38)), his spirit of adventure is irrepressible and he sometimes regards figures of authority with a mixture of defiance (42) and effrontery (63–5).

With all the children in the story, defiance is also portrayed as a natural reaction to obstacles, be these parental authority (37), German soldiers who try to steal the children's booty (63), or the wall itself – indeed, the uncomplicated naturalness of the children's pranks (41–2, 45) stands in stark contrast to the perversity of the historical situation in the horrific ghetto. Sometimes defiance can be even a momentary attempt to escape from boredom, as when the boy plays a dangerous private game of defiance with the German sentry (42).

The contrast between adults and children is thus sometimes a contrast between obedience and defiance, between passivity and adventurousness, also between despair and hope. A mood of despair prevails in the hut immediately before the boys climb over the wall when the boy listens to the groans and cries of those falling asleep around him (51–2). In contrast, the boy is so filled with a sense of expectation at the prospects of a nocturnal adventure that his fears are almost dispelled: 'Die Angst ist weg, das heißt, da ist sie schon noch, doch über ihr ist die Erwartung' (50). The children are portrayed by the adult narrator as still having a potential, a 'Zukunft' which their parents have lost.

In *Die Mauer*, however, the themes of defiance and hope are also gently ironised. For both the hopes of the children and their defiance are depicted as reflecting either childish priorities or ignorance. For instance, before the adventure begins, the five-year-old boy curses Itzek's parents for exchanging the only thing that makes Itzek 'wunderbar', his 'Zwiebeluhr' (44), for what will have been, in his parents' eyes, the most valuable commodity in the ghetto – potatoes. During their escapade, the boys' bravado is only possible because their desire for adventure is stronger than their fears and because they lack the adults' full awareness of the real dimensions of the world. Their adventure is also an escape from the emptiness of the camp (42). Above all, however, the boys' temporary escape is a game, a contest motivated by a combination of daredevil spirit (46) and the desire to bring back the best 'booty' (50) and so demonstrate who is the biggest 'hero' (53). The narrator's father, on the other hand, sees the dangers inherent even in taking the roll-call too lightly: 'Hör zu mein Lieber, das ist kein Spiel' (42).

The theme of the game also has psychological dimensions. Mention has already been made of Becker's own 'Schutzmechanismus', the possible suppression of his own memories. In this story, it is the boy's frequent lack of 'Realitätssinn' which operates as a 'Schutzmechanismus' and protects him from grasping fully what is going on. The child's experiences are located partly in the world of the imagination and partly in the real world. In this split world, however, he is able to overcome his fears – he imagines, for instance, how small the wall looks from a different perspective (55). Moreover, through games and through imagination, the child has the power to escape from reality into his own secret world of fantasy, dreams and 'Märchen'. Sometimes, when he starts to fall asleep, the 'elves' arrive (47): they have the power to release him from the confined world of the camp ('Das Dach der Baracke öffnet sich vor den Elfen'), enabling him to enter into a world from which most of the adults exclude themselves – only his mother plays along with him, gently silencing him when he tries to broach the subject of 'elves', because they are a secret ('ein Geheimnis').

The only source of comfort in the real world outside the child's fantasy world is the family. The theme of the family as a safe haven of affection and tenderness in a harsh world, 'das stille Glück' (36, 39–40, 50, 60, 62), increases in prominence as the story progresses, and reaches its climax in the final scene, with the child 'safely' back with his parents. Yet the protection which parents represent for the child is itself so limited that it is frequently illusory, given the circumstances in which the family finds itself. Thus *Die Mauer* is impressive above all for the way in which, indirectly, through the imagined filter of the mind of a child, the horrific reality of what happened to the Jews at this time is conveyed. It is suggested perhaps most strikingly through the first reaction of the small boy when he encounters the German soldier and the matter-of-fact, almost casual tone of his statement which emphasises that he is under no illusion as to what will happen: 'Ich habe keinen Zweifel, daß wir bald erschossen werden, das war uns klar von Anfang an (62)'. The monstrous has become 'normalised'. It is significant that the story ends not with any restatement of the theme of games and adventures so prominent elsewhere in the story, but with the image of the little boy holding out his injured arm so that his father can disinfect it with iodine. He is confident that it will not hurt, but his mother knows better and, when asked if it will hurt, replies: 'Ja, aber es geht nicht anders' (67) – wounds have to be healed, but the boy is unaware of the pain involved in the process of survival, a pain which extends into the present. The final image in the story ('die Wunde') thus suggests that the wounds of the past have still not healed in the mind of the adult narrator.

Survival For the adults in *Die Mauer*, life is above all about pain and survival. In many of Becker's other stories, the more negative parallel to the themes of defiance and resistance is the theme of survival at all costs. For instance, the problems of the survivor mentality are central to *Der Verdächtige* and *Allein mit dem Anderen*, in which characters who lack the defiant attitude of the boys in *Die Mauer* construct defences to help them cope with oppression. The individuals in these two stories try to elude threats from outside by maintaining the appearance of conformity, but the defensive stance necessary to sustain this deception leads to isolation and a breakdown in social communication – the protagonist in *Der Verdächtige* is actually reduced to a mental state which he describes as 'einen angenehmen Zustand, der kaum von Schlaf zu unterscheiden war' (74).

Closely related to the theme of survival are the tension and confusion which arise within the individuals themselves between feelings and thoughts. The man in *Der Verdächtige* who carries out his defensive 'Plan' (71) for survival with such logical consistency, suddenly experiences

'Sehnsucht' (for his life as it used to be) which is 'kindisch' and which changes his behaviour for the better and makes his heart beat 'wie lange nicht mehr' (76). The man in *Allein mit dem Anderen*, too, has a 'Methode' (83) which becomes affected by what he calls 'Störungen' (84), suggesting a machine-like mentality similar to that of the man under surveillance with his logical 'Plan' (71) which ultimately backfires. Both stories can be read as satire on the mentality of the arch-bureaucrat and on a system which rewards conformist 'yes-men' who function with predictable, clockwork regularity. Beyond the satire, however, Becker points to existential/psychological problems: 'Sehnsucht' and 'Störungen' are the spontaneous rebellion of the repressed, instinctive side of the self against the attempts of the rational, socially conditioned self to impose a straitjacket on existence.[46]

Self-awareness Despite the confusion within himself, the protagonist in *Allein mit dem Anderen* is aware that he has only himself to blame, that he is the victim of his own 'Handlungsweise, zu der mich kein Mensch gezwungen hat' (78). Self-awareness (or lack of it) is another prominent concern in Becker's works. In his theoretical writings, Becker shares the Marxist view that the social and political conditions which shape human situations are man-made. When confronted with threats of whatever kind, therefore, individuals must face these with full consciousness. Unlike some of the characters in his stories, people, Becker believes, should not shut their eyes to dangers: 'Es gibt verschiedene Möglichkeiten, sich den Gefahren[47] gegenüber zu verhalten. ... Die eine ist, sie zu verdrängen,[48] was sehr viele Menschen tun. Sich von ihnen abkehren, lange genug die Augen von ihnen abkehren, bis sie nicht mehr zu existieren scheinen, und man irgendeine kleine Zufriedenheit erlangt'.[49]

For Becker, individuals must become aware of the extent to which they are the victims of outside forces. Self-awareness, he maintains, is a prerequisite of self-determination, and self-deception is therefore the greatest danger:

> Eine Gefahr sehe ich darin, daß viele Menschen glauben, Herr ihrer Entscheidungen zu sein und sich auf eine Weise verhalten zu können, die sie selbst bestimmen. Es dringt nicht in ihr Bewußtsein ein, welchen und wie vielen Einflüssen sie ausgeliefert sind. Sie nehmen nicht wahr, daß sie oft wie Marionetten handeln.[50]

For Becker, full awareness is also a precondition of change – if individuals wish to change society, they must be fully aware of their own social situation: 'Ich glaube, daß das Sichbewußtwerden einer Situation eine Voraussetzung dafür ist, sie zu verändern'.[51] They must be conscious of the fact that while constraints are sometimes imposed externally, they can also be self-imposed (as in *Allein mit dem Anderen* and *Der*

Verdächtige). Many of the protagonists in his stories and novels thus often have the power to actually change the situation which confronts them. Some do change things (*Der Verdächtige*), but others do not: the narrator of *Allein mit dem Anderen*, for instance, achieves self-awareness, but it does him no good as his conformity is too strong.

It will be seen in the next section (Narration) that works in which Becker portrays the failure of individuals effectively to change their circumstances can be interpreted as attempts by the writer to help his readers to achieve a state of awareness. All of the stories in this edition imply, too, a need for resistance to oppression, even when such resistance does not actually take place.

All five stories, therefore, deal with protagonists who react to circumstances either negatively – through 'Verdrängung' and 'Anpassung' (*Das Parkverbot*) – or positively – through resistance to 'Zwänge' (*Die Mauer, Das eine Zimmer, Der Verdächtige* and even *Allein mit dem Anderen*). The hero of the novel *Schlaflose Tage*, too, speaks of breaking through 'den Ring um mich herum' (56). In Becker's works, this 'Ring' of constraints, both internal and external, can only be broken when an individual is prepared to face up to the truth. The story *Der Verdächtige* thus ends on a note of hope when the protagonist admits to himself that the year of torment which he has just endured was self-imposed: 'ich hatte es mir selbst verordnet' (77). His new future is hinted at in the very last sentence of the story, as he looks forward to breaking the bonds of his isolation.

NARRATION

The first-person narrator

Becker admitted in 1991 that one reason for the predominance of first-person narrators in his works was his sense that 'Der Ich-Erzähler gibt mir eine Sicherheit'.[52] This preference for an 'Ich-Erzählperspektive' is evident in the fact that fifteen of the original twenty-five stories and all those printed here have first-person narrators. In this edition, Becker employs five quite distinct *personae* as narrators: a Jewish child in *Die Mauer*, a conformist who believes he is under state surveifllance in *Der Verdächtige*, an official with a split personality in *Allein mit dem Anderen*, an 'ordinary' car-driver in *Das Parkverbot* and an unusual applicant for a room in *Das eine Zimmer*.

It should therefore never be assumed, even with seemingly autobiographical narratives such as *Die Mauer*, that author and narrator are one. The narrator of any story is created by the author in order to relate events from a specific point of view and to influence readers' responses to a work in specific, often subtle ways. For instance, the narrator of *Der Verdächtige* begins by asking the reader to believe that he is a loyal subject of the State, thus trying, from the outset, to win the reader's support for his view that suspicion about him is misplaced. Our response to the narrator here – whether we believe him, disbelieve him or even despise him – will affect our response to the work as a whole.

An author may also use a narrator to make clear to the reader why the story he tells is worth telling. In many of Becker's works, narrators question the necessity and legitimacy of storytelling itself; the act of speaking and writing becomes part of the story. As he once wrote of his novels, 'es (wird) mir immer wichtiger, nicht nur eine ordentliche Geschichte zu erzählen, sondern auch vorzuführen, warum ich sie für erzählenswert halte'.[53]

These remarks apply equally well to some of his short stories. For instance, in *Die Mauer* the narrator justifies his narration of certain events on the grounds that they must have been extraordinary: 'Was geschehen ist, muß seltsam und unerhört gewesen sein, sonst lohnt es sich nicht, darüber zu berichten' (37). Moreover, the provocative way in which the narrator's assumption is formulated (as if it were an indisputable truth: 'muß ... sonst'), is itself an indirect challenge to the readers to consider whether the event which the narrator then recounts really is 'seltsam und unerhört'; whether the proposition that a good story depends on events being 'seltsam und unerhört' is valid or not; and perhaps also what the whole purpose of storytelling is.

The 'Ich-Erzähler' in some works of literature appears to stand outside the action. This is not the case in these short stories. In all the stories, the narrator is the most important character, the protagonist. The attitude of the narrator in Becker's stories is offered to us, then, as part of the thematic material, and not as a reflection of the author's own attitudes.

There are therefore two other main reasons why Becker has chosen to narrate events from the narrow perspective of one, possibly unreliable, individual rather than from vantage-point of the all-seeing narrator of much conventional fiction.[54] Firstly, in stories such as *Der Verdächtige*, *Allein mit dem Anderen* and *Das eine Zimmer*, the author employs first-person narrators who are also the protagonists in order to persuade readers of the authenticity of his fictional constructions. More so than with stories told in the third person, the first-person perspective, by encouraging readers to identify with the protagonists and to follow the directions of their thoughts, helps readers to suspend their disbelief at the extraordinary experiences related. Becker strengthens this illusion in places by allowing his narrators to address readers directly, so powerful is their apparent need to persuade. This illusion of authenticity is further enhanced by the painstaking detail with which the protagonists recount their stories, which gives the impression that they are providing the reader with a carefully observed explanation of an actual situation, however unlikely.

The way in which, for instance, *Allein mit dem Anderen* is told is designed to convince readers of something extraordinary – the existence of two totally separate entities within the same personality. The narrator begins his story by addressing his readers indirectly in the first paragraph. He tries to involve them immediately and to prepare them for what follows by attempting to anticipate their reaction, casting them in the role of someone standing outside his situation: 'Der Außenstehende wird mir natürlich raten, nicht länger so zu handeln, wie es mich unglücklich macht. Das ist zugleich richtig und undurchführbar' (78). The narrator's apparent frankness, too, makes his story sound authentic, as he confesses: 'Ich weiß, das klingt verworren' (78).

Der Verdächtige and *Das eine Zimmer* also portray extraordinary situations. The young man in *Das eine Zimmer*, for example, confronts the housing official with a request for a room in which he can exercise his imagination. Understandably, she is unable to take this seriously in view of the shortage of housing which makes even the idea of three normal rooms for two young people 'der helle Wahnsinn' (103). She accuses him of wasting her time with 'Gesprächen über Hirngespinste' (103) and urges him to forget 'diese obskure Probierstube' (107). Yet, although the young man's request might be absurd, the way in which his request is presented to the reader is not. For the first-person protagonist puts his cause directly to the reader: his story takes the form of a detailed report of his visits to the housing office and of his conversations with the official. The seeming absurdity of his request is, moreover, counterbalanced by his honesty – he makes no attempt to conceal his intentions with the room from the reader or even from an official (100, 103), who explains to him how he might deceive the authorities (105). It soon becomes apparent to the reader that the narrator is often more aware of the complications inherent in the situation than the official herself – he even comes close to sympathising with her when their roles appear to become reversed and she seems to be the one in need of help: 'Ein Fremder, der nichts als dieses eine Bild von uns gesehen hätte, hätte glauben müssen, ich sei der Helfer hier und sie die Hilfsbedürftige' (106). His case is also made plausible by the consistency and persistence with which it is argued throughout the story, both to the official and to the reader. The narrator coins the expression 'Probierzimmer' in order to help the official to understand more clearly what the room represents to him (101); and he occasionally interrupts his report of his conversation with the official in order to demonstrate to the reader that, however strange his request may be, he himself is not entirely unworldly and has anticipated the official's objections: 'Die Wahrheit ist – ich und meine Braut hatten mit Schwierigkeiten solcher Art gerechnet, so weltfremd sind wir nicht' (103).

The other main reason for the choice of a first-person perspective in these five stories is that it serves to underline a central theme in Becker's work, the isolation of individuals. All the protagonists are portrayed in various ways as isolated.

Yet the act of narration by these first-person narrators is in itself an act of resistance to their isolation. For these narrators, the act of storytelling reveals a (sometimes unconscious) desire to communicate and thence to break through their isolation. The narrator of *Allein mit dem Anderen*, who throughout the story tries to conceal part of himself, paradoxically uncovers his real self through the act of narration. In *Der Verdächtige*, the narrator who tells a story about how he has cut himself off from the outside world, refers to his need to express himself: 'Es ist mir ein Bedürfnis, das auszusprechen' (69). And as the narrator of *Die Mauer* begins to tell his story, he returns, for a moment, to a collective identity, placing his 'ich' within a framework of the 'wir' of his Jewish childhood. This does not indicate, though, a lack of isolation, for it is a 'wir' which no longer exists. Since the bridge to the world of the past is his own memory, the narrator is only able to recreate the 'wir' in his own mind.

The dual narrative structure of Die Mauer

Like the narrator of *Allein mit dem Anderen*, the adult narrator of *Die Mauer* is a double *persona*, yet in a different sense: he is a mixture of past and present selves. Through his memory he pretends to become a child again and to re-experience the events of the past directly through the eyes of himself as a five-year-old: 'Mein Gott, ich bin fünf Jahre alt, wir Juden sind wieder ein stilles Glück. Der Nachbar heißt wieder Olmo ...' (36). The historic present tense, maintained throughout the narrative, conveys immediacy and, allied with the first-person perspective, creates a sense of intimacy between narrator and reader.

At the same time, the repetition of 'wieder' three times in the first three sentences of the story is a pointer to the fact that all this is past, and that the childish perspective is illusory. The narrator is perfectly aware of events in their historical context. He demonstrates this by interrupting his story at critical moments from the standpoint of an adult; his desire to 'talk' to the reader suddenly overrides his wish to make the reader experience directly how, for him, the past is still very much alive. Thus, on the second page, the historic present suddenly gives way to the perfect tense: 'Am Ende habe ich den Kaufmann Tenzer umgebracht.'

This switch has three effects: first, it reminds the reader that events lie in the past. Second, it suddenly renders the word 'ich' ambiguous: the past tense implies that it is the adult narrator talking; the words refer, however, to the actions of the child in the past. Third, this jolts readers into reflecting upon problems of guilt and responsibility – how far can/should the actions of a five-year-old be judged in such terms? And should the adult bear the responsibility for Tenzer's death?

The narrator's second interruption, as he begins to describe the transit camp ('Ein kleiner Teil des Gettos – und das hat mit Erinnerung nichts zu tun, es ist die Wahrheit' – (40)), not only underlines the point that all that has gone before is the product of the narrator's memory: his statement 'es ist die Wahrheit' also implies that memories alone are unreliable. Looking back at his own childhood in the ghetto and camps for some explanation of his own lack of memories, Becker has commented: '(es) wird ... auch kaum etwas zum Erinnern gegeben haben. Die Tage im Lager werden in grauer Ereignislosigkeit vergangen sein, begleitet von Begebenheiten, die nur für Erwachsene aufregend gewesen sein mögen – weil nur sie die Lebensbedrohung hinter allem erkannt haben –, für Kinder aber öde und ununterscheidbar'.[55] In *Die Mauer* Becker has thus written a work of fiction which reverses his own experience of reality. Not only is there much that is 'remembered' in this story, it is also the child who is the store of these memories, and it is he, not his parents, who gets involved in exciting 'Begebenheiten', so escaping the monotony of the camp (42). From the point of view of the child narrator, it is the parents for whom the days are 'öde und ununterscheidbar'.

From Becker's statement it is also clear, however, that it was the adults who were aware of the 'Lebensbedrohung hinter allem'. Becker does recreate an adult awareness in *Die Mauer* both through the fictional parents with their warnings to the child, and through the narrator's asides to the reader. The asides, though, suggest an adult awareness *with hindsight*. In his second interruption, for instance, the adult narrator goes on to state that he is now able to answer the questions which the adults in the narrative ('man') were not willing to answer then: 'Wozu aber ein Lager mitten im Getto, das doch Lager genug ist, fragt man sich. Darauf kann ich antworten, obwohl es mir damals keiner erklärt hat' (41).

The effect of such shifts in time is that words sometimes take on a double meaning. The 'child' narrator's apparently innocent hyperbole in the phrase 'Natürlich erzähle ich die Sache Millionen Leuten' (38), for instance, is an ominous reminder of the millions of Jews who died in the Holocaust.

Also a consequence of the dual narrative structure is the irony evident in the narrator's style. The familiar conversational tone, achieved by the predominance of the present tense and the use of simple, colloquial language, often gives the impression that a child is speaking. The narrator's frequent use of successions of short, usually main clauses, similarly creates the illusion that events are being seen through the eyes of a child; idioms have a childlike ring to them ('das schwöre ich, und wenn ich mir Hölzchen in die Augen stecke' – (48), 'Er hat Schmalz in den Ohren' – (46); occasionally the innocence of the child is expressed in apparently unselfconscious vulgarity: 'Im Sitzen pinkelt Julian zwischen mir und Itzek hindurch, er kann das wie kein zweiter, in einem wunderschönen Bogen' (45); the imagery is predominantly taken from the world of childhood (witches, magic spells, monsters, robbers, and giants); and personification is sometimes used in order to reflect the way in which inanimate things appear to come alive in the mind of the child ('Die Straße sieht mich kaum' – (39), 'über den tuschelnden Hof' – (40), 'der Mauerrand hat sich von meinen Händen losgemacht' – (55)).

However, the occasional deliberate use of 'Kindersprache' does not conceal the fact that this is not the language of a five-year-old. The following statement, for instance, with its lexical and syntactical simplicity, appears to give laconic yet dramatic expression to a child's exasperation: 'Ich muß auf Leben und Tod kämpfen, ich stürze ab und werde erschossen oder nicht erschossen, und er (Julian) steht da und sieht sich alles seelenruhig an' (65). Yet the phrase 'auf Leben und Tod kämpfen' and the word 'seelenruhig' betray the presence of an adult mentality. Elsewhere, adult consciousness occasionally breaks through in moments of reflection (37, 40, 41, 65) and also in the narrator's sophisticated use of metaphor ('Käfig' – 37) and abstract language: for instance, when his father insists that they sleep three to a bed, despite the fact that others are vacant, he calls this 'ein Sieg der Unvernunft' (41).

This dual child/adult perspective is thus only an apparent one. The child's perspective is a narratorial device, which keeps readers on their toes and so provokes a critical reading of the story. Through his choice of narrator Becker creates both immediacy and distance: the naïve, limited perspective of the child, as shown in the episode with the soldier (63), gives the story its moments of humour but also its emotional impact and poignancy. At the same time, the adult perspective establishes distance, so avoiding sentimentality, and reminds the reader of the historical dimensions of the story.

The reader

Becker believes that literature should have a social purpose: 'Ich habe die Hoffnung, daß ... Literatur etwas ist, was dazu beitragen könnte, eine Gesellschaft, in der sie stattfindet, sensibler zu machen. Sensibler bedeutet, sensibler für Verunstaltung, sensibler für Gewalt, aufmerksamer für Unrecht'.[56] At the same time, Becker warns that it is not the role of writers to provide readers with solutions. Writers should be, he believes, seekers of ways of facing up to helplessness: 'Es wäre unsinnig, von Büchern nichts als Antworten zu erwarten. Im Osten wie im Westen haben Schriftsteller wohl gemeinsam, Suchende zu sein; oft ist ihre Literatur nichts als Versuch, sich in der Ratlosigkeit zurechtzufinden und in ihr zu wohnen'.[57]

The part played by readers in this process is therefore vital. Becker does not wish them to play 'die Rolle des bloßen Rezipienten und Abnehmers von Meinungen',[58] for he thinks that readers will only overcome their 'Ratlosigkeit' if they become active: 'Ich vermute, daß die einzig lautere Form, die einzig ehrliche Form, Leuten Hoffnung zu geben die ist, sie zu ermuntern, sich für sich selbst zuständig zu fühlen und sich nicht dranzugeben, sich nicht aufzugeben'.[59] Helping people to become active means for Becker helping them to become aware of their own situation: 'Das bedeutet auch, Leuten zu helfen, sich ihrer eigenen Situation bewußt zu werden'.[60]

Towards the end of the original edition of *Nach der ersten Zukunft* there is a short programmatic prose-piece entitled *Anstiftung zum Verrat*. It is an exhortation to readers to become fully aware of the roles which they unconsciously play in their everyday lives. They can do this by adopting different and opposed ones:

> Das Selbstverständliche, das beinah wie Schlaf ist, kurz unterbrechen. Ein paar Minuten ohne die bewährten Argumente auskommen. Dann eine Stunde, dann einen Tag. Ein Spiel spielen: Die Rolle seines Feindes[61] übernehmen. Doch nicht absichtlich stümperhaft, sondern mit allem Ehrgeiz. Bis die Furcht, sich als der eigene Feind überzeugend zu finden, sich nach und nach verliert. Nicht gleich verzweifeln bei dem Gedanken: Warum nicht? Er ist die Seele des Spiels.
>
> Das Spiel erst dann beenden, wenn die Rolle leergespielt ist. Ohne Ungeduld auf diesen Augenblick warten. Kommt er nicht, dann immer weiterspielen, im Notfall bis ans Ende.

In *Das Parkverbot*, *Allein mit dem Anderen*, and *Der Verdächtige*, the author adopts 'die Rolle seines Feindes' – be it that of bureaucrat, conformist or bullying car-driver – in order to play it through to its logical conclusion and expose 'den Feind' from the 'inside'. It is precisely by encouraging the reader, through the narrowness of the first-person perspective, to experience events directly through the eyes of such narrators that Becker provokes the reader into standing back and subjecting the narrative voice itself to critical scrutiny. Thus, through irony, a sense of complicity between the author and the reader is established at the expense of the narrator. The technique of manipulating readers in this way, distancing them from the text, is in turn intended to increase the reader's own self-critical awareness – for Becker, this is one of the most important effects which literature can have: 'Es sei doch eine der wichtigsten Wirkungen von Literatur, wenn nicht die wichtigste, daß sie Lesern den Blick auf sich selbst zu öffnen helfe'.[62]

Because readers of these stories see the world directly through the eyes of a character who experiences some form of intolerance, injustice, violent force ('Gewalt') or mental 'Verunstaltung' (disfigurement), they are challenged to ask themselves whether they would, in fact, have reacted in the same way in this situation.

Readers are also provoked by the fact that the social and political context in which the events of the stories happen is often left open. Readers are not told whether the individuals whose experiences they share directly and the situations with which they are confronted are located in *the* real world, or *which* real world, or in some no-man's-land of the imagination which bears a disturbing resemblance to the real world. In this way, Becker directs his readers' attention to the problems which his stories address, wherever they might take place. Some of the comments which Becker made about his novel *Aller Welt Freund* (published in 1982) apply equally well to a story such as *Das Parkverbot*: 'Es bleibt ... offen, in welchem Land dieses Buch spielt. Es bleibt sogar offen, ob dieses Buch in der DDR oder in der Bundesrepublik spielt ... ich will verhindern, daß jemand es liest und sich beruhigt bei dem Gedanken, das findet auf der 'anderen Seite' statt, das findet jenseits der Grenze statt; das ist falsch. Es findet genau dort statt, wo man lebt'.[63]

Readers' critical awareness is increased by their discovery that these narrators are sometimes inconsistent. In *Das Parkverbot*, for instance, the narrator continually alters his views of his own actions: before recounting the main events of the story, he declares (92) that he is going to describe the situation in great detail in order to show precisely why he was not in the best of moods. Then, however, he says that it is impossible to calculate whether his mood had any influence on the events which followed (92). Finally, he implies that this is all irrelevant anyway since he would have acted in the same way whatever his state of mind: 'am Ende hätte ich in jeder Gemütsverfassung gehandelt, wie ich gehandelt habe' (92). Such unreliability on the part of the narrator prompts readers to hunt for hidden motives. His telling of his story is an attempt to rationalise and justify to the reader (and to himself) his own behaviour in betraying the stranger to the police, but the more he appeals to the reader's understanding and sympathy, the more the actual text speaks out against him (cf. Materialien 8). Becker, then, manipulates readers: it is, ultimately, not they who make up their minds, but the writer who does it for them. In *Das Parkverbot*, Becker does not give us an entirely 'open' text, but one which is (relatively) closed.

By subjecting the narrative voice itself to critical scrutiny in this way, Becker exposes the truth – that his narrator's main concern is not to help the man escape but to help himself escape from the situation. *Das Parkverbot* demonstrates the fact that deception is not only a prominent theme in Becker's works but is also frequently woven into the fabric of stories as part of the narrative structure. The narrators are sometimes the deceivers who, in their attempts to deceive others (including the reader), only succeed in deceiving themselves.

Structure

Becker never feels motivated to invent a story just as a 'Vehikel, zum Transport von Ideen' (1991). On the contrary, many of his works are the products of spontaneity: 'Vieles in meinem Werk ist die Entscheidung eines Augenblickes, ohne großes System, eine Erzählung ... kann entstehen, weil mir gerade eine Geschichte eingefallen ist'.[64] For Becker the first sentence of a story is crucial 'für die Stimmung und den Ton' of a work. The first sentence of *Die Mauer*, for instance, sets the disturbing tone of the story as the narrator appears to re-live 'das stille Glück' of a childhood spent in an horrific historical situation. In the first sentence of *Der Verdächtige*, the narrator's plea to the reader to believe his assertion that the security of the State is something worth defending 'mit beinah aller Kraft' not only exposes, from the outset, his conformist mentality, it also, ironically, justifies the injustice which he subsequently suffers.

Becker's claim that his works are the result of sudden inspiration does not mean, however, that they are without clear structure. The frequently fast-moving linear narration of events is always preceded or interrupted by more expansive passages in which narrators describe or analyse situations, reflect on events or explore their own thoughts. The structure of *Die Mauer*, for instance, prevents the reader from being carried away by the pace of events. The opening three paragraphs invoke the narrator's childhood and the atmosphere of the time (36–7); this is followed by the narrator's reflections on a specific incident about which he now feels guilty (37) and which he proceeds to recount; the ensuing story of Tenzer's death emphasises the inhumanity of the Nazis and so creates a framework for the main story by illustrating dangers of which the child often appears unaware; only then (39) does the main story begin, but even here, the linear flow of the narrative is occasionally interrupted by narratorial reflections from the standpoint of the present time. On several occasions (36–7, 39), then, the narrative abruptly changes direction, creating the impression of flashbacks determined by the vividness of memories.

Structurally, *Allein mit dem Anderen* alternates between reflective passages in which the narrator presents his own thoughts, and passages which recount actions and events consequent upon these thoughts. The emphasis on action rather than reflection increases towards the end of the story, and the pace of the narrative increases noticeably in line with the degree of desperation experienced by the narrator in the situations which he describes.

All of the stories have at least one unexpected twist, such as the moment in *Die Mauer* when the boys, expecting to be shot, are actually helped by the German soldier (63). In *Allein mit dem Anderen*, the 'Revolver-Mann' suddenly starts to go his own way (84). The plot of *Der Verdächtige* changes direction no less than three times in the last three pages: the narrator's sudden change in attitude (75) is followed by the shock of his discovery that he is being followed (76) and the reader's expectation that he will now withdraw from the world once more as he, symbolically, lets down the blinds again (76); however, the story ends on an unexpectedly positive note, as he looks forward to the future despite everything. Thus *Der Verdächtige* has an open ending – the form of this story is consistent with Becker's intention that readers of his stories should not 'aufhören, darüber nachzudenken'.

Language

Although his works are often the products of 'Einfälle', their language and style are, according to Becker, 'das Resultat einer extremen Mühe' (1991), not least because German is a language which, as a child, he had to learn 'als Fremdsprache'. He believes that he does not possess a 'homogen beherrschten Stil' since every individual work is for him, linguistically, 'ein neuer Versuch'. He employs different styles in each of the stories, and in the case of *Allein mit dem Anderen* and *Die Mauer*, within the stories themselves.

The language of the narrator of *Allein mit dem Anderen*, for instance, stands in striking contrast to the familiar conversational tone adopted by the narrator of *Die Mauer*. The former's style has a bureaucratic dryness about it, seen clearly in the first paragraph of the story: 'Überlegungen ..., an deren Folge ich bis heute zu leiden habe' (78). His attempt at sober analysis of his situation results in a succession of cumbersome formulations, expressive of a mentality which is trying to rationalise experiences which resist easy categorisation. He admits: 'Ich weiß, das klingt verworren.'

The language which he uses reflects his personality. For instance, the habitual nature of his dissimulation is underlined by the repetition of certain key phrases, such as 'ich tue so, als' (78). Except for the passages where he describes how he experiences the peculiar mixture of 'Angst' and 'Lust' when ordered to rebel by his *alter ego*, his language is virtually devoid of any expression of feelings. His obsessively rational self-control is also reflected in individual words: for example, he refers to the intrusions of his *alter ego* as 'Störungen' (84), a word which usually means 'malfunctions' or '(radio) interference', suggesting that he sees himself, or would like to see himself, as someone who has achieved an almost robot-like self-control; however, the word also, ironically, has psychological associations ('mental disorders'). His use of the verb 'auswerten' ('to evaluate the possible significance of') in the sentence 'In der Nacht begann ich, den Vorfall für mein Leben auszuwerten' (80) betrays his calculating mentality. His style is frequently characterised by antithesis (cf. pp. 78–9), echoing both his logicality and the nature of his dilemma: a split personality.

In a desperate situation (the whole story is told from the standpoint indicated in the last two paragraphs), he attempts from the outset to render his plight manageable by adopting a matter-of-fact, analytical tone: 'Vor zwei Jahren stellte ich einige Überlegungen an.' However, he fails to sustain this tone throughout. At certain moments, he even appears to lose control of his story: this is suggested by the adverbial force of the 'doch' when, having already decided not to cite examples of 'den unsinnigsten Befehlen' in case they sound 'komisch' (86), he suddenly declares 'nun komme ich doch mit einem Beispiel' (87). His assumption that the complex problems of his own identity could be solved by simply indulging in mental contortions rebounds on him, and as his own underlying confusion increases, so his tone becomes more urgent in the final two paragraphs of the story, with their shorter sentences in which main clauses predominate.

The narrator's uncertainty is reflected in other, more striking ways. For instance, there are several changes of tense in the story: the switches between past and present tense on the first two pages reflect the narrator's own difficulties in coming to terms with his predicament. Even more striking than the abrupt changes of tense is the intrusion of the single metaphor[65] ('der Mann mit dem Revolver') which gradually gets out of hand and becomes the dominant feature of his language which has, up to this point (84), been entirely bare of imagery.

The narrator's rebellious *alter ego* expresses himself in a language which is quite distinct from the ponderous, often pedantic style of his yes-man counterpart, lending strength to our impression that he is indeed a different entity. The phrase 'schwanzwedelnden Unsinn' (87), for instance, with which he mocks the narrator's dog-like subservience, is evidence of bold use of language. On the one occasion when the words of the 'revolver-man' are quoted directly, his language is again quite different in style from the narrator's, but this time he adopts an easy, familiar, colloquial tone: 'stürz dich nicht ins Unglück, Mensch. ... Es war doch nur ein Spaß, hast du das wirklich nicht bemerkt?' Under the influence of his *alter ego*, even the pace of the narrator's language becomes quicker and livelier, as he relates how he writes his insubordinate letter: 'Bei klopfendem Herzen schrieb ich Sätze, die ich bis dahin nie in meinen Kopf hineingelassen hätte, geschweige denn aus ihm heraus' (88). The tensions inherent in the language of the story thus echo one of its main themes: that of a repressed self seeking to find expression.

Becker's storytelling skill consists, then, not only in inventiveness of plot, variety of theme and of narrative technique and narratorial stance, but also in the range of style and narrative tone in his stories.

Notes to the Introduction

(For full bibliographical references see Select bibliography)

1 Unless otherwise indicated, all references (including quotations) in the Introduction and in the Notes to the texts are to a personal interview with Jurek Becker, 22.11.1991. The information on the genesis of the stories was also provided by Becker.
2 Cf. Select bibliography.
3 His actual date of birth is not known: 'Er weiß nicht, wann er geboren worden ist. Was ziemlich sicher sei: daß der Vater ihn im Getto älter gemacht hat als er wirklich war – um den Sohn vor dem Abtransport zu bewahren. Die größeren Kinder, vielleicht von vier an, 'durften' arbeiten. ... Nach dem Krieg habe sich der Vater an das wahre Geburtsdatum des Sohnes nicht mehr erinnern können, auch nicht an den Tag oder Monat. Das offizielle Geburtsdatum sei also völlig willkürlich gewählt' (Hage, p. 54).
4 Cf. Dobroszycki, *The Chronicle of the Lodz Ghetto 1940–1944*, p. lxiv.
5 *Mein Judentum*, p. 12.
6 *Ibid.*, p. 12.
7 Quoted in Hage, p. 41.
8 *Mein Judentum*, p. 10.
9 Cf. 'Die unsichtbare Stadt', p. 10.
10 *Dimension*, 17 (1), 1988, p. 8.
11 Cf. Notes to *Die Mauer*.
12 ARD/ZDF, 16.7.1987.
13 Even Becker's Polish was not that of a nine-year-old: 'Es war im Sprachumfang eines Vierjährigen steckengeblieben, denn in diesem Alter wurde ich Umständen ausgesetzt, in denen Sprache so gut wie überflüssig war' (*Warnung vor dem Schriftsteller*, p. 10).
14 *Mein Judentum*, p. 12.

15 *Dimension*, 11(3), 1978, p. 408.
16 *Ibid.*, p. 411.
17 *Stern*, 13.7.1978.
18 'Ich will in diesem Land (DDR) bleiben als jemand, der das veröffentlichen kann, was er schreibt; denn auf die Dauer ist das für einen Schriftsteller die einzige praktikable Methode sich einzumischen. Wenn es allerdings darum geht, den Mund zu halten, dann halte ich den Mund lieber auf den Bahamas' (*Der Spiegel*, 18.7.1977, p. 133).
19 *Der Spiegel*, 18.7.1977, p. 133.
20 *Frankfurter Rundschau*, 6.9.1977, p. 7.
21 *Dimension*, 11(3), 1978, p. 416.
22 *Granta*, 30, Winter 1990, p. 133.
23 Cf. the statement made by the official in the housing office in *Das eine Zimmer*: 'Und wer mit einem Zimmer auskommt, der kriegt **bei uns** nur eins' (my emphasis – (107)).
24 Cf. Materialien [13] and [14].
25 *DDR Handbuch*, p. 706.
26 'Die gesellschaftliche Entfremdung des Menschen und seiner Arbeit ist dadurch gegeben, daß der Mensch gezwungen ist, seine Arbeitskraft zu verkaufen und die Produkte seiner Arbeit dem zu überlassen, der diese Arbeitskraft gekauft hat' (Ludz, *DDR Handbuch*, p. 333).
27 'Der Sozialismus ist die Aufhebung der Entfremdung', *Kulturpolitisches Wörterbuch*, ed. M. Buhr and A. Kosing, Berlin (East), 1978, p. 167.
28 'Strauß', in *L80*, 1980, p. 81.
29 Cf. Notes, p. 114, note 3.
30 *Schwäbisches Tageblatt*, 13.12.1980.
31 Becker was critical of 'resistance literature'. He regarded such works as distorting historical truth, since examples of actual resistance such as the Warsaw ghetto uprising were 'the big exception' (*Dimension*, p. 271). Of *Jakob der Lügner*, a novel in which no physical resistance to the Nazis takes place, he wrote: 'Ich habe einmal darüber nachgedacht, ob mein erstes Buch eine Reaktion auf Erfahrungen meiner Vergangenheit ist, oder nicht eher eine Reaktion auf die Bücher, die darüber geschrieben wurden und die ich für entsetzlich halte' (*Stern*, 5.5.1988, p. 8).
32 S.M. Johnson, *The Works of Jurek Becker*, p. 1.
33 'Die unsichtbare Stadt', p. 10.
34 *Ibid.*
35 *Ibid.*
36 *Mein Judentum*, p. 10.
37 In Becker's novel *Schlaflose Tage*, the world 'Mauer' is used as a simile for internal captivity. The hero discovers that within himself 'ein ausgeklügeltes System aus Fehleinschätzungen, Angst, Bequemlichkeit und Selbstbetrug den Zugang zu den Grenzen versperrt. Wie eine Mauer im Landesinnern' (p. 28).
38 He admitted in 1991 that *Der Verdächtige* and *Allein mit dem Anderen* were written at a time when he had 'sich intensiv mit Kafka beschäftigt' and that both works were written 'unter starkem Kafkaeinfluß'.
39 Two of the main themes in Kafka's novels *Der Prozeß* and *Das Schloß* are a nightmarish sense of loss of identity and a feeling of helplessness in the face of a vast, sinister bureaucracy which appears to have a crazy logic of its own.

40 *Warnung vor dem Schriftsteller*, p. 14.
41 *Der Spiegel*, 3.3.1980, p. 212.
42 *Ibid.*
43 In George Orwell's novel *Nineteen Eighty-Four* (1949), the world is divided into three totalitarian super-states. In one of these, the face of 'Big Brother' gazes down from a million posters; it is the function of the 'Thought Police' to make good the boast that 'Big Brother is watching you'.
44 *Seminar*, p. 291.
45 Cf. Hannelore's reported comment in *Das eine Zimmer*: 'Irgendwie ... seien wir selbst auf lange Sicht noch Kinder' (100). In *Der Verdächtige*, the narrator's 'Sehnsucht ... nach der alten Zeit', which heralds his change in attitude at the end, appears to him to be 'kindisch' (75).
46 Cf. Materialien [12].
47 The danger which he speaks of here is the threat of nuclear war.
48 This verb can refer to either conscious suppression or subconscious repression. In this case, it is the former.
49 *Deutsche Post*, 20.3.1983, p. 19.
50 *Ibid.*
51 *Ibid.*
52 Personal interview.
53 *Die Zeit*, 3.10.1986.
54 Many works of socialist realism in the GDR provided clear ideological messages through an anonymous omniscient narrator sitting authoritatively in judgement on characters and events.
55 *Mein Judentum*, p. 11.
56 *Deutsche Autoren heute 6*, p. 17.
57 *Mut zur Angst*, p. 106.
58 Cf. *Litfaß 4*, pp. 104–7.
59 *Einmischung*, p. 60.
60 *Ibid.*
61 Note that in *Allein mit dem Anderen* the 'Feind' (83) takes over within the narrator himself.
62 *Warnung vor dem Schriftsteller*, p. 88.
63 *Deutsche Autoren heute 6*, pp. 15–16.
64 *Einmischung*, p. 60.
65 Note the dominant metaphors, too, in *Das eine Zimmer* (the 'Probierzimmer' (101)) and in *Der Verdächtige*, which turns on the two metaphors, the 'food' of suspicion (71) and the 'eye' of the State (69).

Five Stories

Die Mauer[1]

Mein Gott, ich bin fünf Jahre alt, wir Juden sind wieder ein stilles Glück.[2] Der Nachbar heißt wieder Olmo und schreit den halben Tag mit seiner Frau, und wer nichts Besseres zu tun hat, der kann sich hinter die Tür stellen und jedes Wort hören. Und die Straße hat wieder ihre Häuser, in jedem ist etwas geschehen mit mir. Ich darf sie nicht verlassen, die Straße, streng hat es mir der Vater verboten. Oft glaube ich nicht, womit er das Verbot begründet, manchmal aber doch:[3] daß es eine Grenze gibt, eine unsichtbare, hinter der die Kinder weggefangen werden. Niemand weiß, wo sie verläuft, das ist das Hinterhältige an ihr,[4] sie ändert sich wohl ständig, und ehe du dich versiehst,[5] hast du sie überschritten. Nur in der eigenen Straße, das weiß der Vater, sind Kinder einigermaßen sicher, am sichersten vorm eigenen Haus. Meine Freunde, mit denen ich die Ungeheuerlichkeit[6] bespreche, sind geteilter Meinung. Die immer alles besser wissen,[7] die lachen, manche aber haben auch schon von der Sache gehört.
Ich frage: „Was geschieht mir, wenn sie mich fangen?" Der Vater antwortet: „Es ist besser, du erfährst das nicht." Ich sage: „Sag doch, was geschieht mir dann?" Er macht nur seine unbestimmte Handbewegung und will sich nicht mehr mit mir unterhalten. Einmal sage ich: „Wer ist es überhaupt, der die Kinder wegfängt?" Er fragt: „Wozu mußt du das auch noch wissen?" Ich sage: „Es sind die deutschen Soldaten." Er fragt: „Die Deutschen, die eigene Polizei, was ist das für ein Unterschied, wenn sie dich fangen?"[8] Ich sage: „Mit uns spielt aber jeden Tag ein Junge, der wohnt viele Straßen weit." Er fragt mich: „Lügt dein Vater?"[9]
Ich bin fünf Jahre alt und kann nicht still sein. Die Worte springen mir aus dem Mund heraus, ich kann ihn nicht geschlossen halten, ich habe es versucht. Sie stoßen von innen

gegen die Backen, sie vermehren sich rasend schnell und tun weh im Mund, bis ich den Käfig[10] öffne. „Dieses Kind", sagt meine Mutter, die kein Gesicht mehr hat, die nur noch eine Stimme hat,[11] „hör sich einer nur dieses Kind an, dieses verrückte."

Was geschehen ist, muß seltsam und unerhört[12] gewesen sein, sonst lohnt es nicht, darüber zu berichten. Am Ende habe ich den Kaufmann Tenzer umgebracht, nie werde ich es wissen.[13] Er wohnt in unserer Straße und hat ein schwarzes Mützchen auf dem Kopf und trägt ein weißes Bärtchen im Gesicht, er ist der kleinste Mann. Wenn es kalt ist oder regnet, kannst du zu ihm gehen, er weiß Geschichten.[14] Die abgebrühtesten Kerle sitzen stumm vor ihm und schweigen und halten den Mund und sind ganz still, auch wenn sie später ihre Witze machen. Doch mehr als vier auf einmal läßt er nie herein. Von allen hat er mich am liebsten: es tut gut, das zu glauben. Als er mich einmal gegriffen und auf den Schrank gesetzt hat, war er sehr stark, wir alle haben uns gewundert.

Der Vater sagt: „Wer setzt denn ein Kind auf den Schrank? Und überhaupt: was hockst du immer bei dem alten Tenzer, der ist wahrscheinlich nicht ganz richtig im Kopf." Ich sage: „Du bist nicht ganz richtig im Kopf." Da holt er aus, ich aber laufe weg; und als ich später wiederkomme, hat er es vergessen. Der Vater holt oft aus, schlägt aber nie.[15]

Einmal bin ich mit allen verstritten und gehe zu Tenzer, noch nie war ich allein bei ihm. Als er mir öffnet und keinen außer mir vor seiner Tür findet, wundert er sich und sagt: „So ein bißchen Besuch nur heute?" Er hat zu tun, er ist beim Waschen, doch schickt er mich nicht fort. Ich darf ihm zusehen, er wäscht anders als meine Mutter, bei der es immer bis in jeden Winkel spritzt. Er faßt die Unterhosen und die Hemden sanft an, damit sie nicht noch mehr Löcher kriegen, und manchmal seufzt er über ein besonders großes Loch. Er hält ein Hemd hoch über die Schüssel, und während es abtropft, redet er: „Es ist schon dreißig Jahre alt. Weißt du, was dreißig Jahre für ein Hemd bedeuten?" Ich sehe mich im Zimmer um, es gibt nicht viel zu sehen, nur eine Sache gibt es, die ist mir neu: Hinter der hohen Rückwand des Betts, auf dem Boden neben dem Fenster, steht ein Topf. Eine Decke hängt davor, daß man nichts sieht. Die Entdeckung wäre mir nicht geglückt, wenn ich nicht auf dem Boden gelegen und nicht vor Langeweile genau in jene Richtung geschaut hätte. Ich mache einen kleinen Umweg zu dem Ding hin, ich schiebe die Decke, die einem doppelt so Großen wie mir die Sicht versperren würde, zur Seite. In dem Topf wächst eine grüne Pflanze, eine merkwürdige, die einen heftig sticht, kaum daß man sie berührt. „Was tust du da?" schreit der Kaufmann Tenzer, nachdem er meinen Schrei gehört hat. Ein Blutstropfen[16] liegt auf meinem Zeigefinger, ich zeige ihm mein dickes Blut. Den Finger steck' ich in den Mund und sauge, da sehe ich Tränen in seinen Augen und bin noch mehr erschrocken. Ich frage: „Was hab' ich denn gemacht?" „Nichts", sagt er, „gar nichts, es ist meine Schuld." Er erklärt mir, wie die Pflanze funktioniert und von wie vielen Tieren sie aufgefressen worden wäre, wenn es nicht die Stacheln gäbe. Er sagt: „Du sprichst mit niemandem darüber." Ich sage: „Natürlich spreche ich mit keinem." Er sagt: „Du weißt, daß niemand eine Pflanze haben darf?"[17] Ich sage: „Natürlich weiß ich das." Er sagt: „Du weißt, was jedem blüht, der ein Verbot mißachtet?"[18] Ich sage: „Natürlich." Er fragt mich: „Na, was machen sie mit dem?" Ich antworte nicht und schaue ihn nur an, weil er es mir gleich sagen wird. Wir sehen uns ein bißchen in die Augen, dann greift sich Tenzer ein Stück Wäsche aus der Schüssel und wringt es gewaltig aus. Er sagt: „Das machen sie mit ihm." Natürlich erzähle ich die Sache Millionen Leuten, den Eltern nicht, doch allen meinen Freunden.

Ich gehe wieder hin zum Kaufmann Tenzer, weil er mich seit jenem Tag mit seiner Pflanze spielen läßt, als wären wir Geschwister. Mir öffnet eine alte und fürchterlich häßliche Frau, daß jeder andere an meiner Stelle auch entsetzt gewesen wäre. Sie fragt mit ihrer gemeinen Stimme: „Was willst du hier?" Ich weiß, daß Tenzer immer allein gewesen ist, und eine solche hätte er schon gar nicht eingelassen; daß sie in seiner Wohnung ist, ist also noch erschreckender als ihr Aussehen. Ich laufe vor der Hexe weg und kümmere mich nicht um den

Zauberspruch, den sie mir hinterherruft. Die Straße sieht mich kaum, so fliege ich,[19] ich frage meine Mutter, wo Kaufmann Tenzer ist. Da weint sie, eben hat sie noch an ihrer Decke, zu der sie gehört, herumgestickt. Ich frage: „Wo ist er, sag es mir." Doch erst der Vater sagt es, als er am Abend kommt: „Sie haben ihn geholt." Ich bin inzwischen nicht mehr überrascht, Stunden sind vergangen seit meiner Frage, und oft schon haben sie einen geholt, der plötzlich nicht mehr da war. Ich frage: „Was hat er bloß getan?" Der Vater sagt: „Er war meschugge."[20] Ich frage: „Was hat er wirklich getan?" Der Vater verdreht die Augen und sagt zur Mutter: „Sag du es ihm, wenn er es unbedingt wissen muß." Und endlich sagt sie, wenn auch sehr leise: „Er hatte einen Blumentopf. Stell dir nur vor, sie haben einen Blumentopf bei ihm gefunden." Es ist ein bißchen still, ich leide, weil ich nicht sagen darf, daß dieser Blumentopf und ich Bekannte sind. Meiner Mutter tropfen Tränen auf ihr Tuch, nie vorher hat Tenzer ein gutes Wort von ihr gekriegt. Sein Stück vom Brot nimmt sich der Vater wie jeden Abend nach der Arbeit, ich bin der eigentlich Betroffene hier, und keiner kümmert sich um mich. Der Vater sagt: „Was ich schon immer gesagt habe, er ist im Kopf nicht richtig. Für einen Blumentopf geholt zu werden, das ist der lächerlichste Grund." Meine Mutter weint nicht mehr, sagt aber: „Vielleicht hat er diese Blume sehr geliebt. Vielleicht hat sie ihn an eine Person erinnert, was weiß man denn." Der Vater mit dem Brot sagt laut: „Da stellt man sich doch keinen Blumentopf ins Zimmer. Wenn man schon unbedingt gefährlich leben will, dann pflanzt man sich Tomaten in den Topf. Erinnern an jemand kannst du dich tausendmal besser mit Tomaten." Ich kann mich nicht länger beherrschen, ich habe meinen Vater nicht mehr gern in diesem Augenblick. Ich rufe: „Es war gar keine Blume, es war ein Kaktus!" Dann laufe ich hinaus und weiß nichts mehr.[21]

Der Vater[22] weckt mich mitten in der Nacht; der Vorhang, hinter dem mein Bett steht, ist aufgezogen. Er sagt: „Komm, komm, mein Lieber." Er beugt sich über mich und streichelt

mich,[23] auch meine Mutter ist schon angezogen in dieser Nacht. Es ist Bewegung im Haus, es geht herum und klappert hinter den Wänden. Er hebt mich aus dem Bett und stellt mich auf die Füße. Damit ich ihm nicht umfalle vor Müdigkeit, gibt er mir seine Hand als Rückenstütze. Es ist gut, daß er sich überhaupt nicht eilt. Meine Mutter kommt mit dem Hemd an, doch ich setze mich auf den Eimer, der unsere Toilette ist.[24] Der Mond liegt auf dem Fensterkreuz, im Zimmer stehen plötzlich zwei dickgepackte Taschen. Wenn man lange genug dem Mond zusieht, hält er sein Gesicht nicht still, er blinkert dir zu. Dann stülpt meine Mutter mir das Hemd über den Kopf. „Komm, komm, mein Lieber", sagt der Vater. Sie überlegen beide, was sie vergessen haben könnten; der Vater findet noch ein Kartenspiel und stopft es in die Tasche. Ich habe auch Gepäck zum Mitnehmen, zu den Taschen lege ich meinen Stoffball, den mir meine Mutter genäht hat; doch man sagt mir, es ist kein Platz. Dann gehen wir die finstere Treppe hinunter, über den tuschelnden Hof, auf die Straße.
Viele sind schon dort, doch meine Freunde nicht. „Wo sind die anderen?" fragte ich den Vater. Er macht sich los von meiner Mutter und sagt: „Es ist nur unsere Straßenseite.[25] Frag nicht, was dahintersteckt, es ist so angeordnet." Das ist ein Unglück, denn meine Freunde wohnen alle auf der anderen Seite in dieser Nacht. Ich frage: „Wann kommen wir zurück?" Man streichelt wieder meinen Kopf, erklärt mir aber nichts. Dann trappeln wir los auf ein Kommando, das einer gibt, den ich nicht sehe. Es ist ein Weg, der mit jedem Schritt langweiliger wird; wahrscheinlich überschreiten wir zehnmal die unsichtbare Grenze, doch wenn du den Befehl kriegst, ist das Verbot natürlich aufgehoben.
Ein kleiner Teil des Gettos – und das hat mit Erinnerung nichts zu tun, es ist die Wahrheit – ein kleiner Teil des Ghettos ist wie ein Lager. Um ein paar lange Steinbaracken herum, die ohne Ordnung beieinanderstehen, geht eine Mauer.[26] Gewaltig hoch hat man sie nicht gebaut, von Tag zu Tag kommt mir ihre Höhe verschieden vor, jedenfalls könnte von zwei Männern, die aufeinanderstehen, der obere hinüberblicken. Und wer sich

weit genug entfernt, sieht obenauf Glasscherben blinken. Wozu aber ein Lager mitten im Getto, das doch Lager genug ist, fragt man sich. Darauf kann ich antworten, obwohl es mir damals keiner erklärt hat: Es werden hier Leute gesammelt in dem Lager, bevor sie in ein anderes Lager kommen, oder an einen Ort, an dem sie nötiger gebraucht werden als im Getto. Mit einem Wort, man hat sich in dem Lager bereitzuhalten. Ist es ein gutes Zeichen, hier zu sein, ist es ein schlechtes, darüber wird in den langen Steinbaracken Tag und Nacht gesprochen.[27] Ich kann es nicht mehr hören.[28]
Wir drei bekommen ein Bett zugeteilt, ein hartes Ding aus Holz. Obwohl es ein Stück breiter ist als mein bisheriges, quälen wir uns vor Enge. Es sind auch leere Betten in der Baracke. Gleich nach der ersten Nacht lege ich mich in eins davon und kündige an, von nun an immer hier zu schlafen. Der Vater schüttelt den Kopf, ich schüttle den Kopf zurück und möchte Gründe hören, da holt er wieder aus. Ich habe nachzugeben, es ist ein Sieg der Unvernunft. Wir probieren verschiedene Positionen aus: ich mal links, mal rechts, dann mit dem Kopf zwischen den Füßen der Eltern. „So ist am meisten Platz", sagt der Vater, doch meine Mutter fürchtet, einer der vier Füße könnte mir weh tun. „Manchmal wird gewaltig im Traum getreten.[29] Du weißt nichts davon, aber du tust es." Das kann der Vater nicht bestreiten. „Es ist nur schade", sagt er. Am Ende liege ich in der Mitte, ungefragt, und muß versprechen, mich wenig zu bewegen.
Jeden Morgen ist Appell, ich lerne das Wort als erstes in der fremden Sprache.[30] Wir stellen uns vor der Baracke in einer langen Reihe auf, sehr schnell hat das zu gehen, denn es steht ein Deutscher da und wartet schon. Unsere Fußspitzen dürfen nicht zu weit vorn und nicht zu weit hinten sein, der Vater rückt mich ein bißchen zurecht. Der erste in der Reihe muß „eins!" rufen, dann wird durchgezählt bis um Ende, die Zahlen kommen angerollt und gehen über meinen Kopf hinweg. Meine Mutter ruft ihre Zahl, dann der Vater nacheinander seine und meine, dann ist schon der nächste dran. Mich ärgert das, ich frage: „Warum darf ich meine Zahl[31] nicht selber rufen?" Der Vater

antwortet: „Weil du nicht zählen kannst." „Dann flüsterst du mir meine Zahl eben zu", sage ich, „und dann ruf ich sie laut." Er sagt: „Dafür ist erstens nicht genügend Zeit, und zweitens darf nicht geflüstert werden." Ich sage: „Warum stehen wir nicht jeden Morgen an derselben Stelle? Dann haben wir immer dieselbe Zahl, und ich kann sie lernen." Er sagt: „Hör zu, mein Lieber, das ist kein Spiel." Es stehen zwei in unserer Reihe, die nicht viel älter sind als ich, der eine ruft seine Zahl selbst, der andere wird von seinem Vater mitgezählt. Den einen frage ich: „Wie alt bist du?" Er spuckt an meinem Kopf vorbei und läßt mich stehen, er muß vom oberen Ende unserer Straße sein, wohin ich nur selten gekommen bin. Nach dem Zählen ruft der Deutsche: „Weggetreten!", das ist ein Appell.

Schon am zweiten Tag plagt mich die Langeweile. Ein paar Kleinere sind da, doch als ich näherkomme, sagt der Anführer zu mir: „Verschwinde, aber dalli." Da sehen sie mich alle böse an, die Idioten, nur weil ihr Anführer sich wichtig tun will mit diesem Wort. Ich frage meine Mutter, was dalli heißt, sie weiß es nicht. Ich sage: „Es muß soviel bedeuten wie schnell." Der Vater sagt: „Wichtigkeit." Das Lager ist tot, und ich kriege es nicht zum Leben. Ich weine, ohne daß es hilft; in einer Lagerecke finde ich ein bißchen Gras. Ich soll nicht zu weit fortgehen, sagt meine Mutter, der Vater sagt: „Wo soll er hier schon hingehen." Ich entdecke das Tor, dort ist die einzige Bewegung, manchmal kommt ein Deutscher, manchmal geht einer. Ein Soldat, der ein Posten ist, geht auf und ab, bis er mich stehen sieht. Da hebt er schnell sein Kinn, ich kann nicht sagen, warum ich so wenig Angst vor ihm habe; ich trete ein paar Schritte nach hinten, doch als er wieder auf und ab geht, nehme ich mir die Schritte zurück. Noch einmal bewegt er seinen Kopf so, noch einmal tue ich ihm den Gefallen, dann läßt er mich in Ruhe.

Am Nachmittag steht ein anderer Soldat beim Tor. Er ruft mir etwas zu, das gefährlich klingt. Ich gehe in eine Baracke, die uns nicht gehört. Ich fürchte mich dabei, doch es ist das einzige, was ich noch tun kann. Die gleichen Betten stehen da, es herrscht ein Gestank, der zu nichts gehört, was ich kenne. Ich sehe eine Ratte laufen, sie entkommt mir, ich krieche auf den Knien und kann ihr Versteck nicht finden. Einer packt mich beim Genick. Er fragt mich: „Was tust du hier?“, er hat ein blindes Auge. Ich sage: „Ich tue gar nichts.“ Er stellt sich so mit mir, daß uns die anderen sehen. Dann sagt er: „Sag die Wahrheit.“ Ich sage noch einmal: „Ich tue gar nichts hier. Ich gucke nur.“ Er aber sagt laut: „Er wollte klauen, der Mistkerl, ich habe ihn erwischt.“ Ich rufe: „Das ist überhaupt nicht wahr.“ Er sagt: „Und wie es wahr ist. Ich beobachte ihn schon den halben Tag. Er wartet seit Stunden auf eine Gelegenheit.“ Einer fragt: „Was willst du mit ihm machen?“ Der Lügner sagt: „Soll ich ihn durchprügeln?“ Einer sagt: „Es ist besser, du kochst ihn.“ Ich schreie: „Ich wollte nicht klauen, wirklich nicht!“ Ich komme nicht los von seiner Hand, und der Lügner drückt immer stärker. Zum Glück ruft einer: „Laß ihn laufen, er ist das Kind von einem, den ich kenne.“ Er hält mich aber noch ein bißchen und sagt, ich soll mich nicht nochmal erwischen lassen. Dem Vater erzähl ich nichts, wahrscheinlich würde er den ekelhaften Kerl bestrafen; doch müßte ich in Zukunft wohl in unserer Baracke bleiben, das lohnt nicht.

Am nächsten Tag wird alles gut: am frühen Morgen zieht die andere Straßenseite ins Lager ein. Ich bin noch keine fünf Schritte draußen, da ruft mich einer, der wie Julian klingt und sich versteckt. Ich muß nicht lange suchen, er steht hinter der nächsten Ecke, drückt sich an die Wand und wartet, daß ich ihn finde, Julian ist mein guter Freund. Wir haben uns lange nicht gesehen, es könnte eine Woche sein. Sein Vater ist ein Doktor gewesen, darum geht er vornehm angezogen, jetzt schon wieder. Er sagt: „Verflucht nochmal.“ Ich sage: „Julian.“ Ich zeige ihm das Lager, es gibt nicht viel zu zeigen, von unserer Baracke ist seine am weitesten entfernt. Wir suchen einen Platz, der von nun an unser ständiger Platz sein soll; am Ende bestimmt er ihn, obwohl er erst ein paar Minuten hier ist und ich wahrscheinlich schon seit einer Woche.

Er fragt: „Weißt du, daß Itzek auch hier ist?“ Er führt mich hin zu Itzeks Baracke, auch Itzek ist mein guter Freund. Er sitzt auf dem Bett und muß bei seinen Eltern bleiben, so kann er sich über mich nicht freuen. Wir fragen seinen Vater: „Darf er nicht wenigstens ein bißchen raus mit uns?“ Der sagt: „Er kennt sich noch nicht aus hier.“ „Aber ich kenn’ mich aus“, sage ich, „ich bin schon viele Tage hier. Ich bringe ihn bestimmt zurück.“ Er sagt: „Kommt nicht in Frage.“ Erst als Itzek zu weinen anfängt, erlaubt es ihm seine Mutter, die sonst immer streng ist. Wir zeigen Itzek unseren Platz, wir setzen uns auf die Steine. Das Wunderbare an Itzek ist seine Zwiebeluhr,[32] ich sehe auf seine Hosentasche, in der sie immer tickt. Zweimal durfte ich sie bisher ans Ohr halten und einmal aufziehen, als Gewinner einer Wette. Sein Großvater hat sie ihm aus Liebe gegeben und hat zu ihm gesagt, er soll sie gut verstecken, sonst nimmt sie sich der nächste Dieb. Auch Julian hat etwas Wunderbares, eine wunderbar schöne Freundin. Es hat sie noch nie einer gesehen außer ihm, sie hat blonde Haare und grüne Augen und liebt ihn wie verrückt. Einmal hat er erzählt, daß sie sich hin und wieder küssen, das wollten wir ihm nicht glauben, da hat er uns gezeigt, wie sie den Mund beim Küssen hält. Nur ich besitze nichts Wunderbares. Der Vater hat eine Taschenlampe mit Dynamo, bei der du den Griff bewegen mußt, damit sie leuchtet. Doch wenn sie ihm einmal fehlt, dann kann sich jeder denken, wer zuerst verdächtigt wird.

Ich sage zu Itzek: „Zeig mir deine Uhr.“ Doch seine verfluchten Eltern haben sie gefunden und gegen Kartoffeln eingetauscht. Julian hat seine Freundin noch. Itzek weint um die Uhr, ich mache mich nicht lustig über ihn; ich würde ihn ein wenig trösten, wenn ich die Scham nicht hätte. Julian sagt: „Hör auf zu heulen, Mensch.“ Da läuft Itzek weg, Julian sagt: „Laß ihn doch“, und die schöne Zwiebeluhr ist weggetauscht für Kartoffeln, wer soll das begreifen. Ich erzähle Julian, wie ein Tag in diesem Lager ist, damit er nicht zuviel erwartet. Er erzählt mir von seiner Freundin, sie heißt Marianka, bis Itzek wiederkommt.

Seit ich nicht mehr in unserer Straße wohne, ist wenig dort passiert, nur der Schuster Muntek hat sich das Leben genommen.[33] Jedesmal ist er aus seinem schmutzigen Laden gekommen, wenn wir auf seinen Stufen gesessen haben, und hat mit den Füßen getreten, der ist jetzt tot. Es ist ein komisches Gefühl, weil er neulich erst gelebt hat.[34] Ich frage: „Wie hat er es getan?“ Julian sagt, daß er sich mit Glas die Handgelenke aufgeschnitten hat und ausgeblutet ist. Itzek dagegen, der drei Häuser näher als Julian beim Schuster gewohnt hat, weiß, daß Muntek sich sein Schustermesser ins Herz gestoßen und es dort dreimal umgedreht hat. Julian sagt: „So einen Unsinn hab' ich noch nie gehört.“ Sie streiten sich eine Weile, bis ich sage: „Ist doch egal.“ Aber die Geschichte hat noch ein trauriges Ende, denn Itzeks Mutter hatte ein Paar Schuhe zur Reparatur bei Muntek stehen. Als sie von seinem Tod gehört hat, ist sie hingerannt, doch die Schuhe waren weg, der Laden war schon leergestohlen.

Im Sitzen pinkelt Julian zwischen mir und Itzek hindurch, er kann das wie kein zweiter, in einem wunderschönen Bogen. Dann hat er einen Plan und macht ein wichtiges Gesicht, wir sollen eng zusammenrücken. Er flüstert: „Wir müssen zurück in unsere Straße, am besten in der Nacht.“ So einen verrückten Vorschlag hat Julian noch nie gemacht. Itzek fragt ihn: „Warum?“ Julian richtet seine Augen auf mich, damit ich es dem Dummkopf erkläre, doch ich versteh' ja selber nichts. Julian sagt: „Die ganze Straße ist jetzt leer, stimmt das?“ Wir antworten: „Ja.“ Er fragt: „Und was ist mit den Häusern?“ Wir antworten: „Die sind jetzt auch leer.“ „Die Hauser sind jetzt überhaupt nicht leer“, sagt er und weiß auf einmal etwas, das wir nicht wissen. Wir fragen: „Wieso sind denn die Häuser nicht leer?“ Er sagt: „Weil sie voll sind, Mensch.“ Er verachtet uns ein Weilchen, dann muß er die Sache erklären, weil wir sonst gehen. Also: die Straße wurde Haus für Haus geräumt, die Leute aber durften nicht viel mitnehmen, das wissen wir selbst doch am besten, höchstens die Hälfte von ihrem Besitz. Die andere Hälfte steckt noch in den Häusern, nach Julians Schätzung liegen noch Berge von Zeug da. Er sagt uns, daß er zum Beispiel sein großes Blechauto nicht mitnehmen konnte, weil seine blöde Mutter es zertrampelt und ihm statt dessen einen Sack voll Wäsche zum Tragen gegeben hat. Mein grauer Stoffball fällt mir ein. Nur Itzek brauchte nichts zurückzulassen, er hatte nichts. „Über die Mauer kommt ihr nie", sage ich. Julian wirft einen Stein gegen die Mauer, so dicht an meinem Kopf vorbei, daß ich den Wind spüre. Er fragt mich: „Über die da?" Ich sage: „Ja, über die." Er fragt: „Warum nicht?" Ich sage: „Die Deutschen passen ungeheuer auf." Julian sieht sich groß um und sagt dann: „Wo siehst du hier denn Deutsche? Außerdem schlafen sie nachts. Hast du nicht gehört, was ich gesagt habe? Daß wir es in der Nacht versuchen müssen?" Itzek sagt: „Er hat Schmalz in den Ohren."[35] Ich sage: „Außerdem ist die Mauer viel zu hoch." Itzek sagt zu seinem Freund Julian: „Du merkst schon, was der für Angst hat." Julian sagt nur: „Wir müssen uns eine gute Stelle suchen." Er sagt zu mir: „Feigling."

Wir suchen die Stelle, und Julian hat natürlich recht, es gibt sie. Streben aus Metall sind dort eingelassen wie Treppenstufen. „Was hab' ich euch gesagt", sagt Julian. Mir schlägt das Herz, weil ich jetzt mitgehen oder ein Feigling sein muß. Noch einen zweiten Vorteil hat die Stelle: sie ist vom Lagereingang weit entfernt und damit auch vom Posten. Es ist zwar noch ein anderer Posten da, der herumläuft und irgendwann an jedem Ort vorbeikommt, doch meistens ist der in seinem kleinen deutschen Häuschen und sitzt und raucht oder liegt und schläft. Julian sagt: „Ich sage euch noch einmal, die Deutschen schlafen alle nachts." Ich frage: „Woher weißt du denn das?" Er antwortet: „Das weiß jeder." Und Itzek zeigt auf mich und sagt: „Nur er weiß es nicht." „Gehen wir nächste Nacht?" fragt Julian und sieht mich an.

Ich denke, wie leicht es wäre, mit allem jetzt einverstanden zu sein und später einfach nicht zu kommen. Ich gucke zu den Streben und rüttle an der untersten, ich sage: „Die Deutschen müssen doch verrückt sein." „Also was ist?" fragt Julian wieder mich. Ich sage: „Frag ihn doch auch." Julian fragt Itzek: „Gehen wir in der nächsten Nacht?" Itzek schweigt ein bißchen, dann sagt er: „Lieber in der übernächsten." „Warum erst in der übernächsten?" Itzek sagt: „Man soll nichts übereilen."

Diese Ansicht kennt man von seinem Vater, der von Beruf ein Advokat ist, was immer das bedeutet.
Meine Vorbereitungen beginnen an diesem Abend. Wenn es mir je gelingen soll, nachts unbemerkt aus dem Bett zu kommen, dann darf ich nicht zwischen den Eltern schlafen, dann muß ich an den Rand. Ich fange an zu husten, bis der Vater fragt, was mit mir los ist. Meine Mutter legt mir die Hand auf die Stirn, der Husten hört nicht auf, ich sehe, wie sie miteinander flüstern. Beim Hinlegen sage ich: „In der Mitte krieg' ich keine Luft. Ich falle schon nicht raus." Und ich huste so stark, daß ich wirklich keine Luft kriege, daß sie gar nicht anders können, als mir einen Seitenplatz zu geben. Jeden Abend schreit einer: „Bettruhe!",[36] dann geht das Licht aus, kurze Zeit wird noch geflüstert. Die Elfen[37] fliegen im Dunkeln, sie sind ein Geheimnis, über das nicht gesprochen werden darf; als ich mit meiner Mutter einmal über Elfen sprechen wollte, hat sie nur den Finger auf den Mund gelegt, den Kopf geschüttelt und nichts gesagt. Das Dach der Baracke öffnet sich vor den Elfen, die Wände neigen sich bis zum Boden, man sieht es aber nicht, man spürt es nur am Hauch. Sie schweben ein und aus, wie sie es möchten, manchmal streift dich eine mit ihrem Schleier oder mit dem Wind. Manchmal sagt sie auch etwas zu dir, doch immer in der Elfensprache, die kein Mensch versteht; dazu kommt, Elfen sprechen unglaublich leise, alles ist zarter bei ihnen und sanfter als bei den Menschen. Sie kommen nicht in jeder Nacht, doch gar nicht selten, es ist dann eine verborgene und fröhliche Bewegung in der Luft, bis du einschläfst und wohl noch länger. Beim allerkleinsten Licht verschwinden sie.
Ich will in dieser Nacht das Aufstehen üben, ich habe mir gesagt: sollte es einmal glücken, aus dem Bett zu steigen, ohne sie zu wecken, dann wird es mir auch glücken, wenn es drauf ankommt. Sie müssen nur eingeschlafen sein.
Sonst schläft der Vater so schnell ein, daß er schon schnarcht, bevor die Elfen da sind. Manchmal stoße ich ihn absichtlich in die Seite, und es stört ihn nicht. Doch ausgerechnet heute tuscheln sie miteinander und halten sich umarmt wie Kinder

und küssen sich, als hätten sie nicht den ganzen Tag dafür Zeit gehabt. Ich kann nichts tun, sie haben sich noch niemals so geküßt in der Baracke. Ich höre den Vater flüstern: „Warum weinst du?" Dann bin ich müde, ich glaube, die ersten Elfen sind schon da. Ich rolle mit den Augen, damit die Müdigkeit vergeht. Ich höre meine Mutter flüstern: „Er hustet nicht mehr, hörst du?" Dann weckt sie mich und sagt: „Komm, komm, der Appell wartet nicht auf dich."
Meine Mutter sagt zum Vater: „Laß ihn in Ruhe, er hat nicht ausgeschlafen." Solch ein Unglück wird mir nicht nochmal passieren, das schwöre ich, und wenn ich mir Hölzchen in die Augen stecke.[38] In der nächsten Nacht muß ich nun das Bett und die Baracke ohne Probe verlassen; das Gute aber ist, daß ich jetzt weiß, wie leicht man gegen seinen eigenen Willen einschläft. Der Vater stößt mich in der Reihe an, ich sehe hoch und hör' ihn leise sagen: „Fünfundzwanzig!" Obwohl ich schon bei der nächsten Nacht bin in Gedanken, schlägt mir das Herz, jetzt hab' ich die Gelegenheit zu zeigen, was ich kann. Die Zahlen kommen angestürmt, die Augen des Deutschen vor uns bleiben immer auf der Zahl. Ich habe Angst; der Vater kann nicht wissen, was für einen Moment er sich ausgesucht hat. Ich muß die Lippen aufeinanderpressen, um nicht zu früh zu rufen, dann schrei' ich: „Fünfundzwanzig!" Es muß genau der richtige Augenblick gewesen sein, nach der Frau vor mir und vor dem Vater, die Zahlen laufen wie am Schnürchen von mir fort,[39] es ist ein gutes Gefühl. Nach dem Appell sagt der Vater: „Das hast du großartig gemacht. Nur mußt du nicht so schreien beim nächstenmal." Ich verspreche es ihm, er hebt mich auf den Arm, das ist nicht angenehm vor allen Leuten.
Wir treffen uns, Julian, ich und Itzek, und warten auf die nächste Nacht. Julian hat gesehen, daß an unserer Stelle kein Glas auf der Mauer liegt, es ist ein Glück. Itzek sagt, er hat das auch gesehen. Julian sagt: „In unser Zimmer brauch' ich gar nicht erst zu gehen, ich gehe gleich woanders hin. Geht ihr in eure Zimmer?" Ich überlege, ob unser Zimmer sich lohnt: der Stoffball liegt noch dort, vielleicht die Taschenlampe, im

Lager ist sie bisher nicht aufgetaucht. Itzek fragt: „Ehrlich, wer hat Angst?“ „Ich nicht“, sagt Julian, „ich auch nicht“, sagt Itzek, „ich auch nicht“, sage ich. Ich frage Julian, ob er nicht seine Freundin besuchen möchte, wenn wir draußen sind. Er antwortet: „Doch nicht in der Nacht.“
Ein kalter Regen vertreibt uns, nur Julian weiß wohin. Er kennt eine unbewohnte Baracke, dorthin laufen wir. Auch wenn ich es nicht gern gestehe: Julian ist von uns der Führer. Die Tür fehlt, wir treten in den dunklen Raum, in dem nichts ist; nur doppelstöckige Betten stehen zusammengerückt an den Wänden, wie ich sie nie zuvor gesehen habe. Itzek klettert herum und springt von einem aufs andere, wie eine Katze, und Julian macht mir Augen, als ob ihm alles hier gehört. Da sagt uns einer: „Haut ab hier, aber Tempo.“ Vor Schreck fällt Itzek runter von einem Bett und rappelt sich auf und rennt hinaus. Julian ist schon verschwunden, nur ich steh' mitten in dem Raum. Die Stimme, die gleichzeitig müde klingt und so, als ob sie einem Starken gehört, sagt: „Was ist mit dir?“ Ich stehe noch vor Neugier, und außerdem soll Julian sehen, wer hier ein Feigling ist. Ich sage: „Mit mir?“ Da bewegt sich etwas Weißes langsam aus einem Bett heraus, tief hinten im Bettenberg, ich hab' genug gesehen. Ich stürze raus ins Freie, wo Julian und Itzek in sicherer Entfernung stehen und warten und vielleicht froh sind, vielleicht enttäuscht, daß ich mit heiler Haut aus der Gefahr gekommen bin. Ich sage: „Mensch, das ist ein Ding!“[40] Aber sie wollen meinen Bericht nicht hören, es regnet kaum noch.
An unserem Versammlungsort wollen wir uns nachts treffen und dann gemeinsam zur Mauer gehen. Julian fragt, warum wir uns nicht gleich an der Mauer treffen, und ich weiß einen Grund: Wenn einer nicht pünktlich ist, dann wäre es nicht gut, an der Mauer auf ihn zu warten. Nachdem wir uns geeinigt haben, sagt Julian: „Wir treffen uns doch lieber an der Mauer.“ Ich frage, ohne mir viel zu denken: „Wann treffen wir uns überhaupt?“ Ein bißchen überlegen wir, dann sieht mich Julian böse an, als hätte ich mit meiner Frage erst das Problem geschaffen. Er braucht immer einen Schuldigen und sagt zu

Itzek: „Wenn du nicht so dämlich wärst und deine Uhr noch hättest, dann wäre alles gut." Wir wissen alle drei kein Zeichen in der Nacht, nach dem man sich richten könnte. Bis Itzek sagt: „Bettruhe ist doch überall zur selben Zeit?" Das ist der beste Einfall, selbst Julian kann das nicht bestreiten, die Bettruhe könnte solch ein Zeichen sein, wie wir es brauchen. „Wenn die Bettruhe anfängt", sagt Itzek, „dann noch eine Stunde, dann schlafen alle, dann können wir uns treffen." „Und wie lang ist eine Stunde?" fragt Julian, doch einen besseren Vorschlag weiß er nicht. Wir einigen uns über die Länge einer Stunde: es ist die Zeit, die auch der Letzte in der Baracke braucht, um einzuschlafen, und noch ein bißchen länger. Wir legen unsere Hände aufeinander und sind verschworen und trennen uns bis zur Nacht. Dann bin ich bei den Eltern auf dem Bett. Meine Mutter steht vom Nähen auf und sagt, daß ich ganz naß bin, sie zieht mein Hemd aus und trocknet mir den Kopf. Viele gehen herum in der Baracke, die Hände auf dem Rücken, einer von ihnen ist der Vater. Jemand singt ein Lied von Kirschen,[41] die eine Hübsche immer ißt, von bunten Kleidern, die sie immer trägt und von dem Liedchen, das sie immer singt.
Zum erstenmal in meinem Leben kann ich eine Nacht kaum erwarten. Die Angst ist weg, das heißt, da ist sie schon noch, doch über ihr ist die Erwartung. Wenn ich nur nicht verschlafe, denke ich, wenn ich nur nicht wieder verschlafe, verschlafen darf ich nicht. Ich sag zu meiner Mutter: „Ich bin müde." es ist noch Nachmittag, sie legt die Hand auf meine Stirn, dann ruft sie den Vater. „Stell dir vor, er ist müde und will schlafen." Der Vater sagt: „Was ist dabei, wenn einer, der den ganzen Tag herumläuft, müde ist?" Meine Mutter sieht ihn unzufrieden an. Er sagt: „Laß ihn sich hinlegen und schlafen, wenn er will und kann", dann geht er wieder herum. Ich lege mich hin, meine Mutter deckt mich zu. Sie fragt, ob mir am Ende etwas wehtut, sie drückt auf ein paar Stellen. Ich sage ungeduldig: „Mir tut nichts weh." Sie sagt: „Sei nicht so frech." Ihre Hand läßt sie unter der Decke auf mir liegen, dagegen hab' ich nichts, es ist ganz angenehm. Ich werde wirklich müde mit der Zeit, wie der Regen auf das Dach schlägt,

wie sie spazieren in langen runden, und wie sie meinen Bauch hält. Ich überlege, was ich finden möchte in den leeren Häusern in der Nacht, es darf nicht allzu schwer sein wegen des Transports und auch nicht allzu groß; ich lege mich nicht fest, nur geht mir immer wieder das Wort *prächtig* durch den Sinn. Ich werde wohl etwas finden, daß viele ihre Augen aufreißen und fragen werden: Mein Gott, wo hast du das denn her? Dann werde ich lächeln und mein Geheimnis schön für mich behalten, und alle werden sich den Kopf zermartern und neidisch sein. Ich spüre, daß ich bald schlafen werde, in den Ohren ist jedesmal vor dem Schlaf ein Summen. Verschlafen kann ich gar nicht, denke ich, auch wenn ich noch so müde wäre: am Abend wird immer *Bettruhe!* gebrüllt, davon wacht ein Bär auf. Ich bin ziemlich klug.
Ich schlafe, dann bin ich wieder wach, es ist fast Zeit, sich hinzulegen. Ich bekomme mein Stück Brot und eine halbe Zwiebel.[42] Es wundert mich ein wenig, daß keiner zu bemerken scheint, was für besondere Dinge vor sich gehen. Nur meine Mutter bleibt dabei, daß etwas nicht in Ordnung ist mit mir; ihre Hand tanzt dauernd auf meiner Stirn herum, und sie erinnert den Vater daran, wie ich gehustet habe. Ich will schon aufspringen und ihr zeigen, wie gesund ich bin, doch fällt mir früh genug ein, wie falsch das wäre. Ich darf noch nicht gesund sein, ich muß noch weiterhusten, sonst stecken sie mich wieder in ihre Mitte für die Nacht. „Da hast du es", sagt meine Mutter. Sie will Herrn Engländer holen, den berühmten Arzt[43] aus der Nebenbaracke, doch der Vater sagt: „Bitte, geh und hol ihn. Er kommt und untersucht, und wenn es beim nächstenmal etwas wirklich Ernstes ist, dann kommt er nicht mehr."
Es ruft der Eine: „Bettruhe!" Noch eine Stunde, denke ich erschrocken. Itzek liegt jetzt da, Julian liegt jetzt da, denke ich, für jeden noch eine Stunde. Ich fürchte, die Eltern könnten mein inneres Zittern spüren, aber sie fangen schon wieder an zu küssen und zu tuscheln. Noch niemals hab' ich mich so wach gefühlt. Über die Störung neben mir hinweg bemerke ich einfach alles, was in der Baracke vor sich geht: das Geflüster im Nachbarbett, das erste Schnarchen, ein Stöhnen, das nicht aus

dem Schlaf kommt, sondern aus dem Unglück, das zweite Schnarchen, das Schnarchkonzert, durch eine Fuge in der Wand ein Licht vom Himmel. Ich bemerke das Ende des Regens, es tropft noch irgendwo auf den Boden herab, doch nicht mehr aufs Dach. Zwei Betten weiter liegt eine sehr alte Frau, die im Schlaf spricht. Manchmal bin ich aufgewacht davon, ich warte, daß sie wieder anfängt, der Vater sagt, man kann im Schlaf ein anderer Mensch sein. Sie schweigt, dafür weint jemand, das ist nicht schlimm, vom Weinen wird man müde und schläft bald ein. Dann höre ich ein Schnarchen, das mich entzückt, weil es das Schnarchen meiner Mutter ist. Ganz leise und unregelmäßig klingt es, mit kleinen Stockungen, als ob es ein Hindernis auf seinem Weg gibt. Noch hat sich keine von den Elfen blicken lassen, vielleicht hält der Regen sie heute auf. Ein gutes Stück der Stunde ist vorbei, ich möchte nicht der Erste am Treffpunkt sein. Die Stunde ist vorüber, beschließe ich, wenn auch der Vater schläft. Ich setze mich hin und lasse meine Beine hängen. Wenn er mich fragt, was los ist, dann schläft er nicht. Er fragt mich aber nicht. Itzek sitzt auch in seinem Bett, das hilft mir, Julian hat jetzt auch Herzklopfen. Das Weinen hat aufgehört, und lange schon hört man kein Getuschel mehr. So ist meine Stunde um.
Ich stehe neben dem Bett und nichts geschieht. Am Vormittag bin ich den Weg zur Tür zweimal mit geschlossenen Augen abgeschritten, als Ersatz für die ausgefallene Probe in der Nacht, und bin nicht angestoßen. Nur einem Großvater bin ich auf den Fuß getreten, der stand mir im Weg, er hat geschimpft. Ich hebe meine Schuhe auf, die Stunde ist um. Ich gehe einen Schritt, und noch einen, der Fußboden knarrt ein wenig, am Tage hörst du das nicht. Die Finsternis ist so schwarz, daß es keinen Unterschied zwischen offenen und geschlossenen Augen macht. Die Schritte werden munter,[44] plötzlich aber bleibt alles stehen, fast falle ich um vor Schreck, weil jemand schreit. Es ist die furchtbar alte Frau. Ich stehe, bis sie wieder schweigt; was wird geschehen, wenn sie die Eltern weckt und dann: Wo ist das Kind? Doch sie bleiben im Schlaf, weil das Geschrei der Frau zur Nacht gehört. Meine Beine finden von selbst die

Ecke, dann sehe ich einen grauen Schimmer von der Tür, das Nachtlicht. Die letzten Schritte sind unvorsichtig schnell, weil ich auf einmal denke: Wenn nachts die Türen zugeschlossen sind! Die Tür geht wunderbar leicht auf[45] und schließt sich schnell, ach, bin ich draußen in dem Lager. Ich setze mich, zieh' die Schuhe an und verfluche mich, ich habe meine Hose vergessen. Zum Schlafen behalte ich immer das Hemd an, ich ziehe nur die Hose aus, das hat die Mutter hier so eingeführt; die Hose liegt als Kopfkissen gefaltet auf dem Bett, damit sie keiner stiehlt. Jetzt muß ich in Hemd und Unterhose über die Mauer, Itzek und Julian werden Witze machen.
Ich kann den Mond nicht finden. Gestern habe ich Julian gefragt: „Was werden sie mit uns machen, wenn sie uns erwischen?" Er hat geantwortet: „Sie erwischen uns nicht", das hat mich sehr beruhigt. Auf dem Boden sind Pfützen, in einer davon finde ich den Mond. Natürlich halte ich vor jeder Ecke an und bin nicht unvorsichtig. Ich denke: selbst wenn der Vater jetzt aufwacht, nützt es ihm nichts mehr.
Hinter der letzten Ecke hockt Julian an der Mauer. Er lacht natürlich und zeigt mit seinem Finger auf mich. Ich setze mich neben ihn auf den Boden. Er amüsiert sich immer noch, ich frage: „Ist Itzek noch nicht da?" Er sagt: „Wo soll er denn sein, Mensch." Die unterste Strebe ist so niedrig, daß ich sie im Sitzen greifen kann, sie wackelt ein wenig. „Vielleicht ist er eingeschlafen", sage ich. Julian sagt nichts, er kommt mir sehr ernst vor, seitdem er mit dem Lachen fertig ist. Noch nie habe ich so wie jetzt seine Überlegenheit gespürt. Ich frage: „Wie lange warten wir?" Er sagt: „Halt den Mund." Ich stelle mir Itzeks Entsetzen vor, wenn er am Morgen aufwacht, und alles ist vorbei. Doch jetzt ist keine Zeit für Mitleid, ich warte auf Julians Befehle und fange an, mich vor der Mauer zu fürchten. Sie ist viel höher als am Tage, sie wächst mit jedem Augenblick. Als über uns ein Rabe[46] krächzt, steht Julian auf; vielleicht war der Vogelschrei das Zeichen, auf das er gewartet hat. Er sagt: „Dein Itzek ist ein Feigling."
Später, wenn wir mit unserer Beute wieder zurück sein werden, dann bin ich ein genau so großer Held wie er, da spielt es

keine Rolle, wer jetzt Befehle gibt und wer gehorcht. Doch Julian schweigt so lange, daß ich fürchte, etwas könnte nicht in Ordnung sein. Ich frage: „Willst du es verschieben?" Er sagt: „Quatsch." Ich gebe zu, daß auch ein wenig Hoffnung in meiner Frage war, jetzt aber weiß ich, daß wir das Lager in dieser Nacht verlassen werden. „Worauf warten wir?" Er sagt: „Auf gar nichts." Er schiebt mich zur Seite, weil ich im Weg stehe, er prüft die erste Strebe, die zweite und die dritte, die vierte kann er vom Boden aus nicht erreichen. Er steigt auf die erste Strebe und ist jetzt hoch genug, die vierte zu berühren, dann springt er wieder auf die Erde. Er sagt: „Geh du zuerst." Ich frage: „Warum ich?" Er sagt: „Weil ich es sage", und ich spüre, wie recht er hat. Trotzdem frage ich: „Können wir nicht losen?" „Nein", sagt er ungeduldig, „geh endlich, sonst gehe ich alleine." Das ist der höchste Beweis, daß Julian nicht Angst hat wie ich; er gibt mir einen kleinen Stoß, er hilft mir, mich zu überwinden. Mir fallen wohl noch ein paar Fragen ein, die ich ihm stellen könnte; wenn Julian aber ernst macht und ohne mich geht, dann stehe ich nachher da. Ich trete an die Mauer heran, er sagt: „Du mußt die dritte greifen und auf die erste steigen." Er schiebt von unten, damit es aussieht, als hätte ich es ohne seine Hilfe nicht geschafft. Ich stehe auf der untersten Strebe und habe keine Angst mehr vor der Mauer, nur noch vor der Höhe. Der Gedanke hilft, daß ich die Mauer überwunden haben werde, wenn Julian sie noch vor sich hat. Wie auf einer Leiter für Riesen muß ein großer Schritt getan und eine höhere Strebe muß gegriffen werden, das strengt kaum an. Rechts neben mir ist die kühle Mauer, links unten bleibt Julian immer tiefer zurück, sein Gesicht hat er zum Himmel gerichtet und sieht mir zu. Er fragt mich: „Wie geht es?" Zum ersten Mal im Leben verachte ich ihn, und ich sage aus meiner Höhe: „Sei nicht so laut." Ich werde ihm nicht verraten, wie leicht es geht, er hat mich nur aus Angst vorausgeschickt. Auf einmal ist vor meinen Augen der Mauerrand.

Ich sehe eine Straße. Dunkle Häuser sehe ich, die feuchten Steine auf dem Platz, es rührt sich nichts, die Deutschen schlafen wirklich. Leise ruft er: „Was siehst du?" Ich rufe

aufgeregt zurück: „Ganz hinten fährt ein Wagen mit Pferden. Ich glaube, sie sind weiß." Er ruft verwundert: „Das lügst du." Ich sage: „Jetzt ist er um eine Ecke gebogen." Ich stütze meine Arme auf den Mauerrand, ein bißchen Glas liegt dort. Es sind kleine Stücke, man sieht nicht jedes, ich taste mit den Händen die Mauer ab. Das größte Stück läßt sich herausbrechen, damit schabe ich über die anderen Splitter. „Was tust du?" fragt von unten Julian. Vorsichtig wische ich das Glas mit dem Ärmel weg und puste. Dann wälze ich mich auf die Mauer, die Angst geht wieder los, am meisten fürchte ich mich vor der Angst. Ich muß die Knie unter den Bauch kriegen, das ist die schwerste Arbeit. Für einen Augenblick setze ich mein Knie auf Glas. Ich darf ja nicht schreien, ich finde einen besseren Platz fürs Knie, es muß nun bluten; und Julian, der Idiot, der ruft: „Warum geht es nicht weiter?"
Ich muß mich drehen, ich fürchte schrecklich, das Gleichgewicht zu verlieren. Julian wird nichts mehr sagen, oder ich spuck' ihm auf den Kopf. Dann, nach dem Drehen, sehe ich ihn stehen und weiß erst jetzt, wie hoch ich bin. Wieder lege ich mich auf den Bauch, die Beine sind schon draußen, um einzelne Schmerzen kann ich mich nicht kümmern. Ich lasse mich hinab, soweit die Arme reichen, die Füße finden keinen Halt, weil es hier keine Streben gibt. Ich hänge und komme auch nicht wieder hoch, ich höre Julian rufen: „Was ist los? Sag doch ein Wort." Ich schließe die Augen und sehe mir die Mauer von unten an, wie klein sie wirkt, wenn man herumspaziert im Lager. Was soll schon passieren, ich werde hinfallen und mir ein bißchen wehtun, tausendmal bin ich hingefallen. Ich werde aufstehen und mir die Hände sauberwischen, während Julian die Überquerung noch vor sich haben wird. Was ist, wenn er nicht kommt? Kalt wird mir bei diesem Gedanken, ich hänge hier, und Julian verschwindet und legt sich schlafen. Ich kann doch nicht allein in die Häuser gehen, es ist von Anfang an Julians Einfall gewesen. Ich rufe: „Julian, bist du noch da?" Dann fliege ich, obwohl noch nichts entschieden ist, der Mauerrand hat sich von meinen Händen losgemacht. Der Boden kommt erst nach langer Zeit, ich falle langsam, zuletzt auch auf den

Kopf, die Mauer schrappt den ganzen steilen Weg an meinem Bauch entland. Bequem liege ich auf dem Rücken, die Augen lasse ich noch ein wenig zu, bevor ich mir den Himmel, der genau über mir ist, in aller Ruhe ansehe. Dann sehe ich Julians Gesicht oben auf der Mauer, er ist ein guter Kerl, und mutig ist er auch. Er ruft: „Wo bist du denn?" Da muß ich mich bewegen, zwei Schmerzen machen mir zu schaffen, an der rechten Hüfte der eine, der andere im Kopf. Ich sage: „Hier, Julian." Mir ist auch schwindlig, ich muß zur Seite gehen, damit er mir nicht noch auf den Kopf springt, ich denke: Aber ich hab' es überstanden. Julians Methode ist eine andere, er setzt sich auf die Mauer. Er rutscht nach vorn, er scheint sich zu beeilen, er stützt sich links und rechts, die Arme sehen ihm bald aus wie Flügel. Nein, ein Feigling ist er nicht, er fliegt zum Boden, Neben mir fällt er auf den Rücken, er steht viel schneller auf als ich. Weil ich hinter ihm bin, gehe ich herum um ihn, er dreht sich aber, damit ich sein Gesicht nicht sehe, er geht auch ein paar Schritte weg. Ich möchte ihn sehen und fasse seine Schulter an, da stößt er mich zurück, weil er weint. Trotzdem ist er mutig, mein Kopfschmerz ist mal klein, mal groß, die Hüfte tut weh bei jedem Schritt. Ich frage: „Bluten deine Hände auch?" Als käme ihm diese Möglichkeit jetzt erst in den Sinn, sieht Julian seine Hände an, dreht sie zum Mond, sie bluten nicht. Um ihn zu trösten, zeige ich ihm meine, er sagt: „Was hast du denn gemacht, du Esel?" Ich sage: „Das Glas." Er sagt: „Das faßt man doch nicht an."
Ich friere, wie viele Jacken braucht ein Räuber in der Nacht? Wir sind jetzt Leute aus einer der Geschichten,[47] Julian vornweg; er fragt: „Bist du noch da?" Das heißt, er hört mich nicht, ich schleiche wie ein Meister. An die Hüfte gewöhne ich mich mit den Schritten, dafür nimmt der Kopfschmerz zu. Alles ist gut, solange ich den Kopf nicht drehe. Irgendwo bellt ein Hund, es ist sehr weit und hat nichts mit uns zu tun. Ich sage: „Gehen wir doch in dieses Haus." Wir gehen in das nächste Haus, die Haustür aber ist abgeschlossen. Wir lassen keine Tür mehr aus, bei allen ist es dasselbe. Ich weine ein bißchen, auch vor Kopfschmerz und Kälte, Julian lacht nicht. Er zieht

mich am Ärmel und sagt: „Komm“, da wird mir leichter. Er sagt: „Weißt du, was ich glaube?“ Und als ich den Kopf schüttle und mir so neuen Schmerz bereite, sagt er: „Ich glaube, hier wohnen die Leute noch. Deswegen sind die Häuser zugeschlossen. Leer ist nur unsere Straße.“ Ich bleibe vor einem Fenster stehen und möchte wissen, wie recht Julian hat. Ich stelle mich auf die Zehenspitzen, ob in dem Zimmer Leute schlafen. Da sieht mich ein Teufelsgesicht an, nur die Scheibe ist zwischen uns. Ich laufe weg mit meiner Hüfte, daß Julian mich erst an der nächsten Straßenecke einholt. Ich sage: „Hinter dem Fenster war ein Teufel.“ Julian sagt: „Dort wohnen welche, du Idiot.“

Er findet unsere Straße, ich erkenne sie kaum bei Nacht. Wir gehen vorbei an einem Zaun, dessen zwei lockere Latten mir bekannt sind. Ich tippe eine davon an und habe recht, in meiner Straße könnte ich viele Kunststücke zeigen. Ich frage Julian, warum er nicht einfach das nächste Haus nimmt; dabei weiß ich, daß er Angst hat, es könnte wieder zugeschlossen sein. Er sagt: „Ich weiß schon, was ich tue.“

Dann geht es mit gut, weil mein Kopf sich besser fühlt. Längst wären wir in einem Haus, wenn Julian so frieren würde wie ich. Ich denke: hoffentlich ist ihm nicht mehr lange warm. Irgendwann einmal werde ich der Führer sein, dann ziehe ich mir warme Kleider an. Er fragt: „Bist du noch da?“ Wir gehen an meinem Haus vorbei, er hat nur sein eigenes im Kopf; ohne ihn könnte ich eintreten, wenn ich wollte. Ich denke an des Vaters Taschenlampe, wahrscheinlich bin ich müde. Zur Werkstatt von dem toten Schuster Muntek verlieren wir kein Wort, in meiner Zeit hier hat er jedenfalls gelebt und uns gejagt. Noch nie war mir so kalt in unserer Straße, der Wind weht auf meine nackten Beine, doch Julian niest als erster. Er steht bei seinem Haus und kommt nicht durch die Tür. Er rüttelt ein bißchen und tritt ein bißchen, die Tür bleibt aber zu. Ich sage: „Mach nicht solchen Krach.“ Er antwortet: „Halt deine Schnauze.“ Weil es zu meinem Haus weit ist, gehe ich nur zum nächsten, und das ist offen. Ich rufe Julian, wir sind unserem Glück sehr nahe. Das Haus hat drei Etagen, wir fangen oben an, weil

Julian es so will. Auf dem Treppenabsatz ist es schwarz, eine Tür tut sich auf, ein dunkelgraues Loch. Mir schlägt das Herz, weil ich nicht weiß, ob Julian die Tür geöffnet hat oder ein Fremder, bis Julian sagt: „Komm endlich." Im Zimmer ist eine Unordnung aus gar nichts,[48] umgeworfene Stühle, ein Tisch, ein offener Schrank, in dem unsere Hände nichts finden. Ich frage: „Was stinkt hier so?" Julien sagt: „Du stinkst." Ich setze mich auf ein zerbrochenes Bett. Julian geht zum Fenster und macht es auf. Es wird heller, er lehnt sich weit hinaus und fragt: „Weißt du, wo unser Lager ist?" Ich stelle mich neben ihn und sage: „Nein." Er macht das Fenster wieder zu und sagt: „Ich weiß es", so ist Julian. Auf dem Weg zurück zur Tür stoßen wir gegen einen Eimer, aus dem der Gestank kommt.
Die Zimmer in dem Haus sind alle auf ähnliche Weise leer. In einem steht ein Apparat, der viel zu schwer ist, um ihn mitzunehmen. Julian sagt: „Das ist eine Nähmaschine." In einem finden wir eine Kiste halb voll Kohlen, was sollen wir mit Kohlen in dem Lager? In einem fällt die Klinke von der Tür ab, ich hebe sie auf und beschließe, sie vorläufig mitzunehmen. Julian nimmt mir die Klinke weg und setzt sie wieder ein. Im nächsten Haus, gleich im ersten Zimmer, findet Julian etwas. Er untersucht es und ruft bald: „Mensch, das ist ein Fernglas!" Ich habe dieses Wort noch nie gehört, er sagt: „Komm her und sieh durch." Ich trete zu ihm ans Fenster, er hält mir den Fund vors Gesicht, tatsächlich sieht man darin Dinge, die niemand mit gewöhnlichen Augen sehen kann, selbst in der Nacht. Julian zeigt mir, wie ich an dem Rädchen drehen muß, damit die Bilder verschwimmen oder deutlich werden, ich aber kann sowieso nichts sehen, weil plötzlich Tränen in meinen Augen sind. Ich gebe ihm sein Fernglas zurück, es ist ein schrecklicher Zufall, daß er es war, der das Glas gefunden hat. Im nächsten Zimmer kommt Julian zu mir und sagt: „Wir müssen zurück." Ich sage: „Ich geh nicht, bevor ich nicht auch was finde." Er sagt noch einmal, daß ich mich beeilen soll, als wäre es eine Frage von Tüchtigkeit, ob ich was finde oder nicht. Er bleibt mit mir in jedem Zimmer, solange ich

will, er öffnet jedes Fenster und sieht sich alles durch sein verfluchtes Fernglas an.
Ich spüre, daß ich mit immer weniger zufrieden wäre, doch nichts ist da. Julian sagt: „Wir müssen gehen. Oder willst du, daß alles rauskommt?" Ich sage, in eine einzige Wohnung möchte ich noch gehen, dort liegt der Stoffball unterm Bett, dann laufen wir zurück zum Lager. „Gut", sagt Julian, seit dem Fernglas ist er ein großzügiger Freund. Während wir die Straße hinuntergehen, weiß ich keine Antwort auf die Frage, was geschehen soll, wenn ausgerechnet mein Haus zugeschlossen ist. Julian sieht es lange vor mir durch sein Ding und sagt: „Die Tür steht offen." Unter dem Bett liegt kein Ball, ich krieche in jede Ecke. Als wir das Zimmer verlassen haben, ist er hier gewesen, daran besteht kein Zweifel, also ist später jemand gekommen und hat den Ball gestohlen, jetzt hat sich alles nicht gelohnt.
Julian fragt: „Was hast du?", weil ich auf dem Bett sitze und weine. Seine Hand legt er mir auf die Schulter, obwohl er grinsen könnte, er ist ein ziemlich guter Freund. Jetzt müßte er mich fragen, ob ich sein Fernglas will; natürlich würd ich es nicht nehmen, doch vieles wäre gut. Dann denke ich an die Taschenlampe des Vaters. Im Lager ist sie nicht aufgetaucht bisher, vielleicht taucht sie hier auf, sofern der Stoffballdieb sie nicht gefunden hat. Wo der Vater sie versteckt hielt, weiß ich nicht, ich glaube, sie hatte keinen festen Platz, mal hat sie auf dem Tisch gelegen, mal woanders. Ich stehe auf und frage Julian: „Wenn du eine Lampe hättest, so groß wie deine Hand, wo würdest du sie hier verstecken?" Er sieht sich dreimal um, dann fragt er: „Bist du sicher, daß sie hier ist?" Ich sage: „Sie muß hier sein." Julian legt sein Fernglas auf unseren Tisch und fängt zu suchen an, das gefällt mir und gefällt mir auch wieder nicht. Ich suche eilig los, ich muß die Lampe vor ihm finden. Ein paar Stellen weiß ich, die weiß er nicht, ein Loch im Fußboden, unterm Fensterbrett eine kleine Höhle, ein loses Brett im Dach vom Kleiderschrank. Mein Wissen bringt mir nichts, ich krieche auf dem Bauch durchs Zimmer, ich steige auf den Stuhl, die Taschenlampe taucht nicht auf. Wenn Julian

wieder sagt, wir müssen gehen, dann müssen wir gehen. Zum letztenmal lege ich mich unters Bett, da höre ich ihn sagen: „Meinst du die hier?" Er ist ganz ruhig, er hat die Lampe auf den Tisch gelegt und wartet nicht auf Dankbarkeit. Ich frage: „Wo hast du sie gefunden?" Er sagt: „In der Schublade." Er sagt es wie jemand, der nicht begreifen kann, daß ich wegen einer so lächerlichen Lampe fast den Verstand verliere. Er nimmt sein wichtiges Fernglas und geht zur Tür. Auf die Schublade wäre ich vielleicht nie gekommen, man braucht nicht auf dem Bauch zu ihr zu kriechen, man braucht nicht auf den Stuhl zu steigen; auch der Balldieb hatte nicht genug Verstand.
Im Lager werde ich das Licht leuchten lassen, jetzt ist Julian ungeduldig. Ich laufe hinter ihm zur Treppe, dabei bin ich es, der jeden Tritt hier kennt. „Danke, Julian", sage ich oder denke es,[49] auf einmal tut mir Itzek leid. Julian verbietet mir, meine Lampe auf der Straße auszuprobieren. Ich richte mich nach ihm, ich kümmere mich nicht um den Weg und folge ihm, noch ist mir nicht kalt. Die Lampe muß ich in der Hand behalten, weil ich ja auch die Hosentaschen vergessen habe. Ich frage: „Weißt du noch den Weg?" „Kannst ja alleine gehen", sagt Julian, das heißt, er weiß den Weg. Ich habe keine Ahnung, warum er böse ist, ich möchte freundlich zu ihm sein. Ich sage: „Wenn du die Lampe brauchst, kannst du sie immer borgen." Er sagt: „Ich brauche deine Lampe nicht." Ich glaube, er möchte genauso gern wie ich wieder zu Hause sein, das macht ihm schlechte Laune; er grault sich so wie ich, gleich wieder vor der Mauer zu stehen[50] und hochzuklettern und in die Tiefe springen zu müssen. Ich sage: „Wenn die Deutschen alle schlafen, brauchen wir doch nicht zu klettern. Warum gehen wir nicht einfach durch das Tor?" „Weil das zugeschlossen ist, du Idiot", sagt Julian.
Der Weg wird kälter. Natürlich findet Julian das Lager, und weil ich nie daran gezweifelt habe, bin ich nicht erleichtert. Er findet auch unsere Stelle. Er flüstert: „Mensch, weißt du, was los ist?" Ich flüstere: „Was soll sein?" „Die Eisenstäbe", flüstert er, „auf dieser Seite sind doch keine." Ich möchte auch einen Einfall haben und flüstere: „Wir müssen ums Lager

herumgehen, irgendwo werden solche Dinger sein." „Überall auf der Mauer liegt doch Glas, nur an der einen Stelle nicht", flüstert Julian. Ich sehe mir meine Hände an, die ich vergessen hatte, mein Knie. Ich flüstere: „Wenn wir woanders eine Stelle finden, dann nehmen wir einen Stein und zerschlagen zuerst das Glas." Ich merke, wie gut mein Einfall ist, denn Julian sagt jetzt nichts und sieht sich um nach einem Stein. Er steckt den Stein in seine Hosentasche und geht als Führer los; wenn wir auf dieser Mauerseite Streben finden sollten, werde ich es gewesen sein, der uns gerettet hat. Julian sagt im Vorausgehen: „Hör auf mit deiner blöden Lampe, sonst nehm' ich sie dir weg." Er spielt sich immer dann am meisten auf, wenn er recht hat;[51] ich wäre ein besserer Führer als er, wenn ich der Führer wäre. Wir müssen einen Bogen gehen, einen großen Bogen fort von der Mauer und vorbei am Lagereingang, an dem kein Mensch zu sehen ist, Julian will es so. Er nimmt mir meine Lampe weg, obwohl ich nichts damit getan habe, es geschieht zur Sicherheit, ich wehre mich nicht; ein Führer muß an alles denken und braucht nicht alles zu erklären. Wir schleichen über die Straße, die genau auf das Lagertor zuführt, immer noch ist dort niemand, der uns beobachten könnte. Wir kommen zurück an die Mauer, Julian gibt mir meine Lampe wieder, ich habe es nicht anders erwartet. Wir gehen und gehen und finden keine Streben. Ich sage: „Julian, es kommen keine." „Das weiß ich selber", sagt er, geht aber immer weiter. Dann frage ich: „Wie lange wollen wir noch gehen?" Er antwortet, indem er stehenbleibt, er setzt sich hin und lehnt sich mit dem Rücken an die Wand. Ich setz' mich auch und frage nichts, ich sehe Julian an und sehe etwas Fürchterliches: er weint. Jetzt erst sind wir ohne Hilfe, er weint vor Ratlosigkeit.[52] Sein Weinen vorhin, als er von der Mauer gesprungen und hingefallen ist, war nichts dagegen. Wir rücken zusammen, wahrscheinlich ist ihm nicht weniger kalt als mir. Wahrscheinlich ist er ein paar Monate älter. Ich frage: „Wollen wir in ein leeres Haus gehen und uns hinlegen?" Er sagt: „Bist du verrückt?" Ein paarmal fallen mir die Augen zu. Ich denke, wie schade es ist, daß nicht Julian es war, der den Einfall mit dem leeren Haus gehabt hat.

Meine Lampe macht kaum mehr einen Lichtkreis auf den Boden, so hell ist es inzwischen. Ich denke an den Vater, der uns holen müßte, erst mich, dann Julian, oder beide zusammen, unter jedem Arm einen, er müßte mich ins Bett legen und warm zudecken,[53] Menschenskind, wär' das gut. Er müßte meine Mutter bei der Hand halten, beide müßten sie am Bett stehen und auf mich runterschauen und lächeln, bis ich aufgewacht bin.

Dann tut mir etwas weh. Vor uns steht ein riesiger Deutscher, er hat mich angestoßen mit dem Fuß, er tut es noch einmal, doch nicht wie jemand, der treten will. Aus seinen glühenden Augen sagt er ein paar Worte, die unverständlich sind; ich habe solche Angst, daß ich nicht aufstehen will. Das Unglück wird erst richtig losgehen, wenn ich stehe, ich bleibe sitzen. Neben mir aber steht Julian und wird am Kragen hochgehalten. Der Riese[54] sagt in komischem Polnisch: „Was macht ihr hier?" Ich sehe zu meinem Freund, der Riesige schüttelt ihn ein bißchen. Julian zeigt auf die Mauer und sagt: „Wir sind aus dem Lager." Dafür bewundere ich ihn noch lange, wie ruhig er das sagt; der Riese fragt: „Und wie seid ihr herausgekommen?" Julian erzählt ihm die Wahrheit, ich sehe mir inzwischen den Helm an und das Gewehr, das über die Riesenschulter ragt, den Riesenschuh auf meinem Bauch, der mich gefangenhält. Ich habe keinen Zweifel, daß wir bald erschossen werden, das war uns klar von Anfang an.[55] Der Riese fragt, warum zum Donnerwetter wir nicht in unser Lager zurückgegangen sind. Auch das erklärt ihm Julian, der noch nie so ein Held gewesen ist wie jetzt. Der Riese sieht an der Mauer hoch und scheint die Sache zu verstehen. Er nimmt den Fuß von meinem Bauch, das ist wie ein Befehl aufzustehen, er packt mich, kaum stehe ich, am Kragen. Die Taschenlampe liegt noch auf der Erde, ich muß sie irgendwie erwischen, bevor es losgeht.

Der Riese läßt uns beide los und sagt: „Kommt mit zur Wache." Er steht aber und geht nicht, wir stehen natürlich auch, er muß den Anfang machen. „Los, geht schon", sagt er und gibt uns einen Schubs. Ich drehe mich zur Mauer und hebe meine Taschenlampe auf, es ist die letzte Möglichkeit. Der Riese fragt:

„Was hast du da?" und greift sich meine Hände, die hinterm Rücken sind. Er sieht die Lampe, er nimmt sie und probiert sie aus und steckt sie weg in seine Tasche, als ob ihm alles hier gehört. Jede Schlechtigkeit, die ich über die Deutschen je gehört habe, ist plötzlich wahr, ich hasse ihn wie die Pest.[56] Einen anderen hätte ich zu überreden versucht, mir die Lampe zurückzugeben, auf einen Streit hätte ich es ankommen lassen,[57] sogar beim Vater, bei diesem Riesendeutschen hat alles keinen Sinn. Ich sehe Julian das Hemd tief in die Hose stopfen, außer uns beiden weiß niemand, was er unter seinem Hemd versteckt. Ich wünsche ihm, daß er das Fernglas durchbringt, ich gönne dem Riesen das Fernglas nicht.[58] Er sagt: „Geht ihr wohl endlich." Wieder schubst er uns, wir gehen vor ihm her, ich bemerke, wie Julian seine Beute vom Rücken auf den Bauch verschiebt. Wenn wir erschossen werden, denke ich, nützt ihm sein Fernglas auch nicht viel. Der Riese sagt, wir sollen stehenbleiben.
Er dreht uns mit seinen Riesenhänden herum zu sich. Er sieht uns lange an wie einer, den irgendwas beschäftigt, die allerschlimmsten Sorgen wünsch' ich ihm.[59] Er sagt: „Wißt ihr, was mir passiert, wenn ich euch nicht zur Wache bringe?" Als ob das unsere Sache ist, er ist nicht nur ein Dieb, er ist auch ein Idiot. Ich denke: Gar nicht schlimm genug kann es sein, was dir passiert. Julian sagt: „Ich weiß es nicht." Ich möchte antworten, daß es mich nicht interessiert, das wäre eine gute Antwort; doch ich sehe seine Pranken baumeln, ich möchte für mein Leben gern ein Riese sein. Plötzlich packt er uns im Genick und wirft sich nieder, daß wir mit ihm zu Boden fallen müssen. Er hält mich immer noch beim Genick, als wäre es aus Holz. Er sagt: „Kein Wort." Ich sehe ein Licht weit hinten an der Mauer, ein Motorrad. Bald hört man das Geräusch dazu, ich bilde mir ein, ich höre auch das Herz des Riesen schlagen; inzwischen übertönt sein Herz sogar das Motorradgeräusch. Er sagt: „Kein Wort", und dabei redet niemand außer ihm. Ein Dieb ist er, ein Dummkopf, ein Feigling, ich habe keine Angst vor so einem. Julian kann ich nicht sehen, weil zwischen uns der Riesenkörper liegt. Das Motorrad biegt,

ein ganzes Stück von uns entfernt, um eine Ecke, wir müssen aber noch ein Weilchen liegen.
„Steht auf", sagt dann der Riese. Er läßt uns los und klopft sich die Soldatenkleider ab. Ich sehe mir meine Unterhose an und weiß, es wird nicht wenig Ärger mit meiner Mutter geben, falls ich das hier überstehe.[61] Der Riese setzt seinen Helm ab und wischt sich über die Stirn, wie alle Deutschen hat er blondes Haar. Er läßt sich Zeit, als gäbe es die Kälte nur für mich und nicht für ihn. Sein Helm sitzt wieder auf dem Kopf, da nimmt er sein Gewehr; jetzt ist es wohl soweit, wegnehmen und erschießen, das können sie. Julian fragt: „Erschießen Sie uns jetzt?"[62]
Der Riese sagt nichts, er hält die Frage Julians wohl nicht für wichtig. Er schaut die Straße rauf und runter, es soll wohl niemand sehen, was er gleich machen wird mit uns. Er sagt zu Julian: „Versuch bloß nicht wegzulaufen" und droht mit dem Finger. Wozu hat er sein Gewehr in die Hand genommen, wenn nicht zum Erschießen, er stellt es aber an die Mauer. Er weiß wohl selbst nicht, was er will, die Taschenlampe ist eine kleine Beule unter seiner Jacke,[63] ich hätte sie einfach an der Mauer liegenlassen sollen, dann hätte irgendein Glücklicher sie irgendwann gefunden. Er zeigt auf mich und sagt nur: „Du", da muß ich zu ihm gehen. Er sagt: „Ich werde euch auf die Mauer heben. Springt aber schnell und lauft, so schnell ihr könnt, in eure Baracken, es darf nicht lange dauern. Verstanden?" Darum also geht es, ich weiß nicht, ob ich jetzt erleichtert bin, gleich muß ich wieder springen. „Wir haben eine Stelle", sagt Julian, „auf der kein Glas liegt. Es ist nicht weit von hier." Der Riese sagt: „Hier ist nirgends Glas" und hebt mich hoch wie nichts. Ich habe keine Zeit zum Überlegen, es tut weh, weil er mich an den Hüften hält. Er sagt: „Stell dich auf meine Schultern." Ich lehne mich gegen die Mauer und tue, was er befiehlt, ich kann den Rand noch nicht erreichen. Er sagt: „Jetzt steig auf meinen Kopf." Er hält mich an den Fußgelenken, ich zahle ihm ein Stückchen von der Lampe heim: ich mache mich schwer und bin mit seinem Kopf nicht vorsichtig. Der Helm ist sein Glück, ohne Helm würde er sich ganz schön wundern.

Er sagt: „Beeil dich." Ich stehe auf einem Bein, mehr Platz ist auf dem Helm nicht, ich kann den Mauerrand jetzt greifen. Er fragt: „Kannst du dich halten?" Ich hebe vorsichtig den Fuß von seinem Kopf, da geht er weg unter mir. Ich hänge und werde niemals auf die Mauer kommen; genau so habe ich vorhin gehangen, nur daß ich da zur Erde und nicht nach oben wollte. Ich sehe über die Schulter nach unten und sehe, er nimmt sein Gewehr.

Das ist der größte Schreck, das kann sich keiner vorstellen: hoch in der Luft zu hängen, damit er nun doch schießt nach all den schönen Reden. Es hält mich nichts mehr an der Mauer, ich stürze ab. Der Sturz wird in den Jahren immer länger,[64] so hoch kann keine Mauer sein, dann werd' ich von dem Riesen aufgefangen. Es ist, als ob ich nie gefallen wäre. Der Riese legt die Hand auf meinen Mund, bevor ich schreien kann. Er sagt: „Was machst denn du?" Er stellt mich auf die Füße, hebt sein Gewehr vom Boden auf und lehnt es wieder an die Mauer. Dann sagt er: „Gleich noch einmal, los." Wieder nimmt er mich, ich kenne mich schon ein bißchen auf den Schultern aus, ich lasse diesmal seinen Kopf in Ruhe. Als ich Julian unten stehen sehe, bin ich neidisch: Ich muß auf Leben und Tod kämpfen, ich stürze ab und werde erschossen oder nicht erschossen, und er steht da und sieht sich alles seelenruhig an. Und darf sogar sein Fernglas behalten, darüber wird bei Gelegenheit noch zu sprechen sein.

Von neuem fasse ich den Mauerrand. Der Riese läßt eins meiner Fußgelenke los, das andere bleibt in seiner Hand. Er sagt zu Julian: „Gib mir das Gewehr." Den Gewehrkolben stemmt er gegen meinen Hintern und schiebt mich in die Höhe, fast kann ich darauf sitzen, ich komme ohne Mühe auf den Mauerrand. Ich liege auf dem Bauch und sehe, wie recht er hat, ich finde nicht das kleinste Stückchen Glas, das Glas ist ein Geheimnis. Ich kann in unser Lager schauen, in dem es noch still und leer ist wie bei Nacht, doch hell schon wie am Tag. Von unten ruft der Riese: „Runter mit dir."

Ich dreh' mich auf der Mauer und häng' mich an die andere Seite und falle, bis es nicht weitergeht. Ich liege da und weine,

ich bin zurück und habe nichts als Schmerzen mitgebracht. Kein Julian interessiert mich mehr, für seine Einfälle wird er sich in Zukunft andere suchen müssen. Ich stehe auf, die Eltern kommen näher.[65] Der Vater muß sich freuen, daß ich überhaupt noch lebe, meine Mutter wird weinen, wenn sie mich sieht, und dann die vielen Wunden sauberwaschen; die Wahrheit kann ich ihnen nicht erzählen. Die Hände bluten wieder, die Knie bluten, mein Ellbogen ist wie in Schmutz und Blut getaucht. Ein Trost ist, daß sie mich wahrscheinlich vor Mitleid streicheln werden. Ich gehe los, morgen werde ich zu Julian sagen: „Von wegen alle Deutschen schlafen in der Nacht."[66]
Als ich mich umdrehe, springt er von der Mauer auf seine Art. Er fällt nicht schlecht, aber er bleibt liegen. Ich gehe zurück zu ihm, weil er mein Freund ist, wie er so auf dem Bauch liegt. Er weint, er weint und weint, wie ich noch niemals einen habe weinen sehen. Ich war schon fertig mit dem Weinen und fange selber wieder an. Ich frage: „Hat er dir das Fernglas weggenommen?" Es dauert ein bißchen, bis er meine Hand zurückstößt und aufsteht. Ich sehe das Fernglas unter seinem hemd. Er humpelt fort und hört nicht auf zu weinen, ich laufe hinter ihm her und bin nun endlich besser dran. Ich frage: „Sehen wir uns morgen?" Ich kann nichts Böses an dieser Frage finden, doch was tut Julian? Er haut mir auf den Kopf. Er sieht mich an, als hätte er noch mehr Schläge für mich in seinen Fäusten, dann humpelt er weiter. Ich bleibe stehen und hör' ihn weiterweinen; soviel Mitleid brauche ich nicht zu haben, daß ich ihm jetzt noch nachlaufe. Ich freue mich auf die Baracke, in der ich nicht mehr frieren muß.
Hinter der Tür ist es dunkel. Ich schließe sie so leise, daß ich nichts höre; wer nicht schon vorher wach war, der schläft auch jetzt noch. Die Eltern sitzen auf dem Bett und sehen mir entgegen mit großen Augen. Jemand flüstert: „Du lieber Himmel, was haben sie mit dir gemacht?" Nichts tut mehr weh in diesem Augenblick, und trotzdem ist mir, als ob das Schlimmste erst noch kommt. Meine Mutter hält beide Hände vor den Mund, der Vater rührt sich nicht, ich bleibe zwischen seinen Knien stehen. Er legt mir eine Hand auf den Kopf und

dreht mich einmal rundherum. Dann hält er mich an beiden Schultern fest und fragt: „Wo bist du gewesen?" Ich sage: „Ich war draußen und bin hingefallen." Der Vater sagt: „So fällt kein Mensch hin." Meine Mutter ist aufgestanden und sucht in unserer braunen Tasche. Der Vater schüttelt mich so heftig, daß mein Kopf, der schon lange ruhig war, wieder anfängt wehzutun. Ich sage: „Wir haben uns draußen getroffen und uns gestritten und geschlagen. Das ist wahr." Er fragt: „Wer ist das, wir?" Ich sage: „Du kennst ihn nicht", ich kann auf einmal lügen wie lange nicht mehr. Meine Mutter hält ein Handtuch bereit, von dem es tropft, sie nimmt mich dem Vater weg und führt mich zum Licht ans Fenster. Der Vater folgt uns und sieht zu. „Geh zu Professor Engländer und frag, ob er ihn sich ansehen kann", sagt meine Mutter. Der Vater fragt: „Können wir damit nicht warten, bis der Appell vorbei ist?" „Nein", sagt sie böse, „oder ist dir der Weg zu gefährlich?" Da geht er auf Zehenspitzen los, und endlich streichelt mich meine Mutter. Sie sagt: „Du mußt verstehen, daß er so aufgeregt ist."

Sie legt mich auf das Bett, meinen Kopf nimmt sie auf den Schoß. Ich denke, daß ich ihr später vielleicht die Wahrheit erzählen werde, nur ihr. Sie sagt: „Du bist so müde, mein Kleiner." Es ist ein Glück, bei ihr zu liegen, obwohl sie mich mit ihrem Finger nicht schlafen läßt. Sie spricht mit irgend jemandem, ein paarmal fällt das Wort *wahrscheinlich.* Ich öffne die Augen, da lächelt sie auf mich herunter, als wäre ich etwas Komisches.

Der Vater hält ein dunkles Fläschchen in der Hand. „Engländer hat mir Jod gegeben", sagt er. Ich frage: „Wird es wehtun?" Meine Mutter sagt: „Ja, aber es geht nicht anders." Da stehe ich auf und trete ein paar Schritte zurück, weil ich finde, daß es genug wehgetan hat in dieser Nacht. Der Vater sagt: „Hör nicht auf sie, es tut nicht weh. Es reinigt nur die Wunde." Das klingt schon besser. Er sagt: „Ich kann es dir beweisen." Ich passe sehr genau auf, schließlich geht es um meinen Schmerz, ich sehe auf seinen ausgestreckten Arm. Er träufelt ein paar Tropfen aus dem Fläschchen auf den Arm, sie bilden einen kleinen schwarzen See und laufen langsam auseinander. Dann sagt er: „Das soll wehtun? Denkst du, ich würde das Zeug freiwillig auf meinen Arm gießen, wenn es wehtun würde?“ Ich sehe mir seine Augen aus der Nähe an und finde nicht die kleinste Spur von Schmerz. Ein weiterer Beweis ist, daß meine Mutter von uns weggeht; sie hat sich geirrt und will es nicht zugeben, da geht sie einfach weg. Der Vater sagt: „Komm her jetzt.“ Ich halte ihm den Ellbogen hin, er dreht meinen Arm ein bißchen, damit die Tropfen genau die Wunde treffen.

Der Verdächtige

Ich bitte, mir zu glauben,[1] daß ich die Sicherheit des Staates für etwas halte, das wert ist, mit beinah aller Kraft geschützt zu werden.[2] Hinter diesem Geständnis steckt nicht Liebedienerei und nicht die Hoffnung, ein bestimmtes Amt[3] könnte mir daraufhin gewogener sein als heute. Es ist mir nur ein Bedürfnis,[4] das auszusprechen, obschon man mich seit geraumer Zeit für einen hält, der die erwähnte Sicherheit gefährdet.
Daß ich in solchen Ruf gekommen bin, erschüttert mich und ist mir peinlich. Nach meiner Kenntnis habe ich nicht den kleinsten Anlaß gegeben, mich, wessen auch immer, zu verdächtigen.[5] Seit meiner Kindheit bin ich ein überzeugter Bürger,[6] zumindest strebe ich danach. Ich weiß nicht, wann und wo ich eine Ansicht geäußert haben könnte, die sich nicht mit der vom Staat geförderten und damit nicht mit meiner eigenen deckte: und sollte es mir unterlaufen sein, so wäre es nur auf einen Mangel an Konzentration zurückzuführen.[7] Das Auge des Staates ist, hoffe ich, geübt und scharf genug, Gefährdungen als solche zu erkennen, wie über Kleinigkeiten hinwegzusehen, die alles andere als gefährdend sind. Und doch muß etwas um mich herum geschehen sein, das Grund genug war, ein Augenmerk auf mich zu richten.[8] Vielleicht versteht mich jemand, wenn ich sage: Ich bin inzwischen froh, nicht zu wissen, was es war. Wahrscheinlich würde ich, wenn ich es wüßte, versuchen, den ungünstigen Eindruck zu verwischen und alles nur noch schlimmer machen. So aber kann ich mich unbeschwert bewegen, zumindest bin ich auf dem Weg dorthin.
Es wird inzwischen klargeworden sein, daß man mich observiert. Erheblich kompliziert wird meine Lage dadurch, daß ich solch ein Verfahren im Prinzip für nützlich, ja geradezu für unverzichtbar halte, in meinem Fall jedoch für sinnlos und, wenn ich offen sein darf, auch für kränkend.

Ein Mann namens Bogelin, den ich bis dahin[9] der Regierung gegenüber für loyal gehalten hatte, sagte mir eines Tages, man beobachte mich. Natürlich brach ich den Umgang mit ihm auf der Stelle ab. Ich glaubte ihm kein Wort, ich dachte: Ich und beobachtet![10] Fast hatte ich die Sache längst vergessen, als mich ein außerordentlicher Brief erreichte. Er schien zunächst von einem Bekannten aus dem Nachbarland[11] zu kommen, mit dem ich in der Schulzeit gut befreundet war. Es war ein Umschlag von der Art, wie er sie seit Jahren benutzte, darauf waren seine Schrift und hinten sein gedruckter Name. Doch nahm ich einen Brief aus dem Kuvert heraus, der nichts mit ihm und nichts mit mir zu tun hatte: er war an einen Oswald Schulte gerichtet und von einer Frau Trude Danzig unterschrieben, zwei Menschen, von deren Existenz ich bis zu jenem Augenblick nichts gewußt hatte. Sofort fiel mir Bogelins Hinweis wieder ein: es mußten im Amt für Überwachung die Briefe nach der Kontrolle[12] verwechselt worden sein. Es läßt sich auch anders sagen: Ich hatte nun den schlüssigen Beweis, daß man mich observierte.

Jeder weiß, daß man in Augenblicken der Bestürzung zu Kopflosigkeit neigt, nicht anders ging es mir. Ich nahm, kaum hatte ich den Brief gelesen, das Telefonbuch, fand Oswald Schultes Nummer und rief ihn an. Nachdem er sich gemeldet hatte, fragte ich, ob er Trude Danzig kenne. Es war eine ganz und gar überflüssige Frage, nach dem Brief, doch ich in meiner Panik stellte sie. Herr Schulte sagte, ja, Frau Danzig sei ihm gut bekannt, und er fragte, ob ich eine Nachricht von ihr hätte. Ich war schon drauf und dran, ihm zu erklären, was uns so eigenartig zusammenführte, als ich mit einem Schlag begriff, wie unwahrscheinlich dumm ich mich verhielt. Ich legte auf und saß verzweifelt da; ich sagte mir, nur eben viel zu spät, daß man wohl auch die Telefone derer überwacht, in deren Briefe man hineinsieht. Für das Amt befand sich nun der eine Überwachte zum anderen in Beziehung. Zu allem Unglück hatte ich auch noch das Gespräch abgebrochen, bevor von den vertauschten Briefen die Rede gewesen war. Gewiß, ich hätte Oswald Schulte ein zweitesmal anrufen und ihm die Sache auseinandersetzen

können; in den Ohren von Mithörenden hätte es wie der Versuch geklungen, meinen Kopf aus der Schlinge zu ziehen,[13] dazu auf eine Art und Weise, die man mir leicht als Verleumdung des Amtes hätte auslegen können. Und abgesehen davon war es mir auch zuwider, diesem Herrn Schulte, den man ja wohl nicht grundlos[14] überwachte, etwas zu erklären.
Lange hielt ich still, um nicht noch einmal voreilig zu sein, dann faßte ich einen Plan.[15] Ich sagte mir, daß sich ein falscher Ausgangspunkt seine eigene Logik schaffte, daß plötzlich eine Folgerichtigkeit entstehe, die dem sich Irrenden zwingend vorkomme.[16] Der Verdacht, unter dem ich stand, war solch ein falscher Ausgangspunkt, und jede meiner üblichen Handlungen, zu anderer Zeit harmlos und ohne Bedeutung für das Amt, konnte ihn bestätigen und immer wieder untermauern. Ich mußte also, wollte ich den Verdacht entkräften, nur lange genug nichts tun und nichts mehr sagen, dann würde er mangels Nahrung aufgegeben werden müssen. Diese Prüfung traute ich mir zu als jemand, der lieber hört als spricht und lieber steht als geht.[17] Ich sagte mir zum Schluß, ich sollte mit meiner Rettung nicht lange warten, sie dulde keinen Aufschub, wenn es mir ernst sei mit mir selbst.
Das Erste war, ich trennte mich von meiner Freundin, die in den Augen des Amtes für Überwachung womöglich eine schlechte Freundin für mich war. Kurz ging mir durch den Sinn, sie könnte mit zum Überwachungspersonal gehören, sie hatte unverhüllten Einblick in alle meine Dinge; doch fand ich dafür keinen Anhaltspunkt, und ich verließ sie ohne solchen Argwohn. Ich will nicht behaupten, die Trennung habe mir nichts ausgemacht, ein Unglück aber war sie nicht. Ich nahm den erstbesten Vorwand und bauschte ihn ein wenig auf, zwei Tage später befand sich in meiner Wohnung nichts mehr, was ihr gehörte. Am ersten Abend nach der Trennung war ich einsam, die ersten beiden Nächte träumte ich nicht gut, dann war der Abschiedsschmerz überwunden.
In dem Büro, in dem ich angestellt bin, täuschte ich eine Stimmbandsache vor,[18] die mir beim Sprechen, das behauptete ich ein paarmal krächzend, Schmerzen bereite. So fiel es keinem

auf, daß ich zu schweigen anfing. Die Gespräche der Kollegen machten einen Bogen um mich herum, der bald so selbstverständlich wurde, daß ich die Stimmbandsache nicht mehr brauchte. Es freute mich zu sehen, daß ich mit der Zeit kaum noch wahrgenommen wurde. Zur Mittagspause ging ich nicht mehr in die Kantine, ich brachte mir belegte Brote und zu trinken mit und blieb an meinem Schreibtisch sitzen.
Ich gab mir Mühe, ständig auszusehen wie jemand, der gerade nachdenkt und nicht dabei gestört zu werden wünscht. Ich überlegte auch, ob ich mich von einem guten Angestellten in einen nachlässigen verwandeln sollte. Ich meinte aber, daß gewissenhafte Arbeit, wie sie mir immer selbstverständlich war, unmöglich zu der Verdächtigung hatte führen können; daß eher Schlamperei ein Grund sein könnte, den Blick nicht von mir wegzunehmen. So blieb als einzige von meinen Gewohnheiten unverändert, daß ich die Arbeit pünktlich und genau erledigte.
Ich hörte einmal, auf der Toilette, wie zwei Kollegen sich über mich unterhielten. Es war wie ein letztes Aufflackern von Interesse an meinen Angelegenheiten. Der eine sagte, er glaube, ich müsse wohl Sorgen haben, ich hätte meine alte Munterkeit verloren. Der andere erwiderte: Das gibt es, daß einem dann und wann die Lust auf Geselligkeit vergeht. Der eine sagte, man sollte sich vielleicht ein wenig um mich kümmern, vielleicht sei ich in einer Lebensphase, in der ich Zuspruch brauche. Der andere beendete das Gespräch mit der Frage: Was geht es uns an? – wofür ich ihm von Herzen dankbar war.
Ich war auch schon entschlossen, mein Telefon abzumelden und tat es doch nicht: es hätte den Eindruck erwecken können, als wollte ich eine Überwachungsmöglichkeit beseitigen.[19] Allerdings benutzte ich den Apparat nicht mehr. Ich hatte keinen anzurufen, und wenn es klingelte, ließ ich den Hörer liegen. Nach wenigen Wochen rief niemand mehr an bei mir, ich hatte elegant das Telefonproblem gelöst. Kurz fragte ich mich, ob es nicht verdächtig sei, als Telefonbesitzer niemals zu telefonieren. Ich antwortete mir, ich müsse mich entscheiden zwischen einem Teil und seinem Gegenteil; ich könne nicht alles

beides für gleich verdächtig halten, ansonsten bliebe mir ja nur, verrückt zu werden.[20]
Ich änderte mein Verhalten überall dort, wo ich Gewohnheiten entdeckte, zu diesem Zweck studierte ich mich mit viel Geduld. Manche der Änderungen schienen mir übertrieben, bei manchen fühlte ich mich albern; ich nahm sie trotzdem vor, weil ich mir sagte: Was weiß man denn, wie ein Verdacht entsteht? Ich kaufte einen grauen Anzug, obwohl ich kräftige und bunte Farben mag. Meine Überzeugung war, daß es jetzt am allerwenigsten darauf ankam, was mir gefiel. Wenn es nicht lebenswichtig war, verließ ich meine Wohnung nicht mehr. Die Miete zahlte ich nicht mehr im voraus und nicht mehr bar dem Hausbesitzer in die Hand, sondern per Postanweisung. Eine Mahnung, wie ich sie nie zuvor erhalten hatte, kam mir recht. Zur Arbeit fuhr ich manchmal mit der Bahn, manchmal ging ich den weiten Weg zu Fuß. An einem Morgen sprach mich ein Schulkind an und fragte nach der Zeit. Ich hielt ihm die Uhr hin, vom nächsten Tag an ließ ich sie zu Hause. Bis zur Erschöpfung dachte ich darüber nach, was Angewohnheit in meinem Verhalten war, was Zufall. Oft konnte ich die Frage nicht entscheiden, in solchen Fällen entschied ich für die Angewohnheit.
Es wäre falsch zu glauben, daß ich mich in meiner Wohnung unbeobachtet fühlte. Auch hierbei dachte ich: Was weiß man denn? Ich schaffte alle Bücher und Journale fort, deren Besitz ein schiefes Licht auf den Besitzer werfen konnte. Ich war mir anfangs sicher, daß sich solche Schriften nicht bei mir befanden, dann war ich aber überrascht, was alles sich eingeschlichen hatte. Das Radio und den Fernsehapparat schaltete ich mitunter ein, natürlich nur zu Sendungen, die ich mir früher niemals angehört und angesehen hatte. Wie man sich denken kann, gefielen sie mir nicht, und damit war auch dies Problem gelöst.
Während der ersten Wochen stand ich oft hinter der Gardine, stundenlang, und sah dem Wenigen zu, das draußen vor sich ging. Bald aber kamen mir Bedenken, weil jemand, der stundenlang am Fenster steht, am Ende noch für einen Beobachter

gehalten wird oder für einen, der auf ein Zeichen wartet. Ich ließ die Jalousie herunter und nahm in Kauf, daß man nun auf den Gedanken kommen konnte, ich wollte etwas oder mich verbergen.

Das Leben in der Wohnung spielte sich bei Lampenlicht ab, ich brauchte aber kaum noch Licht. Wenn ich nach Hause kam aus dem Büro, aß ich ein wenig, dann legte ich mich hin und dachte nach, wenn ich bei Laune war. Wenn nicht, dann döste ich vor mich hin und kam in einen angenehm sanften Zustand, der kaum vom Schlaf zu unterscheiden war. Dann schlief ich wirklich, bis mich am Morgen der Wecker weckte, und so weiter. Ich ärgerte mich in jenen Tagen manchmal über meine Träume.[21] Sie waren eigenartig wild und wirr und hatten nichts mit meinem wahren Leben zu tun. Ich schämte mich dafür ein wenig vor mir selbst und dachte, es sei ganz gut, daß man mich nicht auch dort beobachten konnte. Dann aber dachte ich: Was weiß man denn? Ich dachte: Wie schnell entfährt dem Schlafenden ein Wort, das dem Beobachter vielleicht zur Offenbarung wird. Ich hätte es in meiner Lage für leichtsinnig gehalten, mich darauf verlassen zu wollen, daß man mich nicht für meine Träume verantwortlich machte, sofern man sie erfuhr. Also versuchte ich, von ihnen loszukommen, was mir erstaunlich leicht gelang. Ich kann nicht sagen, wie der Erfolg zustandekam; die Stille und Ereignislosigkeit meiner Tage halfen mir sicherlich genauso wie der feste Vorsatz, das Träumen loszuwerden. Jedenfalls glich mein Schlaf bald einem Tod, und wenn das Klingeln mich am Morgen weckte, dann kam ich aus einem schwarzen Loch heraus ins Leben.

Es ließ sich hin und wieder nicht vermeiden, daß ich mit jemandem ein paar Worte wechseln mußte, beim Einkauf oder im Büro. Mir selber kamen diese Worte überflüssig vor, doch mußte ich sie sagen, um nicht beleidigend zu wirken. Ich verhielt mich nach besten Kräften so, daß mir keine Fragen gestellt zu werden brauchten. Wenn ich trotzdem gezwungen war zu sprechen, dann dröhnten mir die eigenen Worte in den Ohren, und meine Zunge sperrte und sträubte sich gegen den Mißbrauch.[22]

Bald hatte ich es mir auch abgewöhnt, die Leute anzusehen. Es blieb mir mancher unschöne Anblick erspart, ich konzentrierte mich auf Dinge, die wirklich wichtig waren. Man weiß, wie leicht ein gerader Blick in anderer Leute Augen mit einer Aufforderung zum Gespräch verwechselt wird, das war bei mir nun ausgeschlossen. Ich achtete auf meinen Weg, ich achtete darauf, was ich zu greifen oder abzuwehren hatte, zu Hause brauchte ich die Augen kaum. Es kam mir vor, als bewegte ich mich sicherer jetzt, ich stolperte und vergriff mich kaum mehr. Nach dieser Erfahrung wage ich zu behaupten, daß ein gesenkter Blick der natürliche ist.[23] Was nützt es, frage ich, wenn einer stolz seinen Blick erhoben hat, und ständiges Versehen die Folge ist? Es blieb mir auch erspart zu sehen, wie andere mich ansahen, ob freundlich, tückisch, anteilnehmend oder mit Verachtung, ich brauchte mich danach nicht mehr zu richten. Ich wußte kaum noch, mit wem ich es zu tun hatte, das trug nicht wenig zu meinem inneren Frieden[24] bei.
So verging ein Jahr. Ich hatte mir für diese Lebensweise keine Frist gesetzt, doch nun, nach dieser ziemlich langen Zeit, regte sich in mir der Wunsch, es möge bald genug sein. Ich spürte, daß ich wie vor einer Weiche[25] stand: daß mir die Fähigkeit, wie früher in den Tag zu leben, Stück um Stück verlorenging.[26] Wenn ich das wollte, sagte ich zu mir, dann bitte, dann könnte ich in Zukunft so weiterexistieren; wenn nicht, dann müßte jetzt ein Ende damit sein. Dabei kam mir die Sehnsucht, die ich auf einmal nach der alten Zeit empfand, ganz kindisch[27] [ ] vor, und trotzdem war sie [ ] da. Ich hielt es für wahrscheinlich, daß der Verdacht, der über mich gekommen war, sich in dem Amt für Überwachung inzwischen verflüchtigt hatte, es gab ja keine vernünftige[28] andere Möglichkeit.
An einem Montagabend beschloß ich auszugehen. Ich stand in meiner dunklen Stube und hatte weder Lust zu schlafen noch zu dösen. Ich zog die Jalousie hoch, nicht nur einen Spalt breit, sondern bis zum Anschlag, dann machte ich das Licht an. Dann nahm ich aus einer Schublade Geld – ich will erwähnen, daß ich auf einmal reichlich Geld besaß, weil ich das Jahr hindurch

normal verdient, jedoch sehr wenig ausgegeben hatte. Ich steckte mir also Geld in die Tasche und wußte noch nicht recht wofür. Ich dachte: Ein Bier zu trinken wäre vielleicht nicht schlecht.

Als ich auf die Straße trat, klopfte mein Herz wie lange nicht mehr. Ohne festes Ziel[29] fing ich zu gehen an, mein altes Stammlokal gab es inzwischen nicht mehr, das wußte ich. Die erste Kneipe, die mir verlockend vorkam, wollte ich betreten; ich dachte, wahrscheinlich würde es die allererste sein, die auf dem Weg lag. Ich nahm mir aber vor, nicht gleich am ersten Abend zu übertreiben: ein Bier zu trinken, ein paar Leute anzusehen, ihnen ein wenig zuzuhören, das sollte mir genügen. Selbst zu sprechen, das wäre mir verfrüht erschienen, in Zukunft würde es Gelegenheiten dafür geben, noch und noch. Doch als ich vor der ersten Kneipe ankam, brachte ich es nicht fertig, die Tür zu öffnen. Ich kam mir [feige] vor und mußte dennoch weitergehen, ich fürchtete auf einmal, alle Gäste würden ihre Augen auf mich richten, sobald ich in der Türe stand. Nach ein paar Schritten versprach ich mir fest, vor der nächsten Kneipe nicht noch einmal einer so törichten Angst nachzugeben. Aus purem Zufall drehte ich mich um und sah einen Mann, der mir folgte.

Daß er mir folgte, konnte ich im ersten Augenblick natürlich nur vermuten. Nach wenigen Minuten aber hatte ich Gewißheit, weil ich die dümmsten Umwege machte, ohne ihn loszuwerden. Er blieb in immer gleichem Abstand hinter mir, sogar als ich ein wenig rannte; es kam mir vor, als interessierte er sich nicht dafür, ob ich ihn bemerkte oder nicht. Ich will nicht behaupten, ich hätte mich bedroht gefühlt, und trotzdem packte mich Entsetzen. Ich dachte: Nichts ist zu Ende nach dem Jahr! Man hält mich nach wie vor für einen Sicherheitsgefährder, wie mache ich das bloß? Dann dachte ich, das Allerschlimmste aber sei ja doch, daß es auf mein Verhalten offenbar gar nicht ankam. Der Verdacht führte ein Eigenleben; er hatte zwar mit mir zu tun, ich aber nichts mit ihm. Das dachte ich, während ich vor dem Mann herging.

Als ich zu Hause ankam, ließ ich die Jalousie wieder herunter.

Ich legte mich ins Bett, um über meine Zukunft nachzudenken; ich spürte schon die Entschlossenheit,[30] nicht noch ein zweites Jahr so hinzuleben. Ich sagte mir, gewiß lasse sich die Sicherheit des Staates nur dann aufrechterhalten, wenn die Beschützer es an manchen Stellen mit der Vorsicht übertrieben; nichts anderes sei in meinem Fall geschehen und geschehe immer noch. Schließlich tat es ja nicht weh, beobachtet zu werden. Das letzte Jahr war mir nicht aufgezwungen worden, dachte ich [ ]: ich hatte es mir selbst verordnet.
Dann schlief ich voll Ungeduld ein. Ich wachte vor dem Weckerklingeln auf und konnte es kaum erwarten, dem ersten Menschen, der mich grüßte, in die Augen zu sehen und „Guten Tag" zu antworten, egal was darauf werden würde.

Allein mit dem Anderen

Vor zwei Jahren stellte ich einige Überlegungen an, an deren Folgen ich bis heute zu leiden habe.[1] Ich wurde das Opfer meiner Handlungsweise, zu der mich kein Mensch gezwungen hat, die ich aus freien Stücken[2] für richtig hielt. Der Außenstehende wird mir natürlich raten, nicht länger so zu handeln, wie es mich unglücklich macht. Das ist richtig und zugleich undurchführbar. Ich unterliege starken Zwängen, ganz abgesehen davon, daß dieses mein Verhalten mir zur Gewohnheit geworden ist. Ich weiß, das klingt verworren.
Vor zwei Jahren begann ich nachzuforschen, worin wohl die Lustlosigkeit[3] begründet sein mochte, die mein Leben seit langem überschattete. Ich fand das Übliche heraus:[4] daß ich dazu verurteilt war, mich von früh bis spät so zu verhalten, wie Hunderte von Regeln es mir vorgeschrieben und niemals meine eigenen Wünsche. Ich bin ein ängstlicher Mensch, das sage ich ohne Stolz. Wenn mir einmal der Gedanke an Auflehnung kommt, dann ist es bis zur Auflehnung selbst noch genausoweit, als wäre mir der Gedanke nie gekommen.[5] Ich habe also nie im Ernst erwogen, das zu verweigern, was man von mir erwartete. Mitunter habe ich mich geschämt, weil ich es nie im Ernst erwog, das schon, doch weiter bin ich nie gegangen. Ich tue täglich so, als erfüllte es mich mit Freude, der höhere Behördenangestellte zu sein, der ich bin. Viel lieber wäre ich Landwirt oder Geologe, was beides unerfüllbar ist. Ich tue so, als hätte ich mit meiner Familie das große Los gezogen.[6] In Wahrheit treffe ich täglich Frauen, die mir weit angenehmer sind als meine eigene, und täglich sehe ich hübsche und intelligente Kinder, die ich gern tauschen würde gegen meine eigenen, die mir so ähneln. Am liebsten wäre ich Junggeselle. Ich tue schließlich so, als könnte die Regierung fest auf mich rechnen. In Wahrheit bin ich jemand, den nichts weniger

interessiert als Beschlüsse von Regierungen, sofern sie mich allzusehr betreffen. Wenn ich am Abend das Licht endlich lösche und zu mir sage, daß ich mich bis zum nächsten Morgen nicht mehr zu verstellen brauche, dann weiß ich manchmal selbst nicht, wie ich zu sein habe.
Natürlich gibt es Zwänge, die hinter solchem würdelosen Handeln stecken; das ist die einzige Rechtfertigung. Was mich jedoch zu quälen anfing vor zwei Jahren, war die Erkenntnis: Die Zwänge sind nicht groß genug. Ich dachte mir: Wenn es gelänge, die Bedrohung, der man ausgesetzt ist, sichtbarer zu machen und zu verstärken, dann wäre manches gut. Dann könnte man seinen Zorn von sich auf die Bedränger lenken, man wäre einer, für dessen Handlungen andere verantwortlich sind, man könnte freier atmen.
Daß ich den Ausweg für mich fand – denn dafür hielt ich es damals ja –, hat zwei Gründe. Zum einen bin ich eine gespaltene Persönlichkeit, doch nicht auf eine Art, daß sich die Medizin mit mir befassen müßte,[7] es handelt sich im Gegenteil um eine Stärke, wenn ich so unbescheiden von mir selber sprechen darf: Seit ich ein Kind war, besitze ich die Fähigkeit, mich mit äußerster Intensität in die Rolle anderer zu versetzen. Ich kann das so umfassend tun, daß, während ich der Andere[8] bin, ich selbst so gut wie nicht mehr existiere und nicht den kleinsten Zweifel an meiner Verwandlung habe. Nur irgendwo noch, in meinen untersten Gedanken bleibe ich mir selbst erhalten,[9] so daß der Weg zur Rückverwandlung nicht abgeschnitten wird.
Der zweite Grund war ein Erlebnis an einem Abend im November: Ich ging gedankenlos in einem Park spazieren, es war das Ende eines kühlen Tages, an dem kein Tropfen Regen gefallen war, obwohl es seit dem Morgen nach Regen ausgesehen hatte. Der späten Stunde und des Wetters wegen war anzunehmen, daß sich niemand sonst in dem Park befand, bis mir ein Mann entgegenkam. Er ging nicht schnell, ich sah ihn mir gut an, weil ich verwundert war, was der im Park zu suchen hatte; ich könnte ihn beschreiben. Als wir auf gleicher Höhe waren und ich ihn eigentlich schon passiert hatte, blieb der Mann stehen

und hatte einen Revolver in der Hand. Es war die erste Schußwaffe, die ich je sah, Film und Fernsehen nicht gerechnet. Wir standen einige Sekunden stumm voreinander, dann sagte der Mann mit einer Stimme, die alles andere als grob klang, ich solle ihm unverzüglich all mein Geld geben. Auch wenn er leise sprach, war er doch aufgeregt, und meine größte Angst war, er könnte mich erschießen, ohne es zu wollen. Ich nahm das Portemonnaie aus meiner Jackentasche, ärgerlicherweise hatte ich an diesem Abend dreihundert Mark bei mir. Er riß es mir aus der Hand und verschwand damit hinter Büschen. Zwei Tage später wurde er gefaßt, ich erkannte ihn bei der Gegenüberstellung. Er besaß noch dreiundzwanzig Mark, die mir zurückerstattet wurden. Doch wichtig an dem Vorfall ist etwas anderes. Nachdem ich, eben ausgeraubt, zu Hause war und meiner Familie von dem Verbrechen berichtet hatte, kam mir, ich weiß nicht wie, ein erstaunlicher Gedanke: ich stellte fest, daß ich mir nicht den allerkleinsten Vorwurf machte, mein Geld dem Räuber überreicht zu haben. Ich kochte zwar vor Wut, daß es verloren war, ich fluchte wohl auf den Dieb, doch daß ich selbst es gewesen war, der dem Kerl das Portemonnaie überreicht hatte, störte mich nicht im mindesten. Ich war ausreichend gezwungen worden, ich hatte keine andere Wahl gehabt, die Waffe in der Hand des Räubers enthob mich der Verantwortung. Und deshalb ging es mir, obwohl ich zornig war, nicht schlecht. In der Nacht begann ich, den Vorfall für mein Leben auszuwerten.

In den nächsten Tagen überlegte ich, auf welche Weise ein Revolver zu beschaffen wäre. In unserem Land ist der Besitz von Waffen, selbst von kleinsten, streng reglementiert, das heißt verboten. Schon die Suche nach einer Waffe steht unter Strafe, ich hatte mich mit großer Vorsicht zu bewegen. Wenn mich in dieser Zeit ein zweiter Räuber überfallen hätte, dann wäre ich ihm mit einem Angebot gekommen, dem er vermutlich nicht hätte widerstehen können. Ich kannte niemanden, von dem ich Rat in solchen Dingen erwarten konnte. Ich setzte mich in Kneipen, die ich für finster hielt. Ich trank, für meine Verhältnisse große Mengen, Bier und Schnaps und hoffte,

jemanden zu treffen, der aussah wie der Besitzer eines Revolvers. Wenn es in diesen Kneipen jedoch Halunken gegeben haben sollte, dann waren sie zu gut getarnt für mich; ich sah nicht einen, an den ich meine Frage mit mehr Berechtigung hätte stellen können als an irgendeinen in der Straßenbahn. Als ich in dieser Zeit ein Lokal betrat, in dem ich auch am vorangegangenen Abend gewesen war, nahm mich der Wirt zur Seite. Er fragte vorwurfsvoll, was in der letzten Nacht in mich gefahren sei. Ich konnte mich, da ich zuviel getrunken hatte, an nichts erinnern. Er sagte, ich sei von Tisch zu Tisch getorkelt und hätte gefragt, ob irgendjemand in dem Puff hier einen Revolver zu verkaufen hätte. Ich sei bereit gewesen, jeden Preis für solch ein Ding zu zahlen, wenn es nur zuverlässig funktioniere. Er sagte dann, er könne das nicht dulden in seinen Räumen, ich hetze ihm mit meinen Reden noch die Behörden auf den Hals.[10] Einmal noch, sagte er, und er müsse mir Lokalverbot erteilen.[11] Ich war nicht wenig erschrocken über mein Verhalten. Ich bat ihn um Verzeihung und log ihn an, mir seien meine Worte, die ich aus seinem Mund zum erstenmal hörte, unerklärlich, weil ich nichts kenne, das mir gleichgültiger wäre als ein Revolver. Ich zahlte eine sogenannte Stubenlage,[12] ging wenig später nach Hause und mied von nun an die Lokale mit ihrem Alkohol.
Wie ich dann doch zu meiner Waffe kam, ist schändlich. Ich stahl sie einem Freund. Geladen war sie mit drei Patronen, das waren sogar zwei zuviel für meine Zwecke. Der Freund, den ich fast ruinierte mit dem Diebstahl, ist Offizier der Polizei. Er brachte seinen Dienstrevolver jeden Tag nach Hause und ließ ihn, weil er keine Kinder hat, immer an der Garderobe hängen. Wir trafen uns seit vielen Jahren hin und wieder, auch unsere Frauen waren befreundet. An seinem Geburtstag, zu dem ich nicht etwa schon mit Diebsgedanken gekommen war, ergab sich plötzlich die Gelegenheit. Ich kam von der Toilette, stand im leeren Flur und sah die überfüllte Garderobe. Ich fragte mich auf einmal, ob unter den vielen Mänteln das Koppel mit dem Dienstrevolver hinge, es wäre grober Leichtsinn gewesen in Anbetracht der mehr als dreißig Gäste. Mir zitterten

die Knie, während ich in der Manteltraube wühlte; seit meiner Kindheit, als Schokolade nicht anders zu beschaffen war, hatte ich nicht gestohlen. Tatsächlich hing auch heute wieder der Revolver da, bestimmt entgegen der Dienstvorschrift. Ich nahm ihn aus dem Lederfutteral und stopfte ihn in meinen Mantel. Eine kleine Mantellawine fiel zu Boden, die ließ ich eilig liegen. Ich ging zurück ins Badezimmer, ich wischte mir den Schweiß ab und dankte meinem Schicksal, daß alles bisher gutgegangen war. Dann trank ich vor Erleichterung ein Glas Wein, bevor wir, meine Frau und ich, ohne Zwischenfall aus der Wohnung und nach Hause kamen. Nicht alle Folgen meiner Tat sind mir bekannt, ich weiß nur, daß mein Freund wenig später zum Oberleutnant degradiert wurde. Er erwähnte die Angelegenheit mit keinem Wort, er wurde eigentümlich wortkarg, das geht bis heute so. Nie wieder habe ich an seiner Garderobe eine Waffe hängen sehen.
Jedenfalls hatte ich jetzt den Revolver, ich übte anfangs nur an kleineren Objekten. Zum Beispiel gewöhnte ich mir, als erste Übung, das Rauchen ab: kaum hatte ich mir eine Zigarette angezündet, schon zwang ich mich mit vorgehaltener Waffe, sie wieder auszudrücken. Ich gab mir in Gedanken eine Art Befehl, so heftig und so überzeugend, daß an Widerstand nicht zu denken war, wenn ich mein Leben nicht riskieren wollte. Der nächste Schritt war, daß mich der Revolver an meiner Schläfe zwang, sämtliche Zigaretten in der Wohnung zu vernichten. Meine Frau, die weiterrauchte, bewunderte meine Willensstärke, weil sie nicht ahnte, unter welcher Drohung ich stand. Natürlich rauchte ich anfangs noch, wenn andere Personen zugegen waren, wenn ich die Waffe also nicht zücken konnte. Der nächste Schritt war der entscheidende – ich fand heraus, daß ich die Waffe auch dann benutzen konnte, wenn sie nicht da war. Ich konnte mir, bei einer Tagung inmitten von Kollegen, befehlen: Wenn du jetzt rauchst, dann wird geschossen, sobald du wieder zu Hause bist. Der Revolver konnte mir nun ständig drohen, auch wenn er in der verschlossenen Schublade lag, wir waren von äußeren Umständen unabhängig geworden.[13] Ich sah ihn mir nur hin und wieder an,

um mein Gedächtnis sozusagen aufzufrischen und genau zu wissen, daß meine Drohungen keine leeren Worte waren. Ich messe diesem Schritt deshalb soviel Bedeutung bei, weil ich oft, wenn etwas zu tun ist, was ich lieber bleibenlassen würde, nicht allein bin. Leicht hätte man auf den Gedanken kommen können, ich sei ein Selbstmordkandidat, wenn ich mit dem Revolver operierte. Genau das Gegenteil ist aber richtig: erst meine schreckliche Furcht vor dem Sterben versetzte mich in die Lage, so zu handeln.

Das Beispiel vom Abgewöhnen des Rauchens macht deutlich, wie meine Methode[14] funktionierte, ist aber ungeeignet zu erklären, warum ich sie erfand. Das Rauchen abgewöhnen wollte ich mir ja, hingegen sollte der Revolver mir helfen, vor allem solche Handlungen zu bewältigen, die mir zuwider waren.[15] Nach außen hin war keine Veränderung an mir feststellbar. Wenn ich mir, kraft der Waffe, den Befehl gab, meine Frau zu umarmen oder, sagen wir, im Büro zu behaupten, der Plan meines Ministeriums für ein bunteres Straßenbild sei ein Meisterstück, verhielt ich mich ja nicht anders als immer schon; wenn ich die Hand in einer Versammlung hob, um zuzustimmen, dann mußte jeder mein Einverständnis ja für dasselbe halten, das ich noch nie verweigert hatte. Und doch war eine wichtige Veränderung geschehen, nicht für die anderen, nur für mich: ich war mit mir im reinen.[16] Ich war nun jemand, dem gar nichts anderes übrigblieb, als sich genau so zu verhalten, wie er sich verhielt. Ich weiß nicht, zufällig las ich damals das Wort *Befehlsnotstand*[17] in einer Zeitung, da dachte ich: genau das könnte ich für mich in Anspruch nehmen.

Mein neues Leben war nicht nur angenehm, ich will da nichts beschönigen. Natürlich litt ich unter der Bedrohung, den Befehlsgeber in mir empfand ich nicht nur als Helfer. Ich sah in ihm nicht selten einen Feind,[18] der übermächtig, weil unangreifbar war, der mich ohne Unterlaß erpreßte. Mitunter sagte ich mir: Wenn es ihn nicht gäbe, hätte ich inzwischen längst aufgehört, mich Tag für Tag so klein und unwürdig zu verhalten. Die Bedrückung war so gut wie echt, die Angst vor dem Revolver die größte aller Ängste.

Und dennoch war ich lange Zeit der Meinung, es habe sich in meinem Leben allerhand zum Guten gewendet, weil ich, sooft ich gegen meinen Willen handeln mußte, mir sagte: Was willst du tun? Die Überzeugung, daß alle Möglichkeiten außer dieser einen mir verschlossen waren, war unerschütterlich. Sie gab mir Frieden, wie ich ihn bis zu jenen Tagen nie empfunden hatte, der Preis dafür war nicht zu hoch. Ganz nebenbei, ich hatte auch noch anderen Nutzen: Als ich die Sache anfing, war ich mittlerer Behördenangestellter, nun bin ich höherer. Wenn meine Zustimmung gefragt war, gab ich den letzten Rest von Vorbehalten auf, wie ich ihn mir zuvor manchmal noch geleistet hatte; denn es wurde mir so von innen her befohlen. Ich arbeitete über das geforderte Maß hinaus, scheinbar freiwillig, und kam dabei stets zu genau den Resultaten, die man an vorgesetzter Stelle gerne hörte. Nicht selten sah ich groß und deutlich, wo ein Fehler steckte; doch zuverlässig hinderte mich der Revolver daran, ihn aufzudecken. Es war rundum ein Unglück, mit dem sich sehr gut leben ließ, wenn ich es mit dem früheren verglich.[19] Selbst meiner Frau fiel auf, daß ich ein ausgeglichener Mensch geworden war. Einmal gestand sie mir, daß sie vor gar nicht langer Zeit erwogen hatte, sich von mir zu trennen. Ich wurde bleich, als sie das sagte, schon spürte ich den Befehl sie zu umarmen und zu küssen und ihr zu sagen: Ein Glück, daß du es dir anders überlegt hast.
Die Zufriedenheit hielt ungefähr ein Jahr. Dann fingen Störungen an, die harmlos wie ein Spiel begannen und in der Zwischenzeit – das ist nicht übertrieben – mich an den Rand des Todes bringen. Vielleicht versteht man, wenn ich sage: Der Mann mit dem Revolver hörte auf, mir zu gehorchen. Er gab und gibt mir immer häufiger Befehle, die ich nicht will und dennoch auszuführen habe. Es ist, als wollte er mich ruinieren, der Himmel weiß warum. Genau erinnere ich mich, wie es zum erstenmal geschah, ich hielt es für ein unverständliches Versehen: Ich stand an einer Straßenkreuzung und wartete auf grünes Ampellicht, als ich die Order bekam, unverzüglich loszugehen. Obwohl noch Rot war. Ich sah genau den Polizisten auf der anderen Straßenseite und durfte doch

nicht zögern – für falsches Überqueren der Fahrbahn wird man in unserem Land nicht erschossen, wie es mir angedroht war, wenn ich stehenbliebe. Ich sprang, was blieb mir übrig, zwischen die Autos auf den Damm, ich hörte Hupen und Flüche und Bremsenquietschen, was war das für ein Augenblick. Ich hüpfe um mein Leben, es war zu allem Überfluß die Hauptverkehrszeit, noch niemals hatte ich mir eine Ordnungswidrigkeit[20] zuschulden kommen lassen. Entsetzt und doch erleichtert kam ich auf der anderen Seite an, wo mich der Polizist, der so empört war, wie ich an seiner Stelle auch gewesen wäre, erwartete. Ich stotterte von irgendwelcher Eile und machte alles mit Erklärungen nur schlimmer; zu Recht erhielt ich wenig später einen hohen Strafbescheid. Als ich an jenem Tag nach Hause kam, dachte ich lange und vergeblich über den Vorfall nach; am Ende legte ich ihn ab zum Unerklärlichen.
Die Folgezeit war ruhig, so daß ich hoffte, der Revolvermann wolle mich nicht wieder quälen, er habe sich darauf besonnen,[21] wozu ich ihn erfunden hatte. Bald war ich überzeugt davon, der Zwischenfall an der Ampel sei eine verspätete Anfangsschwierigkeit gewesen. Dann fand in unserer Behörde die Jahreshauptversammlung statt. Es war ein Leiter aus dem Ministerium gekommen, um uns ein Referat zu halten; der lange Beifall war ihm sicher, auch wenn er nichts zu sagen wußte als das schon hundertmal Gehörte. Da ich sein Referat nicht brauchte, versank ich in Gedankenlosigkeit und tauchte genau in jener kleinen Pause wieder auf, die zwischen des Redners letztem Wort und dem Beginn des Beifalls lag. Ich hob mit allen anderen die Hände, um loszuapplaudieren, in diesem Augenblick traf mich der Befehl zu pfeifen. Ich muß wohl nicht beschreiben, wie ich mich fühlte: mein einziges Glück war, daß ich saß, sonst wären mir die Beine eingeknickt vor Schreck.
Als Kind war ich berühmt in unserer ganzen Straße für meine Pfiffe, und jeder weiß: wer einmal solche Fähigkeit besitzt, behält sie für sein Leben. Ich bin kein Freund von halben Sachen, dazu die Angst im Nacken[22] – ich pfiff mit voller Kraft, und der Versuch gelang mir prächtig, trotz der langen

Pause. Was dann geschah, klingt selbst in meinen Ohren unwahrscheinlich: ich wurde nicht entdeckt, obwohl der Raum bis auf den letzten Platz gefüllt war. Das Gesicht des Referenten verlor alle Freundlichkeit, der Beifall kam schnell zum Stillstand. Ich hatte Geistesgegenwart[23] genug, als einer der letzten mit dem Klatschen aufzuhören, vielleicht war das die Rettung. Die Köpfe der vor mir Sitzenden drehten sich zu mir, da hatte ich meine zweite Geistesgegenwart, gewiß die größere von beiden: ich drehte mich auch um. Ich machte es mit solcher Überzeugungskraft, daß noch die nächste Reihe nach hinten blickte, der Täter wurde nie gefunden. Nur meine Stuhlnachbarin, eine alte Abteilungsleiterin, sah mich an, als habe sie einen Verdacht, zu schrecklich, um ihn auszusprechen. Jedenfalls verließ der Referent entrüstet den Versammlungsraum, und heute noch, ein halbes Jahr nach der Begebenheit, ist jener Pfiff in unserer Behörde ein vielbesprochenes Thema.
Daß ich von den unsinnigsten Befehlen geplagt werde, hat bis zur Stunde leider nicht aufgehört. Es wäre nicht schwierig, Beispiel um Beispiel aufzuzählen, doch fürchte ich, es könnte komisch klingen, was in Wahrheit meine Existenz aufs Bitterste bedroht. Ich habe ganze Tage zu tun, nur um die Folgen solcher Taten zu vertuschen oder auszubügeln, zu denen ich gezwungen werde. Das heißt auch: ich habe kaum mehr Freizeit. Ich muß vom Morgen bis zur Nacht darauf gefaßt sein, daß mich mein Revolvermann in neue Teufeleien drängt. Auch Tage, an denen er mich in Ruhe läßt, vergehen auf unerträgliche Weise. Ich sitze da und warte mit eingezogenem Kopf, was er sich diesmal ausdenkt.
Den Befehlen, die mich ereilen, liegt kein System zugrunde,[24] zumindest keins, das für mich erkennbar wäre. Das eine Mal muß ich mich verhalten, wie ich aus eigener Neigung mich sowieso verhalten hätte, das ist weiter kein Unglück; das andere Mal habe ich zu tun, was mir zwar nicht entspricht, was aber meine Pflicht verlangt – das sind genau die Fälle, für die ich den Revolvermann ersonnen hatte; das drittemal werde ich zu Handlungen gezwungen wie den erwähnten, das ist das Gift. Ich habe dann zu stören, unwürdig aufzufallen, Verordnungen

zu brechen. Es ist mir unerklärlich, was er auf solche Weise in Bewegung setzen will, außer er verfolgt den Plan, mich zu vernichten. Einmal, nun komme ich doch mit einem Beispiel, ist mir von der Behörde aufgetragen worden, für eine höhere Behörde von der Arbeit zu berichten, die wir im Lauf des Quartals geleistet hatten. Es hing damit zusammen, daß ich inzwischen befördert war; doch hatte ich nicht etwa Angst, den ersten schriftlichen Quartalsbericht meiner Laufbahn zu verfassen. Ich hatte schon dutzendmal Berichte gelesen und wußte, was hineingehörte und was nicht: der Verfasser hatte darzulegen, daß in seinem Bereich alles gut geregelt war, daß es in Zukunft aber besser werden sollte. Genau nach diesem Muster zu verfahren, setzte ich mich hin. Ich hatte mir ein paar originelle Formulierungen zurechtgelegt, ich hatte alle Fakten von Bedeutung beisammen, ich war mir sicher, daß der Bericht von meinen Vorgesetzten, wenn sie sich so freundlich beurteilt fanden, mir nichts als Lob einbringen würde. Ich wollte eine Arbeit liefern, die, wenn ich ehrlich bin, die Wiederholung einer schon tausendfach vorhandenen Arbeit war und dennoch aussah, als sei sie zum allerersten mal von mir geschrieben worden. Da also ein gewisser künstlerischer Ehrgeiz mit im Spiel war, war ich bei der Sache, und die Einleitung, von ziemlicher Bedeutung für Berichte, gelang mir gut. Ich kam in Fahrt, mein Bleistift lief, wenn ich so sagen darf, bergab, da trat aus heiterem Himmel[25] Er dazwischen.
Er trug mir auf, mit meinem schwanzwedelnden Unsinn, wie er es formulierte, aufzuhören[26] und schonungslos die Wirklichkeit zu beschreiben. Er hieß mich die Unfähigen unfähig nennen, nicht nur in meiner eigenen Abteilung, und die überflüssigen Verordnungen, in denen unsereins erstickte, überflüssig und die bisherigen Berichte allesamt erlogen; zum Schluß befahl Er mir, die ganze Behörde als unnütz zu bezeichnen und ihre Liquidierung vorzuschlagen, ja, zu verlangen. Zugleich ließ Er mich spüren, daß jede Seiner Forderungen sehr vernünftig war. Ich dachte aber auch zugleich: Was geht das mich an? Ich dachte: Das Einzige, was sich verändern wird von dem Bericht, den Er verlangt, ist meine eigene Lage.

Dann dachte ich: Selbst wenn ich unterstelle, daß der Bericht, weil er so einleuchtend und wahr ist, die Adressaten überzeugte – was dann? Dann würde, wie verlangt wird, die Behörde aufgelöst, dann stünde ich da.[27] Ich konnte die Sache nach allen Seiten drehen und wenden, der Ruin war mir gewiß. Und trotzdem hatte ich den Auftrag unverzüglich auszuführen.

Bei klopfendem Herzen schrieb ich Sätze, die ich bis dahin nie in meinen Kopf hineingelassen hätte, geschweige denn aus ihm heraus. Ich nannte meinen Vorgesetzten einen Karrieristen,[28] der zwar mit hübschen Worten um sich werfe, den aber keine andere Absicht treibe als die eine, mein Vorgesetzter zu bleiben oder gar aufzusteigen. Ich zähle Gründe auf, warum meine Behörde so gut wie keine ihrer Aufgaben erfülle, obgleich doch viel zu viel Personen beschäftigt seien. Und ich behauptete sodann, daß jeder in der Behörde von alldem wisse, daß aber keiner Kraft und Kompetenz besitze, es zu ändern; daß keiner es auch ernstlich ändern wolle, solange der Laden irgendwie zu funktionieren scheine.[29]

Ich will nur kurz erwähnen, daß sich, während ich das alles schrieb, zu meiner Angst eine Art von Lust hinzugesellte, die ich mir ohne Schaden nicht erklären kann. Ich schrieb wie ein Besessener an meinem sicheren Untergang;[30] als ich zum Ende kam und neugierig auf Sein Urteil wartete, meldete Er sich aber nicht. So wußte ich, daß ich in Seinem Sinn gehandelt hatte, ein schöner Trost war das.[31]

Ich ging mit dem Bericht, falls dieses Wort noch paßt, zu meinem Chef wie zum Schafott. Das Ende meiner Laufbahn als Behördenangestellter stand bevor; es würde schmählich sein und wohl von einer Art, daß alle anderen Laufbahnen mir in Zukunft auch verschlossen blieben, bis, allenfalls, auf die Laufbahn einer Hilfskraft. Der Gedanke, daß nichts als die reine Wahrheit schuld an meinem Unglück war, konnte mich nicht erwärmen. Ich malte mir aus, was der Behördenleiter, nachdem er zu Ende gelesen hatte, machen würde, zuerst mit dem Bericht und dann mit mir.

Dann stand ich vor der Tür und fluchte auf die ganze Wahrheit,

die ja nur segensreich sein kann, wenn einer sie aus freien Stücken sagt. Ich war jedoch entschlossen, mir von dem Chef keine Demütigung bieten zu lassen und jedes kränkende Wort zurückzugeben, es kam jetzt nicht mehr darauf an. Ich holte zum letzten Mal Luft, wuchs um ein paar Zentimeter vor der Tür und hob die Hand, um anzuklopfen, da spürte ich von neuem Seinen Befehl: Halt.
Was ist denn jetzt los? dachte ich und hatte keine Ahnung, was zu tun sei. Meine Hand ließ ich sinken, die Sekretärin des Chefs sah mich seltsam an, weil ich so unentschlossen dastand. Es folgte der Befehl: Zerreiß den albernen Bericht[32] und stürz dich nicht ins Unglück, Mensch. Schreib einen neuen, und zwar so, wie hier Berichte auszusehen haben, den bringst du morgen her. Es war doch nur ein Spaß, hast du das wirklich nicht gemerkt?
Unsere Ansichten von Humor klafften weit auseinander.[33] Ich schlich nach Hause und meinte, nun wohl erleichtert sein zu müssen. Doch mit den Schritten merkte ich, daß mir nicht wohler war. Ich schrieb einen gehorsamen und glanzlosen Bericht, der brachte mir einen Rüffel ein, weil ich ihn mit Verspätung abgab. Das war das ganze Resultat nach außen hin, in meinem Innern aber brach ein Beben aus. Ich faßte den Entschluß, Ihn loszuwerden. Da Ihm nicht anders beizukommen war, mußte ich Ihn entwaffnen. Das hört sich an, als wäre es ein Kinderspiel.
Jetzt stehe ich[34] an einem stillen See. Ich habe den Revolver bei mir, zum erstenmal seit langem halte ich ihn wirklich in der Hand, er ist auf meinen Kopf gerichtet. Weil Er genaue Kenntnis von meinen Gedanken hat – ein Vorteil, um den ich Ihn beneide und der um nichts auszugleichen ist,[35] befiehlt er mir: Wirf den Revolver nicht ins Wasser. Ich denke: Er kann befehlen, was Er will, ich tue es doch. Ich denke mir auch: Das will ich gern glauben, daß Er jetzt um Seine Macht fürchtet. Da läßt Er mich wissen: Bevor du dazu kommst, den Arm zum Werfen auch nur auszustrecken, wird abgedrückt.
Es ist ein auswegloses Verhängnis.[36] Ich will nicht ewig stehen

mit der Waffe an meinem Kopf, nur so dazustehen ist vertane Zeit. Doch handeln kann ich nicht, bevor ich mich nicht dazu entschließe. Kaum aber denke ich, wie ich gerne möchte, ist es aus mit mir.[37]

Das Parkverbot

Wir fuhren zum Einkaufen, fanden aber keinen Parkplatz, obwohl Vormittag war. Bald waren wir bereit, einen längeren Fußweg in Kauf zu nehmen, doch auch in der Umgebung suchten wir vergeblich. Ich schlug vor, ein andermal wiederzukommen oder in einem anderen Stadtteil einzukaufen. Meine Frau wäre einverstanden gewesen, doch brauchte sie ein Stück Stoff, das es nur in einem bestimmten Geschäft gab, und dieses Geschäft war hier. Ich suchte noch einmal die Gegend ab, und das brachte uns beide in eine leicht gereizte Stimmung. Als ich sie fragte, was ich denn nun tun solle, sagte sie, es wäre einfach unsinnig, wieder wegzufahren, wo wir nun schon einmal hier seien. Der Stoffkauf dauere nur ein paar Minuten und sei unumgänglich, sagte sie, ob wir uns nun zankten oder nicht.

Ich fuhr vor das Stoffgeschäft und stellte mich mitten ins Parkverbot. Ich sagte, ich wollte im Auto auf sie warten, sie möge sich sehr beeilen, denn ich stünde hier sozusagen auf dem Präsentierteller für polizeilichen Eingriff.[1] Sie entgegnete nichts, gab mir aber mit einem Blick zu verstehen, daß sie sich wunderte, warum ich nicht gleich diesen günstigen Halteplatz gewählt hatte. Ich wartete schon ungeduldig, als sie noch gar nicht fortgegangen war. Ich sah, wie sie viel zu langsam den Bürgersteig überquerte und sekundenlange, für mein Empfinden überflüssige Blicke ins Schaufenster warf und endlich das Geschäft betrat.

Ich schaute die Straße hinauf und hinunter und sah zum Glück nicht einen Polizisten.[2] Natürlich konnte sich das jeden Augenblick ändern. Auf der gegenüberliegenden Straßenseite standen die Autos in der erlaubten Zone, zwanzig Meter vor mir und im Rückspiegel ebenso; nur ich, wegen eines Stücks Stoff, war die Ausnahme. Ich schaltete das Radio ein, fand keine angenehme Musik, dafür aber einen Vortrag, den eine sanft klingende Frauenstimme hielt. Ich zündete mir eine Zigarette am falschen Ende an. Ich spuckte aus und nahm ein paar Züge von einer neuen Zigarette, bis ich den Geschmack des angebrannten Filters los war. Ich entsinne mich auch, daß eine grüne Fliege plötzlich dasaß, ein wenig seltsam für den Spätherbst. Auf der Frontscheibe spazierte sie im ruckartigen Fliegengang umher. Und daß ich behutsam eine Zeitung aus dem Handschuhfach nahm, sie zurechtfaltete und kräftig zuschlug. Als ich die Zeitung wegnahm, war auf der Scheibe nichts zu sehen. Die Fliege mußte draußen gesessen haben und weggeflogen sein; ich legte die Zeitung zurück, sie war an einer Stelle eingerissen. Ich wollte darauf achten, ob meine Frau, wenn sie endlich wiederkam, noch etwas anderes als ein Stück Stoff gekauft hatte. Ich war nicht sicher, ob ihr überhaupt bewußt war, in welcher Lage ich mich hier draußen befand. Auf der anderen Straßenseite sah ich ein Auto wegfahren und ein zweites sofort darauf sich in die Lücke zwängen. Ich überlegte, ob ich die Motorhaube hochklappen und so tun sollte, als hätte ich nach einem Defekt zu suchen. Bequemlichkeit hielt mich davon ab und wohl die Hoffnung, meine Frau müsse doch nun jeden Augenblick zurück sein.

Ich erwähne das alles, um eine möglichst genaue Schilderung der Situation zu geben, die dazu führte, daß meine Stimmung nicht die beste war. Natürlich läßt sich nicht berechnen, welchen Einfluß diese Stimmung auf das folgende Ereignis und meine Entscheidung dabei hatte, von mir schon gar nicht. Ich weiß nicht einmal, ob es einen solchen Einfluß überhaupt gab, am Ende hätte ich in jeder Gemütsverfassung gehandelt, wie ich gehandelt habe.

Ich sah einen Mann auf mich zukommen. Genau gesagt, er näherte sich nicht mir, er kam eilig näher, rannte fünf sechs Schritte, ging dann hastig, rannte wieder, als könnte er sich weder für die eine noch für die andere Fortbewegungsart entscheiden. Vermutlich war es diese Unentschlossenheit, derentwegen der Mann mir auffiel. Denn es waren noch viele andere auf dem Gehsteig, und sonst gab es keinen Grund, warum ich

ausgerechnet diesen Mann schon von weitem hätte ins Auge fassen sollen. Er schlenkerte die Arme eigentümlich hoch, warf sie beim Gehen hoch, als renne er. Er ging und lief wie jemand, der zu vertuschen suchte, daß er in Eile war. Plötzlich hatte ich das Gefühl, daß dieser Mann floh. Ich kann es nicht begründen, denn Eile allein ist noch kein Grund; ich weiß auch, wie prahlerisch diese Mitteilung ist, nachdem sich wenig später herausgestellt hat, daß er tatsächlich auf der Flucht war. Trotzdem: ich hatte solch ein Gefühl.
Der Mann wollte über den Damm, der Verkehr ließ es aber nicht zu, so hastete er weiter auf meiner Seite. Dann blieb er stehen, als sei ihm etwas eingefallen, ein rettender Gedanke. Er trat an ein Auto heran und wollte die Tür öffnen. Es war offensichtlich, daß ihm das Auto nicht gehörte, ich wußte es, bevor er am nächsten Wagen rüttelte. Ich dachte sofort, ich hätte mich geirrt mit meiner Fluchtvermutung, weil ich jetzt dachte: Ein Dieb! Ich dachte: Ein Dieb, der sich idiotisch auffällig benimmt.
Der Mann versuchte es an noch zwei Türen, dann war die Reihe der parkenden Autos vor mir zu Ende. Er rannte die zwanzig Meter bis zu meinem Wagen, und ich weiß noch, wie ich mich vorbeugte, um mir sein Gesicht besser anschauen zu können. Dann gechah das Erstaunliche: Der Mann öffnete die Tür meines Wagens, obwohl ich ja nicht unsichtbar darin saß.
Jetzt dachte ich nicht länger, er sei ein ungeschickter Dieb, jetzt dachte ich: Ein Verrückter! Wie eine letzte Hoffnung kam mir der Gedanke, er könnte irgendeine Frage an mich zu richten haben. Ich hatte ziemlich wilde Angst, einen Angriff hielt ich für möglich, und trotzdem schämte ich mich, auf der anderen Seite, auf meiner also, den Wagen zu verlassen. Der Mann bewegte sich fürs erste so, als gäbe es mich nicht. Er setzte sich auf den Sitz meiner Frau, zog die Tür hinter sich zu, rutschte dann nach vorn vom Sitz herunter und wand und drehte sich solange, bis er quer unter dem Armaturenbrett lag. Das alles tat er in allergrößter Hast, und erst als er eine Position gefunden hatte, die ihn zu befriedigen schien, kam er dazu, mich anzusehen. Mein Kopf war völlig leer, es fiel mir kein vernünftiges

Wort ein, ich sagte nur viel zu spät: „Sind Sie verrückt geworden, Mann?"
Er legte einen Finger auf den Mund, es sah so aus, als horchte er nach draußen und hätte keine Zeit, sich mit mir abzugeben. Sein Kopf befand sich nur ein paar Zentimeter vom Gaspedal entfernt. Ich hätte ihm leicht ins Gesicht treten können mit meinem derben Schuh, das dachte ich.[3] Überhaupt war er in einer extrem hilflosen Haltung jetzt, er lag, als hätte er sich selbst gefesselt. Ich brauchte nicht länger Angst zu haben, und ich hatte sie auch nicht mehr so stark. Ich war recht günstig über ihm; auf einmal sah ich, daß meine Hände Fäuste waren. Ich öffnete sie und rief: „Wenn Sie mir nicht sofort erklären, was Sie hier tun, dann rufe ich die Polizei."
Er sagte: „Seien Sie bitte still, und sehen Sie bitte nicht zu mir herunter."
Auch wenn die Worte ängstlich und sehr bescheiden klangen, kamen sie mir doch wie seine größte Unverschämtheit bisher vor. Wie konnte er erwarten, daß ich mich ohne Erklärung zu seinen Gunsten verhielt, daß ich mich zum Kumpan von sonstwem machte, im Handumdrehen und ohne jeden Grund? Seine Augen sahen mich auf eine Weise an, als wollten sie mir gut zureden. Er war kein junger Mann mehr, vielleicht Ende dreißig, sein Haar war dunkelbraun und strähnig und zur Stirn hin schon ein wenig schütter. Auf seiner Backe sah ich einen Fleck, der blau sein mochte, von einem Schlag vielleicht, der vielleicht auch ein Schmutzfleck sein konnte, das war nicht zu erkennen. Ich sagte: „Menschenskind, reden Sie endlich, wer ist hinter Ihnen her?"
Er sagte: „Seien Sie doch bitte geduldig. Ein paar Minuten nur."
Seine Schuhsohlen stemmte er gegen den Kunstlederbezug der Tür, das würde Schrammen oder Flecken geben, wahrscheinlich beides. Es ärgerte mich zusätzlich. Ich zündete mir eine neue Zigarette an, das Radio schaltete ich aus. Ich war ratlos, wollte es ihn aber nicht merken lassen. Natürlich hätte ich die Tür öffnen und laut schreien können, es hätte dann mit uns ein schnelles Ende gehabt, doch auch ein, wie ich meinte,

lächerliches. Seltsamerweise packte mich heftiger Zorn auf meine Frau, die mir diese verdammte Lage aufgezwungen[4] hatte. Ich blickte kurz zu dem Stoffgeschäft hinüber, in das niemand hineinging und aus dem niemand herauskam. Ich sagte: „Also zum letztenmal jetzt. Entweder Sie verraten mir, was hier vor sich geht, oder es ist mit meiner Geduld zu Ende."

Er schwieg und schloß für einen Moment die Augen, wie aus Verzweiflung darüber, daß ich so hartnäckig war und nicht verstehen wollte. Mir kam der Gedanke an Mitleid, doch ich sagte mir, daß dies ein Mitleid ohne Sinn und Verstand wäre.[5] Ich spürte nicht die kleinste Angst mehr, nur war der Mann mir plötzlich unerträglich lästig. Am liebsten wäre ich aufgestanden und hätte ihn hinausgezerrt und weggejagt. Es wäre zu schaffen gewesen, er war schmächtig und bestimmt schwächer als ich, vom Nachteil seiner Position ganz abgesehen. Doch wußte ich gleich, daß ich nicht der Mensch bin, so zu handeln.

Ich sagte: „Na schön, Sie wollen es nicht anders."

Ich legte die Hand auf meinen Türgriff und hätte nicht gezögert auszusteigen, auch ohne festen Plan, wenn er nicht gerufen hätte: „Warten Sie."

Ich wartete, denn es hatte sich angehört, als kündigte er eine Erklärung an. Er sah mich flehentlich an, ich habe kein besseres Wort für diesen Blick, und sein Mund öffnete sich wie der Mund von einem, der gleich zu sprechen anfängt. Doch er sagte wieder nichts. Ich bildete mir ein, daß er kaum merklich den Kopf schüttelte. Jedenfalls lag er da und schwieg und starrte mich an. Ich nahm meine Hand nicht von dem Türgriff und sagte „Ich warte."

Als sei er plötzlich zur Besinnung gekommen, kam Leben in ihn. Er richtete sich ein wenig auf, sagte immer wieder: „Warten Sie", steckte eine Hand in die Tasche, fand nichts, suchte dann in einer anderen. Später erst kam ich mir sehr leichtsinnig vor, weil ich ihm so arglos zugeschaut hatte. Er hätte auch nach einer Waffe suchen können, er hätte so lange sein „Warten Sie" wiederholen können, bis er eine Pistole im Anschlag hielt

oder meinetwegen auch ein Messer. Doch ich sah ihm nur ungeduldig zu. Als er nicht fand, was er suchte und wohl zu fürchten anfing, ich würde mir das nicht länger bieten lassen, sagte er: „Ich habe in meiner Tasche Geld. Es sind mehr als dreihundert Mark. Wenn Sie mich fünf Minuten liegen lassen, können Sie alles haben. Dreihundert Mark für fünf Minuten, das lohnt sich doch."
Er glaubte nun wohl, mich beruhigt zu haben, und suchte weiter. Was bildete der sich ein, mir diese Prämie auszusetzen, was glaubte er, in wessen Wagen er lag? Andererseits verstand ich, daß er für feine Überlegungen nicht in der Lage war. Dennoch dachte ich: Jetzt ist genug.
Er fand sein Geld. Er zerrte es aus der Gesäßtasche und hielt es mir entgegen, und ich spürte nur den einen Wunsch, diese quälende Situation zu beenden.
Heute finde ich es merkwürdig, daß mir damals erst so spät der Gedanke kam: Wo einer flüchtet, da muß es doch auch Verfolger geben. Als ich aus dem Fenster sah, brauchte ich nicht lange zu suchen. Ein Steinwurf weit in der Richtung, aus der der Mann gekommen war, standen drei Polizisten und einer in Zivil. Ich erschrak, ich erinnere mich an einen heftigen Herzstich; ich fand es sofort einleuchtend, daß es Polizisten waren, die den Mann verfolgten, wer denn sonst? Zwei von ihnen sahen sich aufmerksam auf der Straße um, der dritte unterhielt sich mit dem Zivilisten. Ich hatte keinen Zweifel, daß diese vier Personen und der Mann in meinem Auto zusammengehörten. Ich sah, daß einer der Polizisten auf ein Fenster irgendwo in der Höhe zeigte, und daß der Mann in Zivil dorthinsah und dann den Kopf schüttelte. Mir fiel ein, daß ich seit einer Ewigkeit im Parkverbot stand. „Hier, nehmen Sie alles", sagte der Mann.
Ich sagte: „Um Himmels willen, stecken Sie Ihr verdammtes Geld ein." Dabei sah ich zum letztenmal sein Gesicht. Die Augen waren erschrocken, als wüßten sie genau, wen ich gesehen hatte. Ich schaute wieder zu den Verfolgern, die immer noch an jener Stelle standen. Sie schienen unschlüssig zu sein, so bildete ich mir ein, ob sie über den Damm gehen oder auf

dieser Straßenseite bleiben sollten. Einer von ihnen trat an die nächste Haustür und wollte öffnen, sie war verschlossen. Da verstand ich, warum der Mann nicht in einem der vielen Häuser Zuflucht gesucht hatte: alle waren zugeschlossen, für Fremde gab es Klingeln und Lautsprecher. Gern hätte ich gewußt,[6] warum sie hinter ihm her waren, zu fragen hatte aber wenig Sinn. Mit Sicherheit hätte er in der Art der Verfolgten geantwortet: Wegen nichts. Außerdem war längst keine Zeit mehr dafür.

Die einzige Rettung für den Mann wäre gewesen, daß ich jetzt losfuhr. Niemand hätte mich hindern können, gemächlich an den Vier vorbeizufahren, zum Stadtrand oder sonstwohin, und dort den Mann auf Nimmerwiedersehen abzuladen. Nicht etwa Rücksicht auf meine Frau hielt mich davon ab; der hätte ich es gegönnt, alleine dazustehen mit ihrem Stoff. Und eigentlich war es auch nicht Angst, obwohl das Herz mir gewaltig geklopft hätte bei einem solchen Unternehmen. Nur das wilde Durcheinander in meinem Kopf hinderte mich am Losfahren. Ich halte es nicht für übertrieben bedächtig, mit einer Handlung erst dann zu beginnen, wenn man sie auch für angebracht hält,[7] und danach richtete ich mich. In meinem Gedankengewirr erkannte ich nur eine klare Frage: Wie komme ich dazu, dem Kerl zu helfen?[8] Und dieser Einwand[9] schien mir äußerst überzeugend, wie ein sicherer Hinweis. Alles andere ergab sich danach von selbst, eine plötzliche Klarheit beruhigte mich. Ich wußte auf einmal so genau, was nun zu tun war, ich sah so deutlich die vielen guten Gründe, die dafür sprachen,[10] daß ich fast ausgerufen hätte: Ich weiß es ja!

Einem der Polizisten vor mir fiel es ein, in ein vorschriftsmäßig geparktes Auto hineinzusehen. Ich öffnete schnell meine Tür und stieg aus. Ich hörte den Mann atemlos fragen: „Was tun Sie?“ Ich hob einen Arm und rief zu den Polizisten: „Hallo! Kommen Sie hierher, hier ist der Mann!“

Ich deutete in meinen Wagen hinein. Einen Augenblick lang standen sie alle still, meine Worte waren aber verstanden worden. Dann sah ich zwei Pistolen, die einer der Polizisten und der Zivilist in Händen hielten. Sie kamen angerannt, zu

beiden Seiten des Wagens postierte sich je einer, ein dritter öffnete die noch geschlossene zweite Tür. Die Verhaftung ging wortlos vor sich, nur unter Keuchen. Der Zivilist winkte mit der Pistole, aber der Mann bewegte sich nicht, obwohl er den Befehl gesehen haben mußte. Zwei Polizisten ergriffen seine Beine und zogen ihn hinaus. Er tat sich weh am Kopf, wegen des Höhenunterschiedes von Auto und Bordsteinkante, er schrie nicht auf vor Schmerz. Dann stand er vom Pflaster auf.
Ich trat vom Damm auf den Bürgersteig, um den Verkehr nicht zu behindern. Ich vermutete, daß Fragen an mich gerichtet werden würden. Ich schaute den Zivilisten an, der mir wie der Anführer der Gruppe vorkam, doch er kümmerte sich nicht um mich. Ich hörte ein rasselndes Geräusch. Im selben Augenblick, da ich Handschellen um die Gelenke des Mannes sich schließen sah, traf mich mitten ins Gesicht Speichel. Das Blut muß mir zu Kopf geschossen sein. Die Hand eines Polizisten legte sich mir begütigend auf den Arm.

Das eine Zimmer

Nach einer Wartezeit, die wohl ärgerlich lang war, doch auch nicht so lang, daß ich behaupten könnte, sie sei eine Zumutung gewesen, wurde ich beim für mich zuständigen Ressort des Wohnungsamtes[1] vorgelassen. Ich geriet an eine Frau, die mich sofort ansah, als hielte sie meine Wünsche für übertrieben. Doch kann es sein, daß ich in diesen Augenblicken viel zu befangen war und jedem Blick und jeder Geste eine übertriebene Bedeutung beimaß. Mit einer Handbewegung wies sie mir einen Stuhl an, und ich überlegte, ob ich von mir aus zu sprechen anfangen oder warten sollte, bis sie mich dazu aufforderte. Sie sagte: „Bitte."

Wie durch Zauberei waren mir alle überzeugenden und schönen Sätze entfallen. Das einzige, was ich vorzubringen wußte, war, wozu ich hiersaß. Ich sagte ihr, was sie von tausend anderen auch schon gehört hatte: daß ich eine Wohnung brauchte, möglichst bald, möglichst in einer stillen Straße, denn ich sei sehr auf Ruhe angewiesen. Sie unterbrach mich, indem sie sagte: „Eins nach dem anderen, junger Mann."[2]

Sie nahm einen Zettel und brauchte Angaben für das Amt, denn es mußte eine Akte angelegt werden. Wichtig war ihr offenbar die Frage, wo ich zur Zeit wohne und was mich dränge, von dort wegzuziehen. Wahrheitsgemäß erzählte ich, daß ich ein Zimmerchen bei meinen Eltern[3] habe, es kann mich kaum noch halten.[4] Ich hätte schon längst einen Antrag stellen sollen, nun aber, sagte ich, sei ein entscheidender Grund hinzugekommen: ich wolle mich verheiraten. Mit einer Frau, die ihrerseits bei ihren Eltern wohne, um keinen Deut besser als ich, so daß wir uns ohne das Amt nicht zu helfen wüßten.

Ich war darauf gefaßt, nach einem Heiratsdatum gefragt zu werden; denn ich verstehe, daß blanke Heiratsabsicht leicht für einen Trick gehalten werden kann. Ich hätte geantwortet,

einen solchen Termin gebe es zwar noch nicht, doch sei das kein Problem, zur nächsten Sprechzeit könne ich das Datum bringen. Aber die Frau stellte diese Frage nicht. Sie sah mich mit einem Blick an, in dem ich kein Fünkchen Mißtrauen finden konnte, schon eher Freundlichkeit, ich könnte auch sagen: Wohlwollen. Da fühlte ich mich guter Dinge.
Sie notierte so viel auf ihr Blatt Papier, daß ich mich wunderte, was es nach meinen wenigen Worten so viel zu schreiben geben konnte. Dann legte sie den Stift zur Seite, sah mich wieder günstig an und sagte: „Jetzt zum Wichtigsten – welches sind Ihre Ansprüche?"
Ich hatte schon viel darüber nachgedacht, allein und auch mit meiner Freundin, so konnte ich ohne Zögern antworten: „Wir brauchen vier Zimmer."
Die Frau wunderte sich mit keinem Blick, als sei sie ganz andere Forderungen gewohnt. Sie sagte nur: „Für zwei Personen vier Zimmer, das ist viel. Das ist zu viel, damit kommen wir nicht durch. Wie wollen Sie die begründen?"
Oft hatte ich mit meiner Braut gerade das besprochen. Am leichtesten wäre es gewesen, den Wunsch nach Kindern anzuführen, einen Wunsch, der für Leute unseres Alters wie das Natürlichste von der Welt erscheint. Doch hatten wir beschlossen, bei der Wahrheit zu bleiben und nicht mit einem Nachwuchs zu argumentieren, den es nicht gab und der nicht vorgesehen war. Es gehört nicht zur Sache, hier unsere Überlegungen vorzustellen, soweit sie eigene Kinder betreffen; ich möchte nur erwähnen, daß Hannelore – so heißt nun einmal meine Braut – und ich geduldig den Wunsch nach Kindern abwarten wollten, daß wir uns nicht verpflichtet fühlten, ihn möglichst schnell zu spüren. Irgendwie, so bemerkte Hannelore einmal, seien wir selbst auf lange Sicht noch Kinder,[5] das sollte doch genügen. Ich verstand nicht bis ins letzte, was sie meinte, doch fühlte ich, daß an der Überlegung etwas Richtiges war.
Ich sagte zu der Frau, die vier Zimmer, die wir für nötig hielten, teilten sich wie folgt auf: Das erste müsse, durch meinen Heimberuf bedingt, ein Arbeitszimmer sein. Das zweite stellten wir uns als das Schlafzimmer vor, wobei wir größenmäßig nicht

anspruchsvoll sein wollten.[6] Das dritte sei das sogenannte Wohnzimmer, recht geräumig nach unserer Vorstellung; wir hätten vor, die meiste gemeinsame Zeit dort zu verbringen, dort Gäste zu empfangen, Musik zu hören und dergleichen mehr. Auf das vierte Zimmer endlich passe so leicht kein Name, es sei das wichtigste für uns. Zur Verständigung wollten wir es Probierzimmer[7] nennen, obwohl der Name irreführend sei. Es sollte wechselnd eingerichtet werden, doch mehr in Gedanken als in der Wirklichkeit, hauptsächlich also leer bleiben. Wir wollten uns an diesem Zimmer üben, wie Zimmer einzurichten seien, im Grunde also üben, wie es sich am besten wohnen lasse. Dies heiße aber ganz gewiß nicht, daß dort nun ein ewiges Geschiebe von Möbeln stattfinden solle, hin und her und vor und zurück und für die Nachbarn am Ende nichts als störend. Vielmehr sollte sich in jenem Raum vor allem unsere Phantasie bewegen. Das Uneingerichtete, so hofften wir, werde unserer Vorstellungskraft auf die Sprünge helfen, die könnte dann in den anderen Räumen, in denen wir tatsächlich zu wohnen hatten, um so besser zeigen, was in ihr steckt. Und schließlich berge solch leeres Zimmer ein großes Geheimnis, denn es stecke voller Möglichkeiten. Ich sagte zu der Frau, daß wir uns auf nichts in der neuen Wohnung so sehr freuten wie auf dieses Geheimnis. Soviel zu den Zimmern, sagte ich dann, es bleiben noch Bad und Küche zu wünschen, und etwas Nebengelaß wenn möglich, je mehr, je lieber.
Es ist nicht übertrieben, wenn ich sage, daß die Frau mich sehr verwundert ansah. Ich wußte nicht, ob dies ein gutes oder ein schlechtes Zeichen war, mir schlug das Herz ein wenig. Sie ließ sich mit einer Entgegnung reichlich Zeit, doch kam es mir, bevor sie noch zu sprechen anfing, vor, als habe ihre Laune durch meinen kleinen Vortrag nicht gelitten. Endlich sagte sie: „Wie merkwürdig."
Das hieß noch gar nichts, und ich konnte weiterhoffen. Sie schüttelte auch ihren Kopf, dann nahm sie den Hörer vom Telephon und begann, eine Nummer zu wählen, als müsse sie unbedingt jemandem Mitteilung von unserem Gespräch machen. Nach der zweiten Ziffer legte sie den Hörer aber

zurück und sah mich wieder an wie zuvor. Sie fragte: „Dieses vierte Zimmer, sagen Sie, ist das Ihr Ernst?"
Ich entgegnete, es sei uns so ernst damit, daß meine Braut und ich meinten, unser Glück hänge im wesentlichen gerade von diesem Zimmer ab.
Die Frau sagte: „Ich möchte Ihnen nicht verschweigen, wie gut es mir gefällt, daß sie so geradeheraus sind. Sie hätten mir ja auch mit einem Kinderzimmer kommen können. Was glauben Sie, wie viele junge Männer und Frauen uns hier tagtäglich Kinder versprechen. Wenn es danach ginge, würde die Hälfte unseres Wohnraums von einer Kinderschar bewohnt, die gar nicht existiert."
Ich sagte, das sei bestimmt nicht in Ordnung, denn in einem Amt solle man mit Tatsachen operieren und nicht mit Absichten. Ich für mein Teil hätte deshalb nichts von einem Kind erwähnt, weil erstens keins vorhanden und zweitens keins in absehbarer Zeit gewünscht sei. Ich sagte: „An einem erschwindelten Zimmer hätten wir auch wenig Freude."
Sie sagte: „Ganz abgesehen davon, daß Sie es nicht kriegen würden."
Sie machte eine Eintragung, irgendwo, ich glaube, nicht in meiner Sache, sondern noch in der vorigen. Als sie mich wieder ansah, war ihr Lächeln nicht mehr da. Sie sagte: „Ganz im Ernst jetzt,[8] das vierte Zimmer ist das ein Witz?"
Mit blieb nichts anderes übrig, als ihr noch einmal zu versichern, wie bitterernst uns dieses Zimmer sei. Ich fühlte mich nicht wohl dabei, denn ich halte das Wiederholen von Beteuerungen nicht für überzeugend. Und neue Argumente fand ich nicht, bis auf eins: Ich trug ihr vor, daß wir das vierte Zimmer, falls man es uns bewilligte, nicht wie einen Privatbesitz[9] betrachten wollten. Wir wären, sagte ich, bereit, es all denen zu öffnen, die solch ein Zimmer nicht besaßen, doch auch probieren wollten. Die Frau aber schüttelte den Kopf, zuerst langsam und dann heftig, auf jeden Fall entschieden. Sie sagte: „Nie und nimmer."
Ich achtete wenig auf den Anblick, den ich bot, ich muß jammervoll vor ihr gesessen haben. Sie hatte, als sie die nächsten Sätze

sprach, eine mitleidvolle Stimme, als wollte sie mich trösten. Sie sagte: „Es ist nicht klug, mit Gesprächen über Hirngespinste[10] die Zeit zu vergeuden. Reden wir lieber über das, was möglich ist. Wohn-, Schlaf- und Arbeitszimmer, das hat Hand und Fuß.[11] Drei Zimmer für zwei junge Leute sind immer noch der helle Wahnsinn, doch will ich zugestehen, daß nicht immer nur die Vernunft den Ausschlag geben darf. Ob sie genehmigt werden, ist eine zweite Frage, versuchen können wir es ja. Ich setze Sie also auf die Warteliste für eine Dreiraumwohnung, die sich in Wohn-, Schlaf- und Arbeitszimmer teilt. Einverstanden?"

Die Wahrheit ist – ich und meine Braut hatten mit Schwierigkeiten solcher Art gerechnet, so weltfremd[12] sind wir nicht. Daß unser Antrag an die Grenze des Erfüllbaren stieß und sie womöglich überschritt, war uns von Anfang an bewußt; so wollten wir nicht allzu sehr enttäuscht sein von der Notwendigkeit, uns einzuschränken.[13] Wir hatten uns für diesen Fall darauf geeinigt, Schlafzimmer und Wohnzimmer zusammenzulegen, was eine Frage geschickter Möblierung gewesen wäre, wenn auch nicht nur. Doch noch ein Zweites hatten wir beschlossen: uns das Probierzimmer auf keinen Fall zu ergaunern. Wir wollten nicht in unseren Antrag schreiben, wir benötigten ein Schlafzimmer, um dieses Zimmer dann für unsere anderen Zwecke zu benutzen. Das mag verwundern, doch wir hatten Gründe. Nicht etwa den, daß wir die Wahrheitsliebe übertrieben, und auch nicht die Empfindsamkeit. Der Grund war einfach der, daß wir unsere Pläne in dem Zimmer nicht heimlich schmieden wollten. Wir wollten nicht irgendwann beim Phantasieren ertappt werden, wie bei etwas Verbotenem, und dann den Vorwurf hören: Ihr habt hier nicht zu phantasieren, sondern zu schlafen, wo das Zimmer doch als Schlafzimmer ausgewiesen ist! Wir sagten uns, das Plänemachen dürfe nichts Verstecktes an sich haben, denn mit der Tarnung komme bald die Unlust.

So sagte ich – mit kalkulierter Niedergeschlagenheit,[14] wie ich gestehe –, uns bleibe ja wohl nichts anderes übrig, als uns der Behördenmeinung anzuschließen, zumal sie so entschieden

klinge. Drei Zimmer also, sagte ich zu der Frau, mit einem einzigen Unterschied: die Wohnung sollte aus Wohn- und Arbeitszimmer und aus eben jenem Probierzimmer bestehen, wenn wir bei diesem Namen dafür bleiben wollten. Auf das Schlafzimmer, sagte ich, müßten wir dann eben verzichten, wenn ich auch noch nicht wüßte wie.
Die Frau rief: „Halt!"
Es war kein Wunder, daß ich erschrak. Der Ruf kam mir wie ein Unmutszeichen vor, das aus dem Nichts aufgetaucht war. Denn unter meinen Worten fand ich keins, das die Frau so heftig gestimmt haben konnte. Die Dinge standen plötzlich schlecht für mich und Hannelore, viel schlechter, als es noch vor wenigen Minuten den Anschein hatte.
Die Frau sagte: „Sie haben sich eben um ein weiteres Zimmer geredet, wissen Sie das?"
Ich schüttelte den Kopf, erschrockener noch als zuvor.
Sie sagte: „Es ist schade, daß sie so hartnäckig auf dem Unerfüllbaren bestehen,[15] anstatt das Mögliche zu akzeptieren, doch das ist Ihre Sache. Ich habe Ihnen den Weg gezeigt, Sie wollten ihn nicht gehen, na schön. Von Amts wegen teile ich Ihnen nun mit, daß dieses eine Zimmer, wie immer Sie es nennen, nicht bewilligt wird. Es gibt nicht einmal eine Spalte auf dem Fragebogen,[16] in die es eingetragen werden könnte. Wenn Sie mir nun erklären, Sie könnten auch ohne ein Schlafzimmer auskommen, so muß ich das wohl oder übel zur Kenntnis nehmen. Und ein Zimmer, auf das der Antragsteller von vornherein verzichten kann, wird von vornherein nicht genehmigt. Also muß ich Sie jetzt auf die Warteliste für Zweiraumwohnungen setzen: für Wohn- und Arbeitszimmer."
Ich erklärte sofort, daß ich mich außerstande fühlte, eine solche Entscheidung ohne meine Braut zu treffen. Die Frau sagte, leider gebe es da nicht mehr viel zu entscheiden, doch ich bestand darauf, mich mit Hannelore zu besprechen. Ich bat um einen neuen Termin. Ich ging und wußte lange nicht, ob ich mich konsequent verhalten hatte oder wie ein Dummkopf.[17]

Als ich zur vereinbarten Zeit wieder das Amtszimmer betrat, trug die Frau ein grünes Kleid mit weißen dünnen Streifen. Auf ihrem Schreibtisch standen Blumen, da fiel mir ein, daß Frühlingsanfang war. Sie begrüßte mich mit Namen und war offenkundig gut gelaunt, daß ich aus dieser Richtung nichts befürchten mußte. Sie zeigte durchs Fenster auf das Wetter und nannte es prächtig, dann fragte sie, ob ich mich mit meinem Fräulein Braut beraten hätte. Ich sagte: „Natürlich."
Hannelore und ich hatten die Angelegenheit so gründlich, wie es ihr gebührte, durchgesprochen und waren zu keinem anderen Resultat gekommen als zuvor. Einerseits betrübte uns das der Schwierigkeiten wegen, die leicht vorauszusehen und uns auch angekündigt worden waren; andererseits fühlten wir uns aber auch beruhigt, weil wir nun sicher sein konnten, daß unsere Wünsche wirklich unsere Wünsche waren. Wir hielten eine starre Haltung der Behörde durchaus für möglich und wollten selbst in diesem Falle unnachgiebig bleiben. So kann ich ruhigen Gewissens sagen, daß alles, was ich bei diesem zweiten Behördenbesuch tat und vortrug, genauso Hannelores wie mein eigener Wille war.
Die Frau fragte mich, wie mein Fräulein Braut meine Unüberlegtheit aufgenommen habe, wobei sie freundlich lächelte. Vor meiner Antwort aber beugte sie sich zu mir und sagte in leisem Ton, der wie eine Auszeichnung sein sollte: „Ich gebe Ihnen jetzt einen Rat, den ich, genau genommen, gar nicht geben dürfte, und zwar: Was Sie beim letztenmal hier vorgetragen haben, ist nicht mehr ungeschehen zu machen. Deswegen würde ich an Ihrer Stelle den Antrag zurückziehen. Ein nichtgestellter Antrag geht das Amt nichts an. Stattdessen lassen Sie Ihr Fräulein Braut den Antrag stellen, andernorts, wo man noch nichts von jenem unseligen vierten Zimmer weiß. Und schärfen Sie ihr ein, daß sie es dort mit keinem Wort erwähnt. Auf diese Weise könntet Ihr jungen Leute doch noch zu einer Dreiraumwohnung kommen und brauchtet nicht jahrelang unter der Unbedachtheit eines Augenblicks zu leiden. Fragen Sie mich aber nicht, was in mich gefahren ist, auf diese Weise meine eigene Behörde hinters Licht zu führen."

Sie seufzte, als übersteige es ihre Kräfte, so schwere Fehler anderer auszubügeln. Ein Fremder, der nichts als dieses eine Bild von uns gesehen hätte, hätte glauben müssen, ich sei der Helfer hier und sie die Hilfsbedürftige. Es kostete viel Überwindung, ihr zu widersprechen, ich sagte, ich dankte sehr für ihre Freundlichkeit, auch im Namen meiner Braut; nur seien wir übereingekommen, auf jenem Zimmer, unter richtigem Namen, zu bestehen. Sie möge bitte glauben, sagte ich, daß wir uns den Entschluß nicht leichtgemacht hätten, auch daß der Grund für unsere Beharrlichkeit nicht Trotz sei. Es liege einzig daran, sagte ich, daß unsere Vorstellung vom künftigen Glück und eben jenes vierte Zimmer in unseren Köpfen beinah eins geworden seien.
Ich hätte mir sehr gewünscht, nach dieser Erklärung weiter mit einer freundlichen Amtsperson zu tun zu haben. Doch die Frau straffte ihre Haltung und wurde förmlich. Sie sagte: „Wie Sie wollen." Sie wählte unter mehreren Fragebögen einen aus, reichte ihn mir und sagte: „Wie ich schon sagte, werden Sie auf die Warteliste gesetzt. Sie haben Anspruch auf zwei Räume, Wohn- und Arbeitszimmer, sofern es tatsächlich zu einer Heirat kommt. Der Fragebogen ist auszufüllen und unterschrieben einzureichen."
Ich drehte das Blatt Papier in meinen Händen und wurde vor Verlegenheit wohl rot, ich mußte ihr ja von neuem widersprechen. Ich wollte gar nicht lange damit warten, Verlegenheit macht mich auf seltsame Weise entschlossen. So sagte ich schnell, was ich zu sagen hatte: daß meine Braut und ich es sehr traurig fänden, wie sich unsere vier erträumten Zimmer über Nacht in zwei verwandelt hätten. Die würden wir mit Bedauern nehmen, doch immer noch lieber als gar nichts. Nur die Aufteilung hätten wir uns anders vorgestellt. Und zwar, dem einen Zimmer könne man nun überhaupt keinen richtigen Namen mehr geben, es müsse eben ein Wohn-, Schlaf- und Arbeitszimmer sein. Das andere aber bliebe das Probierzimmer, davon wollten wir uns, wie schon erwähnt, nicht trennen.
Da hörte die Frau für Augenblicke auf, sich zu bewegen. Ich

spürte ein starkes Unbehagen, ich könnte auch sagen – Angst, denn ihre Starre kam mir bedrohlich vor. Vielleicht hatte ich gehofft, daß meine Unnachgiebigkeit ein wenig Eindruck auf sie machen könnte, doch sie war nur herausgefordert. Sie flüsterte vor sich hin, so etwas sei ihr noch nie vorgekommen. Dann sagte sie: „Sie sind ja unbelehrbar."
Ich war mir nicht bewußt, ihr Grund für solche Meinung gegeben zu haben, doch war jetzt nicht die Zeit, das klarzustellen. Ich wollte jetzt nur noch, mit meinen beiden Zimmern, hinaus aus der Behörde, die Freude beim Gedanken an unsere künftige Wohnung war mir ohnehin vergangen. Ach Hannelore, dachte ich.
Die Frau sagte: „Werfen Sie mir aber nicht vor, ich hätte Sie nicht rechtzeitig gewarnt."
Ich fragte: „Gewarnt? Wovor?"
Sie hob die Augenbrauen und streckte beide Arme auf den Tisch. Sie sagte: „Soeben haben Sie mir, und damit auch dem Amt, zur Kenntnis gegeben, daß Sie mit einem Zimmer auskommen können. Sie sprachen zwar von zweien, doch werden Sie sich diese obskure Probierstube[18] aus dem Kopf schlagen müssen. Und wer mit einem Zimmer auskommt, der kriegt bei uns[19] nur eins."
Genau das hatte ich vorhergesehen und mit meiner Braut besprochen. Ich sagte zu der Frau: dann würden wir den Antrag eben für ein Zimmer stellen, ein Zimmer sei für uns genauso gut wie zwei. Auf ihren verwunderten Blick hin erklärte ich ihr: Weil wir ja doch nur eins bewohnen und das andere für die erwähnten Zwecke brauchen würden. In einem Zimmer aber könnten wir nicht leben, vor allem nicht ich mit meiner Heimarbeit. So hätten wir, sagte ich, für diesen Fall beschlossen, in unseren gegenwärtigen Unterkünften zu bleiben, wohl oder übel, meine Braut bei ihren Eltern und ich bei meinen, und das eine Zimmer, das man uns nun doch wohl bewilligen werde, zum Plänemachen zu benutzen. Für das Amt erwachse, neben den eingesparten Zimmern, sagte ich, der Vorteil, daß wir weder Bad noch Küche brauchten, da Bad und Küche beim Plänemachen überflüssig seien. Ich

sagte, wir hätten uns unser Wohnglück zwar anders vorgestellt, doch trotzdem.
Die Frau stand auf, wie um ein Ende einzuleiten. Sie sagte spitz, ich brauchte den Antrag nicht mehr abzugeben, unsere Wohnungssuche habe sich von selbst erledigt. Sie könne mich auf keine ihrer Listen setzen, denn mittlerweile sei sie überzeugt davon, daß mein Fräulein Braut und ich an Wohnraummangel gar nicht litten. Wir hätten zwar Probleme, das verkenne sie nicht, doch seien wir damit beim Wohnungsamt nicht an der richtigen Adresse. Sie sagte noch, natürlich stehe uns ein Einspruchsrecht zu, dann ging sie um den Schreibtisch herum zur Tür. Sie öffnete und rief, ohne mich weiter zu beachten, auf den Gang hinaus: „Der Nächste bitte."
Das ist bis heute der Stand der Angelegenheit. Eingaben und Proteste bei vorgesetzten Stellen haben nichts eingebracht, und es besteht auch wenig Aussicht. Heiraten können wir vorerst nicht, doch das ist nicht das Schlimmste. Wir verbohren uns so sehr in dieses eine Zimmer, daß wir kaum noch an etwas anderes denken können. Bei allem, was wir tun, sind wir spürbar abgelenkt, und wir beginnen uns zu fragen, ob denn das Zimmer tatsächlich so wichtig ist, wie es uns bisher schien. Meine Braut sagt ja, ich sage nein, manchmal ist es auch umgekehrt.

Notes to the texts

Die Mauer

One minor correction was made to the Suhrkamp (S) edition from the Hinstorff (H) edition: p. 42, l. 31, seine (S)/seinen (H)

1 **Die Mauer:** the author remarked in 1991 that the choice of the title of his story involved an unavoidable historical coincidence. In the GDR, the Berlin Wall was officially labelled 'der antifaschistische, demokratische Schutzwall', but in commen usage it was referred to as 'die Mauer'.
2 **Wir Juden ... Glück:** 'we Jews are our own quiet, happy selves again'. This clause is an unusual formulation, with the singular noun 'Glück' in apposition to the plural **wir**. It has the ring of an idiom but is, according to Becker, a phrase coined by the author. Becker remarked that the words 'stilles Glück' expressed for him 'ein ruhiges, gutes Gefühl des Wohlseins' (cf. p. 67, l. 23).
3 **Oft glaube ich ... aber doch:** 'Often I don't believe the things he tells us to justify this ban, but sometimes I do. He says that...'. Such contraction through ellipsis is difficult to translate into English. (Ellipsis = the omission of one or more words in a sentence which would be needed to complete the grammatical construction or to fully express the sense.)
4 **das ist das Hinterhältige an ihr:** 'that's what's so sneaky about it'.
5 **ehe du dich versiehst:** 'before you can say Jack Robinson'.
6 **Die Ungeheuerlichkeit:** 'this terrible thing' (lit. 'monstrosity'). Note the development of the theme of monsters and bogeymen who snatch children (l. 22).
7 **Die immer ... wissen:** another contraction; 'The know-alls'.
8 **Die Deutschen ... dich fangen?:** the father's question emphasises their helplessness in the face of the power which holds sway over their lives. **die eigene Polizei:** M. C. Rumkowski, der 'Älteste der Juden' in the Lodz ghetto, recruited 1200 Jewish police, consisting of a corps of regular police; the hated 'Überfall-Kommando', notorious for their cruelty and recruited largely from among former criminals; and plain-clothes policemen used for confiscations and secret arrests (cf. Bloom, pp. 296–7, Herschkowitch, p. 340ff.).
9 **Lügt dein Vater? ...:** in Becker's works, lies are frequently told to protect others (cf. *Jakob der Lügner*).
10 **Käfig:** a metaphor. The 'cage' is his own mouth which he finally has to open to let the words out.
11 **die kein ... Stimme hat:** Becker himself has no recollections of his mother's face, he has only 'akustische Erinnerungen'.
12 **seltsam und unerhört:** Readers familiar with German *Novellen* may see the phrase as an allusion to Goethe's famous definition of the *Novelle* as 'eine sich ereignete, unerhörte Begebenheit' (though Becker calls *Die Mauer* an

Erzählung). The aim of literary allusions is usually to invite readers to draw comparisons. Hence we might conclude that the unheard-of event which was for Goethe the central ingredient of the *Novelle* turns out in Becker's story to be an everyday event in the ghetto (an old man is 'geholt' for a minor transgression), suggesting that the extraordinary has become 'ordinary', one of the main themes in the story.

13 **Am Ende ... wissen:** The adult narrator does, of course 'know'. His plea of ignorance is part of the narratorial stance.

14 **Er weiß Geschichten:** this is one of many examples in Becker's works set in this period where he recreates something of the Jewish storytelling atmosphere which he experienced as a child living in Berlin with his father – most of the neighbours who gathered every couple of weeks to tell stories were Jews who, like Becker and his father, had survived the Holocaust.

15 **Ich bin ... schlägt aber nie:** notice how abruptly the direction of the narrative shifts in these paragraphs. The first paragraph, which deals with the child's inability to keep silent, appears to have no connection with the narrator's confession about Tenzer in the second paragraph, until it becomes clear (p. 38) that his talkativeness has led to Tenzer's being taken away. The first paragraph also anticipates the pain of his silence (which he breaks when he shouts out the truth about the plant, p. 39).

16 **Blutstropfen:** note that the plant is associated with physical pain. Note the symbolism, too, in the idea that the plant needs its 'Stacheln' for survival (cf. the title *Der Boxer*, Becker's novel about a survivor of Auschwitz).

17 **Du weißt ... darf?:** cf. *Jakob der Lügner* (Frankfurt a.M., 1979, p. 8): 'Verordnung Nr. 31: 'Es ist strengstens untersagt, auf dem Territorium des Gettos Zier- und Nutzpflanzen jedweder Art zu halten.' The inhabitants of the Lodz ghetto were deprived of much which made life more than mere survival – for instance, the Germans ordered all the trees in the Jewish cemetery to be cut down. One of the writers of the Chronicle of the Lodz ghetto laments the complete absence of flowers in the ghetto, 'probablay the only city in the world without any ... flowers' (Dobroszycki, p. 344).

18 **Du weißt ... mißachtet:** 'You know what's in store for anyone who ignores a ban?' Note the word-play on **blühen**, literally 'to bloom'.

19 **Die Straße ... so fliege ich:** 'The street hardly sees me, I'm flying along so fast.'

20 **meschugge:** (slang) 'crazy'. This is the only Yiddish/Hebrew word used in this story. The frequent use of Yiddish expressions is a main feature of the style of the novel *Jakob der Lügner*.

21 **und weiß nichts mehr:** 'and I can't remember anything else'.

22 **Der Vater:** note the gap and the abrupt shift in narrative direction. The form reflects the content – without any warning and in the middle of the night, the Jewish families are forced to leave their home and can only take two cases with them: 'Jeder Auszusiedelnde darf nur Handgepäck ... mitnehmen' (*Das Getto in Lodz 1940–44*, p. 278).

23 **streichelt mich:** cf. note 2. The theme of the family as a safe haven is underlined in this contrast between the father who **holt oft aus, schlägt aber nie** (37) and the threat of violence in the world outsid;.

24 **Eimer, der unsere Toilette ist:** an historically accurate detail. The Balut slums had virtually no drainage system ('Der größte Teil der Häuser hat keine

Kanalisation', *Das Getto in Lodz 1940–44*, p. 277) and the 'Fäkalienabfuhr' was a daily event.

25 **nur unsere Straßenseite:** this episode echoes the fate of the Jews in most ghettos: they were evacuated in entire families, street by street. The ghetto of Becker's story is not, however, a reflection of actual events in the Lodz ghetto, which was an exception: the Germans, needing manufactured goods, were keen to exploit the skilled Jewish labour force, and so the ghetto was gradually turned into a work camp consisting largely of adults (Bloom, p. 304). 'Arbeitsunfähige' (old men, women and children) were deported, often in a barbaric way – on one occasion (in September 1942), the Germans rounded them up on the street and from house to house, selecting children, old people and the sick (Huppert, pp. 326–7): '7.9.1942: Im Getto beginnt eine Menschenjagd, die alle bisherigen Deportationen an Brutalität übertrifft. Kinder werden aus den Wohnungen, Kranke aus dem Krankenhaus auf die Straße geworfen. Im Verlauf der Deportationen werden mindestens 60 Menschen im Getto ermordet, viele bei dem Versuch, ihre Kinder zu retten' (*Das Getto in Lodz 1940–44*, p. 280).

26 **ein kleiner Teil ... eine Mauer:** Becker claimed in 1991 that he has some recollection of a wall around a camp in which he was held with his parents. However, historical records make no reference to such a camp within the Lodz ghetto. The closest recorded historical parallel in Lodz to the 'Lager' of *Die Mauer* was a special camp for the gypsies located at the edge of the Jewish ghetto. From this transit camp, the gypsies (over half of whom were children) were 'evakuiert' ('evacuated') and 'ausgesiedelt ('resettled') – these two terms were employed by the Nazis to conceal their ultimate intention, which was genocide. The transit camp was the half-way stage to the death camp.

27 **einen Ort ... gesprochen:** the first deportees from Lodz (approximately 10,000, mainly old men, women, and children under the age of ten) were told that they were going to 'settlements' where they would have more to eat than in the overpopulated ghetto. In the ghetto, nothing was known for certain about their fate: 'There was a great deal of guesswork. ... People did not believe or did not wish to believe that all of this ... could be an unmitigated lie' (cf. Dobrszycki, p. xviii). In fact, they were killed in Chelmno concentration camp.

28 **Ich kann es nicht mehr hören:** 'I'm sick of hearing it.'

29 **Manchmal...getreten:** 'Sometimes you really kick out when you're dreaming.' Such impersonal constructions are common in German.

30 **fremden Sprache:** in *Warnung vor dem Schriftsteller* (p. 10), Becker comments: 'Die ersten deutschen Vokabeln, an die ich mich erinnere, stammen aus jener Zeit: "Alles alle", "Antreten – Zählappell!" und "Dalli-dalli".'

31 **meine Zahl:** The 'normal' reaction of a child contrasts with the 'abnormality' of the situation – he is only concerned with being allowed to call his number and is unaware of the real dangers (cf. Materialien [4]).

32 **Das Wunderbare ... Zwiebeluhr:** 'The wonderful thing about Itzek is his pocket-watch.' Note the Märchen/Lügen motif which now develops with the mention that Julian too has 'etwas Wunderbares', a girl-friend with blond hair and green eyes.

33 **sich das Leben genommen:** Conditions in the Lodz ghetto were so appalling (particularly in winter, when the Jews were deprived of food and fuel) that

suicides were a common occurrence (cf. the many instances cited in Dobroszycki, *The Chronicle of the Lodz Ghetto*). Grave-diggers were not able to keep up with their work during the winter of 1941–42, when an average of 150 people per day died as a result of starvation, cold, exhaustion from hard labour or suicide (Herschkovitch, pp. 340–77). In *Jakob der Lügner*, the eponymous hero manages to reduce the suicide rate by bringing hope to the inhabitants of the ghetto in the form of good news from his fictitious radio.

34 **Es ist ... gelegt hat:** the narrator creates the illusion of a child's mentality: firstly, in this puzzled reaction to Muntek's death (his 'funny feeling'); and secondly (8 lines down), in the incongruity of the boys' reaction to the situation – for them, the really sad thing is not Muntek's death, but the loss of his shoes!

35 **Er hat Schmalz in den Ohren:** 'He's got wax in his ears' (i.e. he's not listening).

36 **Bettruhe:** 'Lights out'. In normal usage, the word is the medical term for 'complete bedrest'; in the historical context of the story, it has an ironic ring, implying anything but rest (cf. p. 50, l. 4 and p. 51, l. 30).

37 **Die Elfen:** cf. 'Aus der englischen Tradition wurden die Elfen als Bezeichnung anmutiger weiblicher Geister im 18. Jahrhundert in die deutsche Literatur übernommen. Sie lieben Musik und Tanz und sind den Menschen meist wohlgesonnen' (*Lexikon der Götter und Dämonen*, Stuttgart, 1989).

38 **und wenn ... Augen stecke:** 'even if I have to prop my eyes open with matchsticks'.

39 **die Zahlen ... von mir fort:** 'the numbers run away from me like clockwork'.

40 **Mensch ... Ding:** 'Gosh, what an incredible thing that was!'

41 **ein Lied von Kirschen:** Becker says that such a song existed and was sung to him by his mother, but he cannot remember its title.

42 **mein Stück ... Zwiebel:** from June 1940 onwards, strict rationing was introduced in the Lodz ghetto. 'Hungerdemonstrationen' were brutally put down by the Gestapo (*Das Getto in Lodz*, p. 278).

43 **den berühmten Arzt:** There were no ghettos in Germany, Austria, Bohemia and Luxembourg, and many Jews from these parts of Western Europe were deported to Lodz. There were many upper middle-class people among them, including famous doctors (cf. Dobroszycki, p. lviii).

44 **Die Schritte ... munter:** 'My steps quicken' ('munter' usually means 'cheerful').

45 **Die Tür ... auf:** Through the 'wonderful' ease with which the child escapes (he carries on, even though he is in his underpants), the author suggests, indirectly, the acquiescence of the adults in their imprisonment, recalling the passivity of the majority of the Jews in Europe during this period, cf. the following remarks by Becker with reference to *Bronsteins Kinder*: 'I have been preoccupied with the question why the resistance against Jewish extermination ... was so unbelievably small. ... The ghettos where the waiting rooms to the concentration camps where millions of people – whether aware or unaware of it – awaited their extermination' (*Seminar*, p. 270).

46 **Rabe:** In many ancient myths, the raven appears as a messenger, cf. 'Als wissendes Tier ... vermag der Rabe oft ... den Weg zu weisen' (*Handbuch des Deutschen Aberglaubens*, ed. Bächtold-Stäubli, Berlin/Leipzig, 1935–36).

47 **Wir sind ... Geschichten:** note the irony. The children's sense of taking part in an adventure is made all the more authentic through the Märchen/Abenteuer motifs (cf. **Räuber**, l. 27, **Teufelsgesicht**, p. 57, l. 8) – as in *Jakob der Lügner*,

fiction is employed to authenticate fiction. However, the dog's bark (l. 32) is a reminder of the reality of the situation (dogs were used to patrol the fences around ghettos and concentration camps).

48 **Im Zimmer ... gar nichts:** 'The few things that are in the room are in a complete mess.'

49 **sage ich oder denke es:** another lapse in the narrator's memory.

50 **er grault ... stehen:** 'like me, he dreads the thought of soon being back in front of the wall again'.

51 **Er spielt sich ... recht hat:** 'He always shows off most of all when he's right.'

52 **er weint vor Ratlosigkeit:** 'he's crying because he doesn't know what to do'.

53 **Ich denke ... zudecken:** in the child's consciousness, the father is still a figure of security, someone upon whom he relies to rescue him from tricky situations (cf. note 2).

54 **Der Riese:** note the Märchen pattern of the story: the evil giant with glowing eyes and the paws of a lion (**Pranken**) turns out to be the saviour who helps the innocents to return to their parents.

55 **Ich habe ... Anfang an:** cf. '10.5.1940: Sonderanweisung des Polizeipräsidenten, die jeden Versuch, den Gettozaun zu überwinden, mit sofortiger Erschießung bedroht' (*Das Getto in Lodz 1940–44*, p. 278). Shootings of Jews (including children) who approached the Lodz ghetto boundaries were regular occurrences.

56 **Jede Schlechtigkeit ... die Pest:** notice the irony from this point onwards in this scene.

57 **auf einen Streit hätte ich es ankommen lassen:** 'I would have been prepared to risk arguing about it.'

58 **ich gönne ... Fernglas nicht:** 'I don't want the giant to have the binoculars.'

59 **Er sieht uns ... ich ihm:** 'He looks at us for quite a while, like someone with something on his mind – I wish upon him the worst troubles I can think of.'

60 **Wißt ihr ... bringe?:** the soldier risks execution for disobeying orders. He knows that the children will be shot if he takes them back with him to the guardhouse.

61 **Ich sehe ... überstehe:** note the humour in the inappropriateness of the child's 'normal' concerns in the 'abnormal' situation.

62 **Erschießen Sie uns jetzt?:** the matter-of-fact tone of the question underlines the fact that this expectation is quite 'normal'.

63 **die Taschenlampe ... Jacke:** 'the torch makes a small bulge under his jacket'.

64 **Der Sturz ... immer länger:** 'The fall gets longer and longer the more the years go by.'

65 **die Eltern kommen näher.:** 'my parents are getting closer'. Note the child's reverse perspective.

66 **Von wegen ... in der Nacht:** 'What was that rubbish you said about all the Germans being asleep at night?!'

Der Verdächtige

Becker commented that the story was written 'auf Grund der Erfahrung in der DDR', but is not *about* the GDR. 'Es handelt nicht von dem Staat (der DDR), sondern von *einem* Staat'. It is about any state where the individual's basic rights are encroached upon.

The first version was published in the Suhrkamp edition *Nach der ersten Zukunft* and in the *Frankfurter Allgemeine Zeitung*, 19.4.1980. The author made a small number of changes for the Hinstorff edition which was published in 1986. Some of the variations are stylistic and some are changes of emphasis or meaning:
72/8: New paragraph commencing 'Ich gab ...' (H).
75/27: 'und auch logisch' omitted (H)
75/27: 'kräftig' omitted (H)
76/16: 'kindisch' (S); 'feige' (H)
77/9: 'ich brauchte nicht nach Schuldigen zu suchen' omitted (H)

1 **Ich bitte ... glauben:** 'Please believe me ...'
2 **daß ich die Sicherheit des Staates ... zu werden:** compare his attitude with the narrator's in *Allein mit dem Anderen*, p. 78, l. 30.
3 **ein bestimmtes Amt:** 'a certain bureau' (section of a ministry). Note the narrator's reticence here – on p. 70, l. 16 he refers to it as the 'Amt für Überwachung' ('surveillance bureau'). Becker avoids direct mention of the East German 'Ministerium für Staatssicherheit' (Stasi). The formulation used in the story echoes the functions performed by institutions in both former East (cf. Materialien [9]) and West Germany. In the Federal Republic, the 'Bundesnachrichtendienst' is 'zur Beobachtung und Bekämpfung der Ausspähung und Preisgabe von Staatsgeheimnissen ... zuständig'; the 'Bundesamt für Verfassungsschutz' is responsible for 'die Sammlung und Auswertung von Auskünften, Nachrichten und sonstigen Unterlagen über alle gegen die verfassungsmäßige Ordnung gerichteten Bestrebungen' (*Wie funktioniert das? Der moderne Staat*, Mannheim, 1974, p. 630).
4 **Bedürfnis:** his 'need' to 'confess' is a psychological compulsion, cf. Materialien [12].
5 **Nach meiner Kenntnis ... zu verdächtigen:** 'As far as I know, I haven't given anyone the slightest reason to suspect me of anything whatsoever.'
6 **ein überzeugter Bürger:** 'a loyal subject of the State'. Note how he qualifies this statement immediately afterwards ('zumindest ...').
7 **Ich weiß nicht ... Konzentration zurückzuführen:** He claims that his own opinions and those promoted by the State are identical, but he contradicts this immediately by saying that if any which are not acceptable have 'slipped under his guard' (**unterlaufen**), then this would be attributable to his lack of concentration.
8 **das Grund ... auf mich zu richten:** 'which was reason enough for them to want to keep an eye on me'.
9 **bis dahin:** in the narrator's view, Bogelin is no longer loyal because he informs the narrator that he is being watched.
10 **Ich und beobachtet:** 'What, me under observation?!'
11 **Nachbarland:** note that it could be either Germany.
12 **nach der Kontrolle:** censoring letters was a common practice of the Stasi (cf. Materialien [9]).
13 **meinen Kopf aus der Schlinge zu ziehen:** 'to wriggle out of it'. The metaphor (a common idiom) emphasises that the situation is inescapable (cf. theme of captivity): the implication is that he has to 'leave his head in the noose' in order to avoid being accused of 'defamation of the bureau' (**Verleumdung des Amtes**).

14 **nicht grundlos:** his remark implies that his own surveillance is not without good reason.
15 **dann ... Plan:** cf. the official's 'Methode' in *Allein mit dem Anderen* (83).
16 **Ich sagte ... zwingend vorkomme:** 'I told myself that a wrong starting-point can develop a logic all of its own, and that suddenly a logical consistency can emerge which appears compelling to whoever made the mistake in the first place.'
17 **Diese Prüfung ... als geht:** 'As someone who likes to listen rather than speak, and watch rather than do things (lit. 'stand rather than walk'), I thought myself capable of this test.'
18 **täuschte ich eine Stimmbandsache vor:** 'I pretended that there was something wrong with my vocal cords.'
19 **als wollte ich ... beseitigen:** 'as if I wanted to get rid of one of their means of surveillance' (which would have looked suspicious!)
20 **Ich antwortete mir ... zu werden:** 'I told myself (in answer to my own question) that I had to distinguish between one thing and its opposite; I couldn't regard both as equally suspicious, or else I'd have to go mad.'
21 **Träume:** cf. the role of the 'other' irrational, repressed side of the self in *Allein mit dem Anderen*. The narrator of *Der Verdächtige* is even able to suppress his dreams (p. 74).
22 **meine Zunge ... den Mißbrauch:** 'my tongue baulked and jibbed at such abuse' (i.e. using his tongue for speaking was now an abuse of it).
23 **daß ein gesenkter Blick der natürliche ist:** 'that a lowered gaze is the natural one'.
24 **inneren Frieden:** cf. p. 84, l. 6.
25 **wie vor eine Weiche:** 'as if at a turning-point'.
26 **daß mir die Fähigkeit ... verlorenging:** 'that, bit by bit, I was losing my ability to take each day as it comes'.
27 **kindisch:** Becker's omission of the following phrase 'und auch unlogisch' and his changing of 'kindisch' to 'feige' (76) in the later edition, point to **kindisch** having a positive meaning here.
28 **vernünftige:** note that he discovers subsequently that he is still being watched, i.e. the **Amt für Überwachung** is apparently not **vernünftig**.
29 **Ohne festes Ziel:** note the contrast with his earlier methodical approach and his 'Plan' (71).
30 **Entschlossenheit:** 'resolve', a characteristic shared by several of Becker's main protagonists, such as Simrock in *Schlaflose Tage* and the narrator of his *Erzählung Das Bild*, referring to the ability to break out of conformity. The narrator of *Der Verdächtige*, however, remains conformist in mentality in that he still seeks reasons to justify his own surveillance by the State.

Allein mit dem Anderen

The story relates to the period (in the GDR) immediately preceding Becker's stay in the USA. The situation in the story was one felt by Becker himself, at the time, 'als sehr real, und doch absurd' (1991). When questioned about the theme of Marxist 'Entfremdung' in the story, he remarked that he had grown up in the GDR and so it was obvious (and also his intention) that alienation would be a central issue in such a story.

1 **Vor zwei Jahren ... leiden habe:** 'Two years ago, I thought carefully about certain matters, and have been suffering the consequences ever since.' Cf. Introduction, p. 31.
2 **aus freien Stücken:** 'of my own free will', an ironic allusion to a key concept in Marxist thought from the first sentence of Marx's *Der 18te Brumaire des Louis Napoleon*: 'Die Menschen machen ihre eigene Geschichte, aber sie machen sie nicht aus freien Stücken, nicht unter selbstgewählten, sondern unmittelbar vorgefundenen, gegebenen und überlieferten Umständen' (*Marx Engels Werke*, vol. 8, East Berlin, 1969, p. 97).
3 **Lustlosigkeit:** 'listlessness', but note the play on the word 'Lust' (cf. p. 88, l. 21 and Introduction, p. 31).
4 **Ich fand das Übliche heraus:** i.e. he sees himself as no different from others around him.
5 **Wenn mir einmal ... nie gekommen:** 'If at any time I have thoughts of rebellion, then I'm as far from actually rebelling as I would be had the thought never occurred to me.'
6 **Ich tue so. ... Los gezogen:** 'I act as if my family is just the family I always wanted' (**das große Los ziehen:** lit. 'to hit the jackpot').
7 **doch nicht ... befassen müßte:** 'but not in a way that would make me a medical case'.
8 **der Andere:** note the capital letter, emphasising that he can only play the role properly if he regards 'the other one' as an entity separate from himself.
9 **in meinen untersten ... erhalten:** 'in my innermost thoughts, I remain myself'.
10 **ich hetze ihm ... auf den Hals:** 'and that I would have the authorities breathing down his neck too, if I kept talking on like this'. (Cf. 'die Hunde auf jemanden hetzen', to set the dogs on someone.)
11 **Lokalverbot erteilen:** 'ban me from the pub'.
12 **Ich zahlte eine sogenannte Stubenlage:** (coll.) 'I stood a round of drinks.'
13 **wir waren ... unabhängig geworden:** This statement will have had a particularly ironic significance for GDR readers trained in Marxist thought, with its emphasis on man shaping history but himself being shaped by given 'Umstände', cf. note 2.
14 **Methode:** cf. the 'plan' which the narrator adopts in *Der Verdächtige* (p. 71).
15 **mir helfen ... zuwider waren.:** note that, as with the man in *Der Verdächtige*, his 'Methode' is, from the outset, starting to rebound on him. It was invented to make it easier to do what he found unpleasant (**zuwider**), but it is already stopping him from doing things he likes, such as smoking.
16 **ich war mit mir im reinen:** 'I'd sorted things out in my own mind.' Temporary inner peace (**Frieden**, p. 84, l. 6; **Zufriedenheit**, p. 84, l. 25) is also achieved by the man in *Der Verdächtige*, cf. p. 75.
17 *Befehlsnotstand:* lit. 'compulsion to obey orders', a legal term usually applied to soldiers commanded to carry out orders which they find difficult to reconcile with their conscience. Here it is italicised to emphasise its significance for the narrator – he adopts it to legitimise his actions in his own eyes. It is also a term reminiscent of the arguments of Nazi war criminals at the Nuremberg trials.
18 **den Befehlsgeber ... einen Feind:** cf. 'Konflikt' in the section on 'Psychischer Druck' in Materialien [12].

19 **Es war rundum ... früheren verglich:** 'It was an unfortunate state of affairs all round. But it was very easy to put up with it when I compared it with what it had been like before.'
20 **Ordnungswidrigkeit:** in both the GDR and the Federal Republic, a minor infringement of regulations, punishable by a fine or a warning.
21 **er habe sich darauf besonnen:** note how the narrator behaves as if the man with the revolver had an independent mind of his own.
22 **dazu die Angst im Nacken:** 'and being also in the clutch of fear'.
23 **Geistesgegenwart:** 'presence of mind'. Note the irony of the word in the context of this story. Note also the narrator's unusual usage in l. 8: **meine zweite Geistesgegenwart.**
24 **Den Befehlen ... zugrunde:** 'There doesn't seem to be any underlying logical pattern to the commands I am given.' **Ereilen** implies something sudden and unexpected: e.g. 'das Geschick ereilte ihn', 'fate overtook him'.
25 **aus heiterem Himmel:** 'out of the blue'. Many of Becker's works illustrate unexpected events bringing opportunities for individuals to lead their lives differently. Here, however, the narrator does not profit from this opportunity: the yes-man in him is ultimately no weaker than the rebel, and the clash between the two leads to stalemate.
26 **Er trug mir auf ... aufzuhören:** 'He instructed me to stop writing all this bootlicking nonsense, as he put it.'
27 **dann stünde ich da:** 'then I'd look a fool'.
28 **Karrieristen:** 'careerist', cf. 'Opportunismus', Materialien [11].
29 **solange der Laden ... scheine:** 'just as long as everything seemed to be going along more or less all right'.
30 **Ich schrieb ... Untergang:** 'I wrote like one possessed, knowing it was bound to be my own undoing.'
31 **So wußte ich ... war das:** 'So I knew that I had done what He wanted – some consolation!'
32 **Zerreiß den albernen Bericht ...:** this is the only time the words of the revolver-man are quoted in direct speech.
33 **Unsere Ansichten ... auseinander:** 'Our ideas of humour were miles apart.'
34 **Jetzt stehe ich:** note the abrupt change of tense – it is only now that the reader discovers that the entire story has been told from the standpoint of the narrator's predicament at the end.
35 **der um nichts auszugleichen ist:** 'which I can't counterbalance in any way'.
36 **Verhängnis:** 'fate'. Marxists reject the notion of fate as a determinant of human circumstances, cf. Materialien [14].
37 **Kaum aber denke ... aus mit mir:** 'But before I've had a chance to think in the way I'd like to, I've had it.' Note the ambiguity – 'aus mit mir' could imply either 'solution'.

Das Parkverbot

1 **denn ich stünde hier ... Eingriff:** 'because if the police intervened, I'd be a sitting duck, as it were'.
2 **nicht einen Polizisten:** 'not a single policeman'.
3 **Ich hätte ihm leicht ... dachte ich:** 'I had my heavy shoes on: I could have easily kicked him in the face, I thought to myself.'

4 **aufgezwungen:** unlike the narrators in *Der Verdächtige* (269) and *Allein mit dem Anderen* (211) who accept the responsibility for their actions, this narrator shifts the blame for the entire situation on to his wife (and hence also ultimate responsibility for his own behaviour later).

5 **Mir kam der Gedanke ... Verstand wäre:** the narrator's callousness is exposed by his **thought** (rather than feeling) of pity, which he rejects as senseless.

6 **Gern hätte ich gewußt:** the implication is that he might have acted differently if he had known why the police were after the man. His rationalisation of his failure to ask (**zu fragen ... Wegen nichts**) exposes his desire not really to want to know. (The **Außerdem** introduces another excuse.)

7 **Ich halte es nicht ... angebracht hält:** 'I don't think it over-cautious if one doesn't do something until one is sure it's right to do it.' 'You' would be too personal here – the narrator is hiding in impersonal language.

8 **Wie komme ich dazu, dem Kerl zu helfen:** 'What am I doing here, helping this fellow?'

9 **Einwand:** 'objection', implied by his previous question.

10 **Alles andere ... die dafür sprachen:** The hollowness of his sudden conviction is betrayed by his implausible assertion that he can now see 'deutlich die vielen guten Gründe'. If this is so, why does he not state these for the reader's benefit (particularly in view of his previous detailed analysis of the situation)?

Das eine Zimmer

1 **Wohnungsamt:** bureaucracy was common to both Germanies. Becker uses the West German term 'Wohnungsamt' (which was also used unofficially in the GDR) rather than the GDR expression 'Wohnungskommission' (see Materialien [15–17]).

2 **Eins nach dem anderen, junger Mann:** 'First things first, young man.' Note that the woman speaks mainly in direct speech which has special emphasis since most of the story (including the narrator's words to her) is in reported speech.

3 **bei meinen Eltern:** cf. Materialien [17] and p. 102, l. 8 for an example of the sort of tricks people used to get accommodation.

4 **es kann ... halten:** 'it's barely big enough for me any more'.

5 **Kinder:** cf. *Der Verdächtige*, note 27.

6 **wobei wir ... sein wollten:** 'and here we didn't want to be too demanding about size'.

7 **Probierzimmer:** note that he avoids actually calling it 'Phantasiezimmer', which would imply merely indulging in fantasies. **Probier-** suggests that their activity is meant to have some *effect*. The role of the **Probierzimmer** is that given especially by dramatists to the stage: Günter Grass in a critical sense (*Die Plebejer* **proben** *den Aufstand*) and Volker Braun more positively in, for example, *Die Bühne*. The fact that this room does not have merely a symbolic meaning for them is emphasised too by the statement that their happiness is dependent on it (102).

8 **Ganz im Ernst jetzt:** 'Please be serious now.'

9 **Privatbesitz:** Like a true communist, he is prepared to make the room available to all who do not have one themselves.

10 **Hirngespinste:** 'mere fantasies'.

11 **das hat Hand und Fuß:** 'that makes sense', an idiom.
12 **weltfremd:** 'inexperienced in the ways of the world'.
13 **Daß unser Auftrag ... einzuschränken:** 'From the start, we were aware that our request was pushing – possibly even overstepping – the limits of what was feasible; so we weren't going to be too disappointed by the need to restrict ourselves to what we considered essential.'
14 **mit kalkulierter Niedergeschlagenheit:** his downcast tone is 'calculated' since he had anticipated this latest development and prepared his reaction to it.
15 **auf dem Unerfüllbaren bestehen:** 'insist on a request which no one can fulfil'.
16 **Es gibt nicht einmal eine Spalte auf dem Fragebogen:** 'There isn't even a gap for it on the questionnaire.'
17 **Ich ging ... Dummkopf:** in these last four stories, individuals who behave with relentless consistency often appear foolish.
18 **Probierstube:** 'Eine Probierstube' is a wineshop where customers can try the wines before ordering.
19 **bei uns:** the only direct hint that this story takes place in the GDR, cf. *Allein mit dem Anderen*, pp. 80, 85.

Arbeitsteil

1: Fragen zum Inhalt

This first section consists of questions on the content and the narrative technique of the five stories. The list is necessarily skeletal, but, supplemented by teachers' own questions, should be full enough to help students tackle and remember the details of the stories. Some of the questions are more taxing than others. Ideally, however, all of them, both difficult and simple, will be answered in German, whether orally or in writing.

DIE MAUER

Warum wiederholt der Erzähler das Wort 'wieder' dreimal in den ersten drei Sätzen? Warum darf der Junge die Straße nicht verlassen? Womit begründet sein Vater das Verbot? Glaubt er seinem Vater?

Inwiefern sind die Kinder 'einigermaßen sicher' in der eigenen Straße? Was ist die 'Ungeheuerlichkeit', die sie besprechen? Warum gebraucht der Erzähler das Wort 'Ungeheuerlichkeit'? Wer ist es, der die Kinder wegfängt? Was geschieht dem Jungen, wenn sie ihn fangen? (36)

Warum wiederholt der Erzähler, daß er fünf Jahre alt sei? Was ist der Käfig, den er erwähnt? Warum hat die Mutter 'kein Gesicht mehr'? Welches Bild wird von dem Vater vermittelt? (37)

Warum muß das, was geschehen ist, seltsam und unerhört gewesen sein? Hat der Erzähler tatsächlich Tenzer umgebracht? Welches Bild wird von Tenzer vermittelt? Wie ist das Verhältnis zwischen dem Jungen und Tenzer? Was entdeckt der Junge? Warum hat Tenzer Tränen in den Augen? Was passiert jedem, der ein Verbot mißachtet? Was passiert Tenzer? War er wirklich 'meschugge'? Warum ist der Junge der Meinung, er sei der eigentlich Betroffene? Warum ist der Vater der Meinung, Tenzer hätte wenigstens Tomaten in den Topf pflanzen sollen? (37–9)

Wodurch erweckt der Erzähler den Eindruck, daß wir die Szene mitten in der Nacht durch die Augen eines Kindes sehen? Was ist für den Jungen das Unglück? Warum darf er die unsichtbare Grenze jetzt überschreiten? (39–40)

Was für Unterschiede macht der Erzähler zwischen jetzt und damals? Was ist das andere Lager, von dem er hier spricht? Warum nennt er es nicht mit Namen? Ist es ein gutes Zeichen, 'hier' zu sein? Warum kann der Erzähler nicht mehr hören, was gesprochen wird? (40–1)

Was ist für den Jungen ein 'Sieg der Unvernunft'? Welche ist die fremde Sprache beim Appell? Wie muß man sich beim Appell verhalten? Wie würden Sie die Stimmung im Lager beschreiben? Womit vertreibt sich der Junge die Zeit? Was passiert ihm, wenn er in eine andere Baracke hineingeht? Wie sieht es dort aus? (41–3)

Was ist das Verhältnis zwischen dem Jungen und Julian? Hat er ihn tatsächlich lange nicht gesehen? Was ist das Wunderbare an Itzek und an Julian? Wie reagiert der Junge auf den Tod des Schusters Muntek? Was ist für den Jungen das traurige Ende der Geschichte? (43–5)

Warum will Julian zurück in seine Straße? Warum scheint der Junge am Anfang dagegen zu sein? Warum geht er trotzdem mit? Warum meint er, die Deutschen müssen verrückt sein? Warum ist Itzek der Meinung, sie sollten in der übernächsten Nacht gehen? (45–7)

Was macht der Junge, um an den Rand des Bettes zu kommen? Erklären Sie die 'Elfen' (47). Warum muß er die Baracke ohne Probe verlassen (48)? Wie verhält er sich beim Appell (49)? Warum bleibt er in der fremden Baracke stehen (49)! Warum wissen die Kinder am Anfang nicht, wann sie sich treffen sollen (49–50)? Wie lange ist eine Stunde für sie (50)? Warum ist die Angst nicht mehr so stark? Was für ein Bild von der Mutter wird hier im Vergleich zum Vater vermittelt? Was möchte der Junge in den leeren Häusern finden (50–1)?

Was bekommt er zu essen? Warum muß er weiter vortäuschen, krank zu sein (51)? Was für eine Stimmung herrscht unter den Erwachsenen bei Bettruhe vor? Warum lassen sich keine von den Elfen blicken? Wann ist, nach der Meinung des Jungen, eine Stunde vorüber (52)? Warum werden seine Schritte 'munter'? Warum bleibt er plötzlich stehen? Was hat er vergessen? Warum? Was kann er nicht finden? Wo ist Julian (53)? Was ist für Julian das Zeichen, daß sie weitermachen sollten? Spielt es eine Rolle für den Jungen, wer Befehle gibt? Beschreiben Sie mit eigenen Worten, wie die Kinder über die Mauer klettern. Wie zeigt er Julian seine momentane Überlegenheit? Warum erzählt er die Lüge von dem Wagen mit Pferden? (54–5)

Wovor fürchtet er sich am meisten? Wie überwindet er die Angst vor der Mauer? Bei welchem Gedanken wird ihm kalt? Warum dreht sich Julian, so daß der Junge sein Gesicht nicht sieht? (55–6)

Warum sagt der Erzähler, daß sie jetzt Leute aus einer der Geschichten seien? Warum glaubt Julian, daß die Leute noch hier wohnen? Wie erkennt der Junge seine eigene Straß wieder? Wie ist dem Jungen, als er in seine Straße zurückkehrt? Was stinkt im dunklen Zimmer? (56–8) Inwiefern ist der Junge von seinem Freund abhängig? Sind die Zimmer in dem Haus tatsächlich leer? Warum weint der Junge? Warum sagt Julian, sie müssen sich beeilen? (58)

Wohin will der Junge noch gehen? Warum? Warum kann Julian es sich jetzt leisten, 'ein großzügiger Freund' zu sein? Warum kann Julian das Haus lange vor seinem Freund sehen? Warum meint der Junge, daß sich jetzt alles nicht gelohnt habe? Woran erinnert sich der Junge? Warum gefällt es ihm nicht, daß Julian anfängt, zu suchen? Wie verhält sich Julian bei seiner Entdeckung der Taschenlampe? (58–60)

Warum muß der Junge auf dem Weg zurück die Lampe in der Hand behalten? Worauf führt er Julians schlechte Laune zurück? Was ist los, als sie vor der Mauer stehen? Woher weiß der Junge, daß sein Einfall, einen Stein zu nehmen, gut ist? Warum nimmt Julian ihm seine Lampe weg? Was ist das eigentlich Fürchterliche für den Jungen? Warum ist Julians Weinen von vorhin nichts gegen sein Weinen jetzt? Was schlägt der Junge vor? An wen denkt er? (60–2)

Was tut dem Jungen weh? Was ist sein erster Eindruck von dem Deutschen? In welcher Sprache spricht der Deutsche? Inwiefern erweckt der Erzähler den Eindruck, daß es hier für die Kinder fast wie in einer Abenteuergeschichte zugeht? Warum bleibt der Junge sitzen? Was ist ihm von Anfang an klar gewesen? Warum ist Julian noch nie so ein Held gewesen wie jetzt? Was ist die erste Reaktion des Soldaten auf die Situation? (62)

Kommentieren Sie die Reaktionen des Jungen auf den Verlust seiner Lampe. Was wünscht er seinem Freund Julian? Was könnte dem Soldaten passieren, wenn er die Kinder nicht zur Wache bringt? Warum wirft der Soldat sich und die Kinder zu Boden? (63)

Was übertönt das Motorradgeräusch? Welches Bild wird von dem Soldaten vermittelt? Warum nimmt der Soldat sein Gewehr in die Hand? Was ist die kleine Beule unter seiner Jacke? (64) Wie zahlt der Junge dem Soldaten ein Stückchen von der Lampe heim? Was ist der größte Schreck für den Jungen? Wie erscheint dem Erzähler der Jetztzeit sein Sturz von damals? (65) Warum läßt der Junge diesmal den Kopf des Soldaten in Ruhe? Warum ist er auf Julian neidisch? Wie kommt der Junge endlich auf die Mauer hinauf? Warum ist das Glas 'ein Geheimnis'? (65)

Kommen die Eltern tatsächlich näher? Reagieren die Eltern, wie der Junge es erwartet? Warum weint Julian so heftig? Woher weiß der Junge, daß Julian sein Fernglas noch bei sich hat? Warum haut Julian dem Jungen auf den Kopf? (66)

Wissen seine Eltern, daß er fort gewesen ist? Warum tut dem Jungen in diesem Augenblick nichts mehr weh? Was befürchtet der Junge jetzt? Warum hält seine Mutter beide Hände vor den Mund? Wie reagiert sein Vater? Was für eine Erklärung gibt der Junge seinem Vater? Was tropft wohl vom Handtuch? Zu wem muß der Vater gehen? Warum will der Vater nicht sofort gehen? Kommentieren Sie das Verhältnis zwischen dem Jungen und seinen Eltern. Was ist im Fläschchen? Wie beweist der Vater seinem Sohn, daß es nicht wehtut? Wie deuten Sie den letzten Satz der Erzählung? (67–8)

Allgemeine Fragen

(i) 'Becker beschreibt den Alltag des Schreckens im Ton der Beiläufigkeit' (Reitze). Inwiefern teilen Sie diese Ansicht? Warum wird in diesem Ton erzählt?
(ii) Wer ist der eigentliche Erzähler dieser Geschichte, ein Fünfjähriger oder ein Erwachsener? Geben Sie Ihre Gründe an.

DER VERDÄCHTIGE

Was will der Erzähler, daß der Leser glaubt? Er spricht von einem 'bestimmten Amt' – welches wäre das? Warum nennt er es nicht? In welchen Ruf ist der Mann gekommen? Wonach strebt er seit seiner Kindheit? Wie würden Sie den Erzähler angesichts seiner Aussage in den ersten vier Sätzen charakterisieren? Was ist 'das Auge des Staates'? Was muß geschehen sein? Warum will er das nicht wissen? Was wird inzwischen klargeworden sein? Wem wird es klargeworden sein? Warum ist solch ein Verfahren nützlich und sinnlos zugleich? (69)

Warum hält der Erzähler Bogelin für nicht mehr 'loyal'? Warum brach er den Umgang mit diesem Mann auf der Stelle ab? Warum glaubte er ihm nicht? Woher schien der Brief zunächst zu kommen? Inwiefern war der Brief 'außerordentlich'? Hatte das Amt für Überwachung etwas damit zu tun? Wofür war der Brief der schlüssige Beweis? Warum rief der Erzähler Oswald Schulte an? Warum legte er plötzlich auf? Warum rief er Schulte nicht ein zweites Mal an? (70–1)

Was war sein Plan? Warum traute er sich diese 'Prüfung' zu? Was machte er zunächst? Warum verließ er seine Freundin? Machte es ihm etwas aus? Was täuschte er im Büro vor? Warum? Was freute ihn? Wie wollte er aussehen? Warum verwandelte er sich nicht in einen nachlässigen Angestellten? Welche seiner Gewohnheiten blieb als einzige unverändert? Machten sich seine Kollegen Sorgen um ihn? (71–2)

Warum meldete er sein Telefon nicht ab? Wie löste er das 'Telefonproblem'? Hielt er es eigentlich nicht selbst für verdächtig, als Telefonbesitzer niemals zu telefonieren? (72–3)

Wie änderte er sein Verhalten? Warum nahm er diese Änderungen vor? Was kaufte er? Warum? Wie bezahlte er die Miete? Warum? Warum ließ er seine Uhr zu Hause? Fühlte er sich in seiner Wohnung beobachtet? Was überraschte ihn? Warum schaltete er das Radio und den Fernsehapparat zu Sendungen ein, die er früher niemals angehört und angesehen hatte? (73)

Warum hörte er auf, hinter der Gardine zu stehen? Was mußte er in Kauf nehmen, als er die Jalousie herunterließ? Warum ärgerte er sich manchmal über seine Träume? Inwiefern machte er sich Sorgen, daß man auch seine Träume 'beobachten' könne? Was versuchte er also zu tun? Was war 'das schwarze Loch', aus dem er heraufkam? (73–4)

Was ließ sich hin und wieder nicht vermeiden? Wie kamen ihm die Worte vor, die er sagen mußte? Warum sah er die Leute nicht an? Warum senkte er seinen Blick? (74–5)

Welcher Wunsch regte sich in ihm nach einem Jahr? Was spürte er? Was müßte er machen, wenn er das nicht mehr wollte? Wie kam ihm seine Sehnsucht nach der alten Zeit vor? Was hielt er für wahrscheinlich? Was beschloß er an einem Montagabend zu tun? Warum besaß er nun reichlich Geld? Wohin ging er? (75–6)

Warum wollte er noch nicht sprechen? Warum kam er sich feige vor? Was sah er, als er sich umdrehte? Woher wußte er, daß der Mann ihm folgte? Was dachte er? Was war für ihn das Allerschlimmste dabei? Was tat er, als er nach Hause kam? Was spürte er zu Hause? Ist er ein überzeugter Bürger geblieben? Wem gibt er die Schuld an dem letzten Jahr? Warum schlief er voll Ungeduld ein? (76–7)

Allgemeine Fragen

(i) Warum werden die ersten zwei Paragraphen im Präsens und der Rest der Geschichte in der Vergangenheit erzählt?
(ii) Der Kritiker Günther Steffens spricht von dem 'Motiv des universalen Verfolgungswahns' in dieser Geschichte: 'Er ist insofern kein Wahn, als er höchst reale Gründe hat, bleibt aber doch wahnhaft vermöge seiner pathethischen Intensität'. Nehmen Sie Stellung zu dieser Aussage.

ALLEIN MIT DEM ANDEREN

Inwiefern wurde der Erzähler seiner Meinung nach das Opfer seiner Handlungsweise? Wer ist mit dem Außenstehenden hier gemeint? Welches Verhalten ist ihm zur Gewohnheit geworden? Widerspricht sich der Erzähler im ersten Paragraphen? Was fand er vor zwei Jahren heraus? Inwiefern ist er ein ängstlicher Mensch? Welches Bild von sich vermittelt uns der Erzähler im zweiten Paragraphen? (78–9)

Warum will der Erzähler die 'Zwänge' größer machen? Was sind die zwei Gründe dafür, daß er einen Ausweg für sich fand? (Hält er es jetzt für einen Ausweg?) Wie betrachtet der Erzähler seine gespaltene Persönlichkeit? Welche Fähigkeit besitzt er seit seiner Kindheit? Inwiefern kann er sich vollkommen verwandeln? Was ist dem Erzähler im Park passiert? Was ist an dem Vorfall mit der Schußwaffe eigentlich wichtig für ihn? Warum machte er sich dabei keine Vorwürfe? (79–80)

Was überlegte er in den Tagen nach dem Vorfall? Was hätte er gemacht, wenn ein zweiter Räuber ihn überfallen hätte? Warum ging er in Kneipen? Wie würden Sie sein Verhalten während dieser Zeit beschreiben? Warum nahm ihn der Wirt zur Seite? Warum kann er sich an nichts erinnern? Welche Warnung erteilt der Wirt? Aus welchem Grund war der Erzähler über sein eigenes Verhalten erschrocken? Welche Lüge erzählt er dem Wirt? (80–1)

Wie ist er zu seiner Waffe gekommen? Wie beurteilt er sein eigenes Verhalten? Warum waren drei Patronen zwei zuviel für seine Zwecke? War er schon mit Diebsgedanken zu seinem Freund gekommen? Was hatte er als Kind gestohlen? Warum dankte er seinem Schicksal? Was passierte seinem Freund? (81–2)

Auf welche Weise 'übte' er? Wie zwang er sich, zu handeln? Welchen Eindruck machte er auf seine Frau? Inwiefern war sein Nichtrauchen tatsächlich auf seine Willensstärke zurückzuführen? Mußte die Waffe da sein, um wirksam zu sein? Warum sagt der Erzähler auf einmal 'wir' statt 'ich' (Zeile 35)? Warum sah er sich den Revolver hin und wieder an? Inwiefern ist es möglich, daß seine 'Operation' mit dem Revolver ihn zum Selbstmord treibt? (82–3)

Warum erfand er seine Methode? Inwiefern war eine Veränderung an ihm feststellbar? Inwiefern war er mit sich im reinen? Wie reagierte er auf das Wort *Befehlsnotstand*, das er in der Zeitung las? Warum war sein neues Leben nicht nur angenehm? Wie betrachtete er den Befehlsgeber in sich? Was wäre passiert, wenn es ihn nicht gegeben hätte? Warum war die Angst vor dem Revolver die größte aller Ängste? Inwiefern war er der Meinung, es habe sich allerhand zum Guten gewendet? Was war der Preis für seinen Frieden? Wie mußte er sich verhalten, um befördert zu werden? Was fiel seiner Frau auf? (83–4)

Wie lange hielt die Zufriedenheit? Was für Störungen fingen an? Wer ist der Mann mit dem Revolver? Geben Sie ein Beispiel für einen Befehl, den er nicht wollte. Warum überquerte er die Straße bei rotem Ampellicht? Warum war er zugleich entsetzt und erleichtert? Was hoffte er nun? Wovon war er überzeugt? Was machte er bei der Jahresversammlung? Warum wurde er nicht entdeckt? Warum nennt der Erzähler diese Befehle 'die unsinnigsten'? Inwiefern sind Sie der Meinung, daß sie 'unsinnig' sind? Warum will er nicht Beispiel auf Beispiel erzählen? Warum hat er keine Freizeit mehr? (84–6)

Was für Befehle ereilen den Erzähler? Was ist ihm unerklärlich? Was ist ihm von der Behörde aufgetragen worden? Was gehört in die Berichte eines höheren Behördenangestellten? Was für einen Bericht wollte er liefern? Was ist aus heiterem Himmel dazwischengetreten? Warum wird das Wort 'Er' nun großgeschrieben? Was trug ihm der Revolvermann auf? Was würde sich verändern, wenn er das machte? Was war ihm gewiß? (86–8)

Was schrieb er? Was gesellte sich zu seiner Angst, während er schrieb? Woher wußte er, daß er 'in Seinem Sinn' gehandelt hatte? Was stand bevor? Was hielt er für schuld an seinem Unglück? Worauf fluchte er? Wann kann die Wahrheit, seiner Meinung nach, nur segensreich sein? Wie wollte er sich seinem Chef gegenüber verhalten? Warum klopfte er nicht an? Welcher Befehl folgte? Warum verstand er den Spaß nicht?

Was für einen Bericht schrieb er nun? Welchen Entschluß faßte er jetzt? Wie wollte er das schaffen? Warum gelingt es ihm nicht, seinen Entschluß in die Tat umzusetzen? Warum werden die letzten zwei Paragraphen im Präsens erzählt? (88–90)

Allgemeine Fragen

(i) Wer ist der Andere?
(ii) Inwiefern kann man diese Geschichte als Geständnis bezeichnen?

DAS PARKVERBOT

Warum war die Frau des Erzählers nicht damit einverstanden, in einem anderen Stadtteil einzukaufen? In was für einer Stimmung war sie? Warum stellte er sich mitten ins Parkverbot? Warum sagte er seiner Frau, sie möge sich beeilen? Was gab sie ihm mit einem Blick zu verstehen? Wovor hatte er vielleicht schon Angst? Woran erkennt das der Leser? Was passierte in den ersten Augenblicken, nachdem seine Frau ins Geschäft hineingegangen war? Was überlegte er? Warum machte er das nicht? (91–2)

Warum erwähnt er das alles? Warum will er, daß der Leser weiß, seine Stimmung sei nicht die beste gewesen? Inwiefern ist er der Meinung, daß seine Stimmung einen Einfluß auf das folgende Ereignis hatte? Warum behauptet der Erzähler, daß er am Ende in jeder Gemütsverfassung so gehandelt hätte, bevor der Leser weiß, was passiert ist? (92)

Weswegen fiel ihm der Mann auf? Welches Gefühl hatte der Erzähler? Warum? Wie hätten Sie das Verhalten des Mannes gedeutet? Was war vielleicht sein 'rettender Gedanke'? Warum war der Erzähler jetzt der Meinung, daß er ein Dieb sei? Was war das Erstaunliche, das geschah? Warum dachte der Erzähler nun nicht länger, daß er ein Dieb sei? Wie war dem Erzähler nun zumute? Wie hätten Sie sich in dieser Situation gefühlt? Was machte der Mann in dem Wagen? Warum legte er den Finger auf den Mund? (92–4)

Warum sagt der Erzähler, daß er nicht länger Angst zu haben brauchte? Warum waren seine Hände 'Fäuste'? Warum kamen ihm die Worte des Mannes als eine Unverschämtheit vor? Wie sah der Mann aus? Wie deutete der Erzähler den Fleck auf seiner Backe? Was ärgerte den Erzähler zusätzlich? Warum fühlte er sich ratlos? Warum machte er nichts? Warum ist er zornig auf seine Frau? Warum schlägt er sich Mitleid mit dem Mann aus dem Sinn? Was hätte er am liebsten in diesem Augenblick getan? Warum tat er dies nicht? Wie versuchte der Mann, den Erzähler zu beruhigen? Wie reagierte der Erzähler darauf? Was war das einzige, das er sich wünschte? (94–6)

Welcher Gedanke kam dem Erzähler sehr spät? Wie reagierte er, als er die Verfolger des Mannes erblickte? Warum erschrak er? Was fand er einleuchtend? Was fiel ihm dann ein? Was hätte er gern gewußt? Warum? Warum fragte er den Mann nicht? Was wäre die einzige Rettung für den Mann gewesen? Warum fuhr der Erzähler jetzt nicht los? Was erkannte er in seinem Gedankengewirr? Was sind 'die vielen guten Gründe', die er erwähnt? Warum nennt er sie nicht? Wie ging die Verhaftung vor sich? Was vermutete der Erzähler nach der Verhaftung? Wie deuten Sie den letzten Satz der Erzählung?

Allgemeine Fragen

(i) Was ist Ihrer Meinung nach der Grund dafür, daß der Autofahrer seine Geschichte erzählen muß?
(ii) Inwiefern gelingt es dem Erzähler, seine Handlungsweise vor dem Leser zu rechtfertigen?

DAS EINE ZIMMER

Wie lang war die Wartezeit? Stimmt es, daß die Frau im Wohnungsamt so aussah, als ob sie die Wünsche des Erzählers für übertrieben hielt? Was ist Ihrer Meinung nach der Grund dafür, daß ihm alle überzeugenden Sätze entfallen waren? Welches Bild wird an dieser Stelle von der Frau vermittelt? Was wollte sie zuerst feststellen? Was sagte der Erzähler über seine damaligen Wohnverhältnisse? Warum stellte er den Antrag erst jetzt? Worauf war er gefaßt, Was hätte er geantwortet? Was war vielleicht der Grund dafür, daß die Frau die von ihm erwartete Frage nicht stellte? Was wunderte den Erzähler? (99–100)

Welches waren seine Ansprüche? Wie reagierte die Frau darauf? Was hatten der Erzähler und seine Braut beschlossen? Wie standen sie zu der Frage von Kindern? Wie erklärte der Erzähler der Frau die vier Zimmer, die er für nötig hielt? Warum war der Name 'Probierzimmer' irreführend? Wozu wollten er und Hannelore dieses Zimmer? Inwiefern barg ein solches Zimmer ein 'Geheimnis' für sie? Worauf freuten sie sich vor allem? Wie reagierte die Frau im Wohnungsamt darauf? Warum legte sie den Hörer zurück? War es dem Erzähler ernst mit dem vierten Zimmer? Was gefiel der Frau an seiner Aussage? Warum war er so geradeheraus? (100–2)

Was sind die Zeichen dafür, daß die Frau ihm nicht glaubte, das vierte Zimmer sei sein Ernst? Wie versuchte er die Frau zu überzeugen, daß es kein Witz sei? Was schlug die Frau vor? (102–3)

Inwiefern hatten der Erzähler und seine Braut mit solchen Schwierigkeiten gerechnet? Inwiefern waren sie bereit, sich einzuschränken? Warum wollten sie über ihren Antrag so offen sein – aus Wahrheitsliebe etwa? Warum war die Niedergeschlagenheit des Erzählers 'kalkuliert'? Inwiefern war er nun bereit, sich der Behördenmeinung anzuschließen? Warum erschrak er? Warum bat er um einen neuen Termin? (103–4)

Wie war die Stimmung im Amtszimmer bei seinem zweiten Besuch? Inwiefern hatten es sich der Erzähler und seine Braut anders überlegt? Fühlten sie sich betrübt oder beruhigt? Wie wollten sie auf eine möglich starre Haltung der Behörde reagieren? (105)

Was für einen Rat gab die Frau dem Erzähler? Wie war (laut der Frau) nun am besten bei der Behörde zu einer Dreiraumwohnung zu kommen? Welches Bild von der Frau wird in dieser Szene vermittelt? Was war der Grund für die Beharrlichkeit des Erzählers? Wie reagierte die Frau auf seine Erklärung? Auf wieviele Zimmer hatte er jetzt rechtmäßigen Anspruch? (105–6)

Was machte ihn entschlossen? Wie wollte er die zwei Zimmer aufteilen? Was hoffte er von seiner Unnachgiebigkeit? Inwiefern hatte er mit der jetzigen Reaktion der Frau gerechnet? Was wollte er jetzt nur noch? Was hatte er vorhergesehen? Warum war für ihn und seine Braut ein Zimmer genauso gut wie zwei? Warum brauchten sie weder Bad noch Küche mehr? Wovon war die Frau nun überzeugt? Wohin sollte er nun ihrer Meinung nach mit seinen Problemen gehen? Was ist nun das Schlimmste für das junge Paar? Glauben sie noch, daß das Zimmer so wichtig ist? (106–8)

Allgemeine Fragen

(i) Mit welcher Figur identifizieren Sie sich – mit dem Erzähler, der Frau im Wohnungsamt oder mit keiner von beiden? Geben Sie Ihre Gründe an.
(ii) Inwiefern ist der Antrag tatsächlich ernstzunehmen?

2: Materialien

The material in this section is taken from a variety of sources intended to help students to approach the various stories from different angles and to encourage them to examine the works in the light of issues raised in the Introduction. The topics covered are: the treatment of the Jews during the period of National Socialism; aspects of its literary representation; critical reactions to the stories in the West German press; role-playing; the Stasi; Becker's view of East and West Germany and of opportunism; psychological definitions relevant to the author's concerns; Marxist alienation; and housing in the GDR. Some passages are intended to tax the advanced reader more than others (particularly the ones on psychological definitions and Marxist alienation).

GETTO AND HOLOCAUST

[1] *10. Dezember 1939, Lodsch (Lodz). – Rundschreiben des Regierungspräsidenten zu Kalisch, Uebelhoer, an die örtlichen Partei- und Polizeibehörden sowie an die wirtschaftlichen Institutionen über Errichtung eines Gettos in Lodsch.*

Geheim
Streng vertraulich

Bildung eines Gettos in der Stadt Lodsch

In der Großstadt Lodsch leben m.E. (*meines Erachtens* – ed.) heute ca. 320 000 Juden. Ihre sofortige Evakuierung ist nicht möglich. Eingehende Untersuchungen aller in Frage kommenden Dienststellen haben ergeben, daß eine Zusammenfassung sämtlicher Juden in einem geschlossenen Getto möglich ist. Die Judenfrage in der Stadt Lodsch muß vorläufig in folgender Weise gelöst werden:

1. Die nördlich der Linie Listopada (Novemberstraße, Freiheitsplatz, Pomorska) Pommerschestraße wohnenden Juden sind in einem geschlossenen Getto dergestalt unterzubringen, daß einmal der für die Bildung eines deutschen Kraftzentrums* um den Freiheitsplatz benötigte Raum von Juden gesäubert wird, und zum anderen, daß der fast ausschließlich von Juden bewohnte nördliche Stadtteil in dieses Getto einbezogen wird.
2. Die im übrigen Teil der Stadt Lodsch wohnenden arbeitsfähigen Juden sind zu Arbeitsabteilungen zusammenzufassen und in Kasernenblocks unterzubringen und zu bewachen. ...

Weiterhin sind folgende Vorarbeiten zu leisten:

1. Festlegung der Abriegelungseinrichtungen (Anlage von Straßensperrungen, Verbarrikadierungen von Häuserfronten und Ausgängen usw.).
2. Festlegung der Bewachungsmaßnahmen der Umgrenzungslinie des Gettos. ...

Nach Erledigung dieser Vorarbeiten und nach Bereitstellung der genügenden Bewachungskräfte soll an einem von mir zu bestimmenden Tag schlagartig die Errichtung des Gettos erfolgen, das heißt, zu einer bestimmten Stunde wird die festgelegte Umgrenzungslinie des Gettos durch die hierfür vorgesehenen Bewachungsmannschaften besetzt und die Straßen durch spanische Reiter und sonstige Absperrungsvorrichtungen geschlossen. Gleichzeitig wird mit der Zumauerung bzw. anderweitigen Sperrung der Häuserfronten durch jüdische Arbeitskräfte, die aus dem Getto zu nehmen sind, begonnen. ...

Gleichzeitig bzw. kurz nach Erstellung des Gettos sind die außerhalb des Gettos wohnenden arbeitsunfähigen Juden in das Getto abzuschieben. (Sicherheitspolizei, Ordnungspolizei, Stadtverwaltung). Die durch dieses Abschieben der Juden im übrigen Teil der Stadt freigewordenen Wohnungen sind gegen unbefugte Eingriffe zu sichern. Gegen Juden, die beim Vertreiben aus ihren Wohnungen böswillige Zerstörungen vornehmen, sind die schärfsten Mittel anzuwenden. ...

Die Erstellung des Gettos ist selbstverständlich nur eine Übergangsmaßnahme. Zu welchen Zeitpunkten und mit welchen Mitteln das Getto und damit die Stadt Lodsch von Juden gesäubert wird, behalte ich mir vor. Endziel muß jedenfalls sein, daß wir diese Pestbeule restlos ausbrennen.

bez. Uebelhoer

(*Faschismus – Getto – Massenmord*, Jüdisches Historisches Institut Warschau, Berlin (GDR), 1960, pp. 79–81)

*The population of Lodz included 90,000 ethnic Germans, the largest number of 'Volksdeutsche' of any Polish city. Lodz and the surrounding area were eventually 'Germanised' – the name of the city was changed to Litzmannstadt, streets were given German names, the administration passed into German hands and German became the sole official language.

(a) Uebelhoer spricht von der vorläufigen 'Lösung der Judenfrage'. Was will er damit sagen? Was war für ihn das Endziel?
(b) Was sollte mit den Juden geschehen, die außerhalb des Gettos in Lodz wohnten?
(c) In welcher Hinsicht ist Uebelhoers Schreiben ein Beispiel für die unmenschliche Behandlung der Juden durch die Nazis? Inwiefern wird dies in seinem Sprachgebrauch widergespiegelt?

[2] Wenn sie dem Holocaust nahekommen, wahren die erfahrenen Schriftsteller vorsichtige Distanz. Sie wissen und fühlen, daß sie ihrem Gegenstand nicht direkt entgegentreten können. Sie nähern sich ihm tangential; er muß mit extremer Vorsicht behandelt werden, mittels Strategien mittelbarer und einkreisender Erzählweisen, die den zentralen Schrecken unberührt lassen, aber immer als lauernden Schatten belassen und beschwören. (*Jurek Becker. Begleitheft zur Ausstellung der Stadt- und Universitätsbibliothek Frankfurt a.M.*, ed. H. Hofmann and B. Dugall, Frankfurt a.M., 1989, p. 48)

(a) Wie treten 'erfahrene Schriftsteller' dem Thema Holocaust entgegen?
(b) Inwiefern gehört Jurek Becker Ihrer Meinung nach zu diesen 'erfahrenen Schriftstellern'?
(c) Kommentieren Sie Beckers Darstellung vom Holocaust in *Die Mauer*.

GEGENWART UND VERGANGENHEIT

[3] Ich muß aber sagen, daß mich nie das Thema Faschismus für sich interessiert hat, nie die Ghetto-Geschichte pur. ... Ich halte es für wenig nützlich, heute einen Film zu drehen, der nichts anderes will, als den Leuten von 1975 zu erklären, wie schrecklich das Leben damals war. Ein Kunstwerk wird überflüssig, wenn sein gedankliches Ende in der Vergangenheit liegt. Das, was erzählt wird, unabhängig davon, ob es vor 30 oder 200 Jahren spielt, muß in irgendeiner Korrespondenz zur Jetztzeit stehen. (Jurek Becker, 'Gespräch mit Jurek Becker', *Sonntag*, no. 16, 1975, p. 3)

[4] (*Die Mauer*) Eine Geschichte, die durch ihre gradlinige und ruhige Erzählführung besticht. In ihr offenbart sich die Abnormität der Situation als normal, und in dieser von den beiden Jungen, die den Ausflug über die Mauer unternehmen, als normal empfundenen Situation, die sie nicht durchschauen, wird die Grauenhaftigkeit des Erzählten und des historischen Geschehens nachdrücklich ins gegenwärtige Bewußtsein gehoben. (H. L. Arnold, 'Erzählte Wirklichkeit, Wahrheit unter Zwang', *Deutsches Allgemeines Sonntagsblatt*, 12.10,80, p. 24)

(a) Warum interessiert sich Becker nicht für das Thema Faschismus als solches?
(b) In welchem Verhältnis zur 'Jetztzeit' steht das, was in der Erzählung *Die Mauer* erzählt wird?
(c) Wie wird in dieser Erzählung die Grauenhaftigkeit der Nazizeit 'ins gegenwärtige Bewußtsein gehoben' (Arnold)?

BECKERS DARSTELLUNG DER DEUTSCHEN DER NAZIZEIT IN *DIE MAUER*

[5] Als sie (*die Kinder* – ed.) vor der Mauer stehen, die von außen schwerer zu überwinden ist als von innen, stellt sie ein deutscher Posten. Ja, und nun verdirbt Jurek Becker seine Erzählung. Der Deutsche erweist sich nämlich, kurz gesagt, als das, was man einen *guten* Deutschen nennt. Er hilft den Kindern hinüber. ... Es wird mir jetzt hoffentlich niemand unterstellen, ich bestritte, daß es so was wie *gute* Deutsche gebe, oder wenigstens, daß es sie in jenen Zeiten gegeben habe. Wie käme ich dazu. Es gibt sie, gab sie gewiß auch damals, als man sie sicher eben um dieser Eigenschaft willen offiziellerseits als schlechte *Deutsche* bezeichnet hätte. Aber in einer Geschichte wie dieser hat es sie nicht zu geben. Ich bestreite ihr keineswegs die Wahrscheinlichkeit, dergleichen, in vielerlei Varianten, ist bestimmt vorgekommen, man kann's blindlings für gewiß nehmen. Ich habe auch nichts Grundsätzliches gegen das Kriterium der Wahrscheinlichkeit vorzubringen. Aber es gibt Fälle, wie diesen hier, wo sie den Blick auf die Wahrheit verstellt oder schleierig trübt. Und selbst wenn sie, was ich nicht ausschließen kann, nicht bloß wahrscheinlich, sondern ganz buchstäblich wahr wäre, verstieße eine Geschichte wie diese gegen die Wahrheit, weil sie – ob wahr, wahrscheinlich oder keins von beiden, spielt zuletzt keine Rolle – in ihrem Umkreis, der, so klein er sein mag, doch entweder ein pars pro toto* oder ganz nichtig ist, die Proportionen verschiebt und den Glanz eines Tropfens Menschlichkeit dazu mißbraucht, die Woge der Unmenschlichkeit, in der er sich verliert, täuschend zu überschimmern. (G. Steffens, 'Der Nachteil eines Vorteils', *Merkur*, 34, 1980, pp. 1157–62).

* pars pro toto = ein Teil für das Ganze

(a) Wodurch 'verdirbt' Becker der Meinung dieses Kritikers nach seine Erzählung?
(b) Inwiefern stimmen Sie mit diesem Kritiker überein, daß Jurek Becker auf diese Weise seine Erzählung *Die Mauer* tatsächlich 'verdirbt'?
(c) Inwiefern hätte ein nichtjüdischer deutscher Schriftsteller eine solche Geschichte schreiben können?

DIE ANDEREN GESCHICHTEN IM SPIEGEL DER KRITIK

[6] Gern erzählt Jurek Becker mit belustigtem Kopfschütteln; mit einer Art freundlicher Niedertracht spießt er den Leerlauf unserer verwalteten Welt auf. Hier sind sicher nicht nur die Erfahrungen aus der 'DDR' eingebracht. Die Abrechnung mit Behördenwillkür und staatlich verordnetem Schwachsinn ist bei diesem Autor immer ohne polemische Schärfe.

Becker ist so etwas wie ein schreibender. ... Charlie Chaplin, er kann sich mit einer geradezu tänzerischen Grazie über Abgründe hinwegbewegen. (M.C. Körling, 'Falscher Clown auf falscher Bühne', *Berliner Morgenpost*, 5.2.81)

(a) Wie erzählt Becker nach Meinung dieses Rezensenten?
(b) In welchen Erzählungen 'spießt' Becker 'den Leerlauf unserer verwalteten Welt auf'?
(c) Finden Sie Beispiele für 'Behördenwillkür und staatlich verordneten Schwachsinn' in den Erzählungen *Der Verdächtige, Allein mit dem Anderen* und *Das eine Zimmer.*

[7] Nüchtern und unsentimental richtet (Becker – ed.) seinen Blick auf die Realität – und entdeckt den Schrecken und die Gewalt im Alltag. Harmlose Vorfälle, die jedem widerfahren können, wachsen sich unvermittelt zu Bedrohungen aus. ... In Beckers Buch werden ... gegenwärtige Geschichten, die übrigens fast immer 'offen' enden, ausdeutbar sind und weitergesponnen werden können, aneinandergereiht. (Claus-Ulrich Bielefeld, 'Schrecken im Alltag', *Der Tagesspiegel*, 7.12.80, p.60)

(a) In welchen Erzählungen entdeckt Becker Ihrer Meinung nach 'den Schrecken und die Gewalt im Alltag'? Nennen Sie Beispiele.
(b) Ist es richtig, zu behaupten, daß man in Beckers Erzählungen 'harmlose Vorfälle' findet, 'die jedem widerfahren können'? Geben Sie Gründe für Ihre Antwort.
(c) Inwiefern ist es richtig zu behaupten, daß Beckers Geschichten 'offen' enden? Wenn dem so ist, warum enden sie 'offen'?

CHARAKTERROLLEN

[8] Die Charakterrollen, die Becker in seinen Geschichten oder eigentlich Monologen ... mit geradezu selbstquälerischer Genauigkeit übernimmt, leuchten uns in ihren menschlich-allzumenschlichen Befangenheiten so ein, daß wir um ein Haar bereit wären, diese problematischen Zeitgenossen, zumeist aus dem Behördenapparat, eigentlich ganz sympathisch zu finden – wenn uns nicht plötzlich der Gedanke überfiele, daß der Autor die Rollen dieser Feiglinge, Konformisten, Bürokraten ... nur deshalb bis zu Ende durchspielt, um sie uns mit Samthandschuhen zu entblößen und als Warnung zur Schau zu stellen; und wenn uns da einer weismachen will, warum er einen in seinem Wagen versteckten Flüchtling an die Polizei verriet, dann ist längst, während er noch spricht, ein moralisches Ermittlungsverfahren gegen ihn im Gange, und je mehr er an unsere

Sympathien appelliert, desto entschiedener spricht sein Text gegen ihn. (P. Demetz, 'In der Rolle des Feindes', *Frankfurter Allgemeine Zeitung*, 4.10.80)

(a) Was für Charakterrollen übernimmt Becker in den Erzählungen *Der Verdächtige, Allein mit dem Anderen, Das Parkverbot* und *Das eine Zimmer*? Wozu übernimmt er diese Rollen?
(b) Welche Charaktere in diesen vier Erzählungen finden Sie sympathisch bzw. unsympathisch? Geben Sie Gründe an.

DER STAATLICHE VERDACHT

[9] Die Wirklichkeit, von der man redet, wenn man von der ehemaligen DDR redet, hat die Darstellung George Orwells übertroffen. Die Staatssicherheit entpuppt sich immer mehr als das monströse Hirn eines Staates, dessen innerste Motivation Angst, Bosheit und ungeheuere Anmaßung waren. Irgendwo in diesem Lande lagern unzählige Bücher und Akten über Millionen von Menschen. Hier ist fast jedes Detail ihres Lebens notiert. Hier wurde aber auch, wie wir jetzt wissen, das Leben dieser Menschen gelebt. In diesen Akten steht, wer wann und wie wem begegnen sollte; sie sind in einer gar nicht mehr faßbaren Faktizität Textbücher für das Leben. Allein im Berliner Zentralarchiv befinden sich 18 Kilometer Personendossiers, 11 Kilometer 'Operative Vorgänge' (also Überwachung von einzelnen Personen). 'Allein die F16-Kartei', berichtet Joachim Gauck, 'die die Klarnamen aller erfaßten Bürger enthält, ist anderthalb Kilometer lang'. Noch einmal anders: 180 000 Meter Akten hat die MfS* hinterlassen. Ein Meter Akten enthalten 10 000 Blatt Papier, auf denen bis zu 70 Vorgänge erfaßt sind. Die Dunkelziffer des vernichteten oder nicht erfaßten Materials liegt weit höher. Das in den Außenarchiven verwahrte Material ist dabei überhaupt nicht berücksichtigt.

Niemand kann ermessen, was es bedeutet, wenn fast vierzig Jahre lang mit steigender Intensität ein Land und seine Bürger überwacht werden. Einen vergleichbaren Fall kennt die Geschichte nicht. (Frank Schirrmacher, 'Verdacht und Verrat', *Frankfurter Allgemeine Zeitung*, 5.11.91, p. 33)

*MfS = Ministerium für Staatssicherheit

(a) Was ist 'das monströse Hirn', von dem hier die Rede ist?
(b) Sprechen spezifische Einzelheiten dafür, daß 'das Auge des Staates' (69) in *Der Verdächtige* diesem 'monströsen Hirn' gehört?

DIE MENSCHEN IN OST UND WEST

[10] Wohin man aber blickt, leben die Menschen im Bewußtsein ihrer **Ohnmacht**. Sie haben das Gefühl, **von den wichtigen Entscheidungen ausgeschlossen zu sein**, in der östlichen wie in der westlichen Welt; sie haben das Gefühl, daß es auf sie nicht ankommt. Ihre Zustimmung kümmert niemanden, ihre Ablehnung fällt nicht ins Gewicht. Sie werden von ihren Staaten mit stets zunehmender Dreistigkeit behandelt, angeblich zu ihrem eigenen Nutzen. Sie sind **ständig verunsichert**, in einem **Zustand permanenten Unbehagens**, so daß für die allermeisten **das Sichanpassen** und **das Verbergen ihrer Zweifel** zur **normalen Existenzform** *geworden ist. Dabei geschieht so gut wie nichts von alledem unter richtigem Namen; denn im Verhältnis zwischen Staat und Bürger ist es eine Selbstverständlichkeit,* **die Dinge mit ihrem Gegenteil zu bezeichnen**: Die **geistige Verkrüppelung** wird freie Entfaltung genannt, **das eingeschüchterte Kopfnicken** freie Meinungsäußerung, Engstirnigkeit heißt freie Willensbildung, Indoktrination freie Meinungsbildung, **Gehorsam Freiwilligkeit**. (Jurek Becker, *Die Zeit*, 20, 13.5.83, p. 42)

(a) In welcher Hinsicht sind, laut Becker, die DDR und die Bundesrepublik einander ähnlich?
(b) Inwiefern äußern sich diese Ansichten Beckers in den letzten vier Erzählungen? (Schenken Sie den fettgedruckten Wörtern ganz besondere Aufmerksamkeit.)
(c) Finden Sie in den Erzählungen Beispiele für 'Dinge, die mit ihrem Gegenteil bezeichnet' werden.

OPPORTUNISMUS

[11] 'Was ich weiß und was mir bewußt ist: daß Opportunismus immer ein reizvolles Thema für mich gewesen ist – die Wurzeln von Anpassung, die Gründe von Anpassung, die Folgen von Anpassung. Und Meinungslosigkeit oder vorgegebene Meinungslosigkeit ist ein wesentlicher Begleitumstand von Opportunismus. Nahezu alle meiner Hauptfiguren sind dieser Gefahr ausgesetzt – ob sie ihr erliegen oder nicht ist eine andere Frage. ...' Woher kommt dieses Interesse? 'Es ist mir in der DDR gewachsen; sicher nicht zufällig. ...' (Quoted in *Alles erfunden: Porträts deutscher und amerikanischer Autoren*, V. Hage, Reinbek bei Hamburg, 1988, p. 51)

(a) Was versteht Becker unter 'Opportunismus'?
(b) Welche Geschichten handeln von Opportunismus? Welche Figuren erliegen dieser Gefahr?

PSYCHISCHER DRUCK – EINIGE DEFINITIONEN

[12] **Abwehrmechanismen** (*defence mechanisms/reactions*): Von S. Freud als 'hypothetische mentale Apparate' bezeichnete Annahme komplexer unbewußter innerer Reaktionsprozesse, die das 'Ego' einleitet, um unerwünschte oder von Sanktionen bedrohte Triebimpulse aus dem 'Id' (Es) abzuwehren, wodurch sich relativ überdauernde Strategien der Abwehr entwickeln können. Im Unterschied zum sogenannten Bewältigungsverhalten (*coping*) gelingt eine vollständige Abwehr bzw. konfliktfreie Impulshemmung nur in den seltensten Fällen; daher gelten Abwehrmechanismen und die mit ihnen in Verbindung stehenden pathogenen Konflikte in der Psychoanalyse als Hauptursachen von Neurosen. (*Wörterbuch zur Psychologie*, ed. W. D. Fröhlich, Munich, 1987, p. 35)

(a) Was sind Abwehrmechanismen?
(b) Warum gelten Abwehrmechanismen als Hauptursachen von Neurosen?

Konflikt (*conflict*): Allgemeine Bezeichnung für einen Zustand, der dann auftritt, wenn zwei einander entgegengerichtete Handlungstendenzen oder Antriebe (Motivationen) zusammen auftreten und sich als Alternativen in bezug auf ein Ziel möglichen Handelns im Erleben des Betroffenen äußern. Dieses Erleben führt zu Spannungen emotionaler Art, die oft als unangenehm empfunden werden. Die psychoanalytische Deutung dieses Erlebens geht von der Annahme aus, daß es durch 'Verdrängen' der einen von beiden Handlungstendenzen zu Symptombildungen von der Art der Neurose kommen kann, sofern der Konflikt eine nur ungenügende Lösung gefunden hat. (*ibid.*, p. 210)

(a) Wann treten Konflikte auf?
(b) Was kann zu einer Neurose führen?

Verdrängung (*repression*): Allgemeine und umfassende psychoanalytische Bezeichnung für einen Abwehrmechanismus, dessen Funktion darin gesehen wird, übermächtige Triebansprüche und damit verbundene Handlungen, Einstellungen, Erlebnisinhalte und Vorstellungen ohne Hinterlassen von Erinnerungen aus dem Bereich des bewußten Erlebens (Bewußtsein) in das Unbewußte zu verlagern, so daß sie nicht mehr bewußt verfügbar sind. Als allgemeine Ursache des Einsetzens dieses Abwehrmechanismus nimmt man den umfassenden Konflikt zwischen Lust- und Realitätsprinzip an. Die in das Unbewußte verlagerten Ansprüche sind jedoch ohne Wissen des Betroffenen weiterhin Motor für sogenannte

Ersatzhandlungen oder -vorstellungen (z.B. Fehlleistungen,* Träume), aus deren Analyse der Psychoanalytiker die verdrängten Inhalte durch Deutung erschließt. Verdrängung wird auch als Ursache für neurotische Formen der Fehlanpassung und -handlung angenommen. (*ibid.*, p. 354)

* Freudian slips

(a) Was wird als die Funktion von Verdrängung gesehen?
(b) Was wird als Ursache des Einsetzens dieses Abwehrmechanismus abgenommen?

Fehlanpassung (*maladjustment*): Der Zustand eines Individuums, das nicht in der Lage ist, sich seiner physikalischen, beruflichen und sozialen Umwelt gemäß zu verhalten, verbunden mit Rückwirkungen auf Erleben und künftiges Verhalten. (*ibid.*, p. 142)

Lustprinzip (*pleasure principle*): Psychoanalytische Bezeichnung für das Streben nach unmittelbarer Erfüllung von Triebansprüchen durch Erreichen des betreffenden Zieles bzw. einer entsprechenden Vorstellung (Phantasie). (*ibid.*, p. 228)

Realitätsprinzip (*reality principle*): Psychoanalytische Bezeichnung für einen Teil des 'Ich', der das Verhalten gemäß dem Lustprinzip (pleasure principle) den Erfordernissen der Umwelt anpaßt, jedoch in der Weise, daß daraus Lustgewinn bezogen werden kann. (*ibid.*, p. 289)

(a) Inwiefern wäre es legitim, *Allein mit dem Anderen* psychoanalytisch zu deuten, etwa als erzählerische Darstellung von Abwehrmechanismen im Inneren eines Individuums?
(b) Inwiefern haben wir in der obenerwähnten Erzählung ein Beispiel für neurotische Fehlanpassung und für den Konflikt zwischen Lust- und Realitätsprinzip?

MARXISTISCHE ENTFREMDUNG – DER ANDERE MENSCH

[13] **Entfremdung:** gesellschaftliches Verhältnis, in dem die Menschen von den Produkten, Produktionsbedingungen, gesellschaftlichen Beziehungen, Institutionen und Ideen, d.h. von den durch ihre eigene Tätigkeit hervorgebrachten gesellschaftlichen Mächten, als ihnen fremden, von ihrem Willen unabhängigen und über ihnen stehenden Mächten beherrscht werden und deren blindem Wirken ausgeliefert erscheinen. (*Kulturpolitisches Wörterbuch*, Dietz, East Berlin, 1978)

Was verstehen Sie unter 'Entfremdung'? Erklären Sie mit eigenen Worten.

[14] Eine unmittelbare Konsequenz davon, daß der Mensch dem Produkt seiner Arbeit, seiner Lebenstätigkeit, seinem Gattungswesen entfremdet ist, ist die *Entfremdung des Menschen* von dem *Menschen.* Wenn der Mensch sich selbst gegenübersteht, so steht ihm der *andere* Mensch gegenüber. Was von dem Verhältnis des Menschen zu seiner Arbeit, zum Produkt seiner Arbeit und zu sich selbst, das gilt von dem Verhältnis des Menschen zum anderen Menschen, wie zu der Arbeit und dem Gegenstand der Arbeit des anderen Menschen ...

Wenn das Produkt der Arbeit mir fremd ist, mir als fremde Macht gegenübertritt, wem gehört es dann?

Wenn meine eigene Tätigkeit nicht mir gehört, eine fremde, eine erzwungene Tätigkeit ist, wem gehört sie dann?

Einem *anderen* Wesen als mir.

Wer ist dieses Wesen? ...

Das *fremde* Wesen, dem die Arbeit und das Produkt der Arbeit gehört, in dessen Dienst die Arbeit und zu dessen Genuß das Produkt der Arbeit steht, kann nur der *Mensch* selbst sein.

Wenn das Produkt der Arbeit nicht dem Arbeiter gehört, eine fremde Macht ihm gegenüber ist, so ist diese nur dadurch möglich, daß es einem *anderen Menschen außer dem Arbeiter* gehört. Wenn seine Tätigkeit ihm Qual ist, so muß es einem anderen Genuß und die Lebensfreude eines anderen sein. Nicht die Götter, nicht die Natur, nur der Mensch selbst kann diese fremde Macht über den Menschen sein. ...

Man bedenke noch ..., daß das Verhältnis des Menschen zu sich selbst ihm erst *gegenständlich, wirklich* ist durch sein Verhältnis zu dem anderen Menschen. Wenn er sich also zu dem Produkt seiner Arbeit, zu seiner vergegenständlichten Arbeit, als einem fremden, feindlichen, mächtigen, von ihm unabhängigen Gegenstand verhält, so verhält er sich zu ihm so, daß ein anderer, ihm fremder, feindlicher, mächtiger, von ihm unabhängiger Mensch der Herr dieses Gegenstandes ist. Wenn er sich zu seiner eigenen Tätigkeit als einer unfreien verhält, so verhält er sich zu ihr als der Tätigkeit im Dienst unter der Herrschaft, dem Zwang und dem Joch eines anderen Menschen. (Karl Marx, quoted in *Marx Lexikon*, pp. 220–1).

(a) Wer ist der 'andere Mensch', von dem hier die Rede ist?
(b) Welche Aspekte dieser marxistischen Ideen sind für Beckers Erzählung *Allein mit dem Anderen* relevant? Ist etwa dieser 'andere Mensch' bei Becker zum 'Anderen' innerhalb des eigenen Ichs geworden? Oder ist der eigentlich 'Andere' derjenige, der die Geschichte erzählt?

WOHNEN IN DER DDR

[15] Mit der Wohnung kann der Mensch glücklich werden, wenn sie seinen Bedürfnissen entspricht, zumal in einer sozialen Umwelt, die humanistischen Zielen und Errungenschaften verpflichtet ist. In der DDR sind der Wohnungsbau und die Wohnung nicht mehr Spekulationsobjekt von Profitinteressen, sondern eine grundlegende soziale Leistung des Staates.

Ein weiterer wichtiger Aspekt: Im Wohnungsbau der DDR geht es nicht nur um die sprichwörtlichen vier Wände und das Dach über dem Kopf. Das Bedürfnis der Menschen richtet sich auf zweckmäßige Wohnungen in städtebaulichen Ensembles, die gute Bedingungen für die Versorgung und Betreuung aufweisen, mannigfaltige Möglichkeiten der Erholung und Entspannung bieten und mit guten Beziehungen zur Natur entsprechend baukünstlerisch gestaltet sind ...

WIE KOMMT DER BÜRGER ZU EINER WOHNUNG?

Geht es um Wohnungswünsche, so führen sie den Betreffenden zum Bürgermeister im Dorf, in das Rathaus der Stadt, zur Wohnungskommission im Wohnbezirk oder zu seiner gewerkschaftlichen Wohnungskommission im Betrieb. Keineswegs käme der Bürger auf den Gedanken, die Erfüllung seines Wohnungswunsches von seinem Geldbeutel, das heißt seinen Einkünften, abhängig zu machen. Er nimmt sein Recht nach Artikel 37 der Verfassung selbstverständlich wahr, und die Mitarbeiter des staatlichen Organs beziehungsweise die Wohnungskommission beraten gemeinsam mit dem Antragsteller über den besten Weg zum Ziel seiner Wünsche. ...

Entscheidungen über die Wohnraumvergabe werden nach der Dringlichkeit des Wohnraumbedarfes unter Berücksichtigung der sozialen, volkswirtschaftlichen und gesellschaftlichen Erfordernissen getroffen. Deshalb werden kinderreiche Familian, junge Ehepaare und Arbeiterfamilien vorrangig versorgt. ...

Die meisten Bürger melden ihre Wohnungswünsche vorausschauend an, sie können auf der Grundlage gesicherter Existenzverhältnisse – in der DDR gibt es keine Arbeitslosigkeit – ihre persönliche und familiäre Entwicklung planen. In einigen Kreisen und Städten gelingt es schon, rasch auf die Wohnungswünsche zu reagieren. Lange Wartezeiten gehören hier der Vergangenheit an. (*Wohnen in der DDR*, Verlag Zeit im Bild, Dresden, 1984, pp. 10–16)

[16] **Artikel 37:** (1) Jeder Bürger der Deutschen Demokratischen Republik hat das Recht auf Wohnraum für sich und seine Familie

entsprechend den volkswirtschaftlichen Möglichkeiten und örtlichen Bedingungen. Der Staat ist verpflichtet, dieses Recht durch die Förderung des Wohnungsbaus, die Werterhaltung vorhandenen Wohnraumes und die öffentliche Kontrolle über die gerechte Verteilung des Wohnraumes zu verwirklichen. ... (3) Jeder Bürger hat das Recht auf Unverletzbarkeit seiner Wohnung. ... Das bedeutet, daß jeder Bürger das Recht hat, in seiner Wohnung ungestört zu leben, und den Schutz der zuständigen staatlichen Organe in Anspruch nehmen kann, wenn

– ihm der durch die staatlichen Organe ordnungsgemäß zugewiesene Wohnraum ungerechtfertigt entzogen werden soll oder

– Personen unberechtigt in seine Wohnung eindringen oder unbefugt darin verweilen. (*Verfassung der Deutschen Demokratischen Republik*, Berlin, 1969, pp. 161–3).

[17] Während in der Bundesrepublik die Wohnungsversorgung hauptsächlich über den Markt vermittelt wird, ist sie in der DDR staatlich geregelt. ... Über die Wohnraumverwendung entscheiden Wohnungskommissionen, die den staatlichen Organen, den Räten der Kreise, Bezirke oder Gemeinden zugeordnet sind. ... Bevorzugt werden bei der Wohnungsvergabe Personen, die besondere 'Leistungen für den Aufbau der DDR' erbracht haben... Obwohl 1978 der Wohnungsbestand von rund 6,7 Mio. Wohnungen der Zahl der Haushalte entsprach, sind jahrelange Wartezeiten üblich. So müssen jüngere Ehepaare häufig noch über Jahre bei ihren Eltern wohnen.' (*Kulturpolitisches Wörterbuch Bundesrepublik Deutschland/DDR im Vergleich*, Stuttgart, 1983)

(a) Wie war die Wohnungsversorung in der DDR organisiert?
(b) Was für 'Bedürfnisse' (Text 15) des Bürgers durften in Betracht gezogen werden?
(c) Welcher Eindruck von den Wohnverhältnissen in der DDR wird im Text [16] vermittelt?
(d) Wie läßt sich dieser Eindruck mit der Aussage im Text [17] vergleichen?
(e) Inwiefern ist *Das eine Zimmer* als Satire auf die Wohnverhältnisse der damaligen DDR und auf die diesbezüglichen staatlichen Regelungen zu verstehen?

Select bibliography

Previous editions of the stories

Nach der ersten Zukunft, Suhrkamp Verlag, Frankfurt a.M., 1980 (reprinted as suhrkamp taschenbuch 941 in 1983)
Der Verdächtige, FAZ, 19.4.1980
The Wall, translated by Leila Vennewitz, in *Granta*, 6, 'A Literature for Politics', Granta Publications, Cambridge, 1983
Erzählungen, Hinstorff Verlag, Rostock, 1986
Die beliebteste Familiengeschichte und andere Erzählungen, Insel Taschenbuch, Frankfurt a.M. 1992 (includes *Die Mauer*)

Other cited work by Becker

Untitled essay, in *Mein Judentum*, ed. Hans J. Schulz, Kreuz Verlag, Stuttgart, 1978, pp. 8–18
Schlaflose Tage, Suhrkamp Verlag, Frankfurt a.M., 1978
'Strauß', in *L80*, 13, 1980, p. 81
'Ein System von Alarmglocken', in *Mut zur Angst: Schriftsteller für den Frieden*, ed. J. Krüger, Luchterhand, Darmstadt, 1982, pp. 96–106
'Über den Kulturverfall in unserer Zeit', *Die Zeit*, 20, 13.5.1983, p. 42
Warnung vor dem Schriftsteller, Suhrkamp Verlag, Frankfurt a.M., 1990
'Die unsichtbare Stadt', in *Das Getto in Lodz 1940–44* (Ausstellung, Jüdisches Museum), Löcker Verlag, Frankfurt a.M., 1990, pp. 10–11
Untitled essay, translated by Michael Hofmann, *Granta*, 30, Winter 1990, p. 133

Interviews

'Ich glaube, ich war ein guter Genosse', *Der Spiegel*, 31 (30), 18.7.1977, pp. 128–33
'Interview mit Jurek Becker', *Frankfurter Rundschau*, 206, 6.9.1977, p. 7
'Interview mit Jurek Becker', Richard A. Zipser, *Dimension*, 11 (3), 1978, pp. 407–16
'Jurek Becker und das Gleichgewicht', *Der Spiegel*, 34 (10), 3.3.1980, pp. 203–12
'Ich will Ihnen dazu eine kleine Geschichte erzählen (Interview mit Jurek Becker über Schule und Literatur)', *Einmischung*, Weinheim, 1983, pp. 55–6
'Answering Questions about *Jakob der Lügner*', *Seminar*, 19 (4), 1983, pp. 288–92
'Resistance in *Jakob der Lügner*', *Seminar*, 19 (4), Nov. 1983, pp. 269–73
'Politisches Verhalten ist optimistisches Verhalten', *Deutsche Post*, 6, 20.3.1983, pp. 18–19
'Jurek Becker und Günter Kunert werden in Gespräch und Lesung vorgestellt', Helmut Pfeiffer, *Deutsche Autoren heute 6*, Inter Nationes, Bonn, 1984, pp. 4–36
'Interview mit Jurek Becker', Volker Hage, *Die Zeit*, 3.10.1986

'Interview mit Jurek Becker', *Videotext für alle*, ARD/ZDR, Vormittagsprogramm, 16.7.87

Reception of *Nach der ersten Zukunft*

NEWSPAPERS

Heinz Ludwig Arnold, 'Erzählte Wirklichkeit, Wahrheit unter Zwang', *Deutsches Allgemeines Sonntagsblatt*, 12.10.1980, p. 24
Claus-Ulrich Bielefeld, 'Schrecken im Alltag', *Der Tagesspiegel* (Berlin), 7.12.1980
Jorg Bernhard Bilke, 'Kongreß der unbedingt Zukunftsfrohen', *Die Welt*, 27.9.80
Peter Demetz, 'In der Rolle des Feindes', *Frankfurter Allgemeine Zeitung*, 4.10.1980
Peter Ebner, 'Bedingt zukunftsfroh', *Die Furche*, 17.9.1980, p. 10
D. Hammerstein, 'Fingerübungen, Kunststückchen', *Badische Zeitung*, 10.12.80
M. Jahnke, 'Die kindliche Unschuld verloren', *Schwäbisches Tagblatt*, 2.1.1981
Martha Christine Körling, 'Falscher Clown auf falscher Bühne', *Berliner Morgenpost*, 5.2.1982
Hermann Lewy, 'Von Lustlosigkeit überschattet', *Allgemeine Jüdische Wochenzeitung*, 24.7.1981
Paul F. Reitze, 'Jakobs Lüge und der Drang zur Wahrheit', *Rheinische Merkur*, 10.10.1980, p. 37
Erika Stratz, 'Kritik mit Ironie und Humor garniert', *Rheinische Westfälische Zeitung*, 29.8.1981
Jörg Ulrich, 'So tun, als ob die Zukunft schon vorbei sei', *Münchener Merkur*, 24.10.1980
Wolfgang Werth, 'Das Pinguin-Syndrom', *Süddeutsche Zeitung*, 4.11.80, p. 43
Anon., 'Ins Unvertraute', *Neue Zürcher Zeitung*, 28.11.1980, p. 45
Anon., 'Jurek Becker: Das zweite Futur', *Schwäbisches Tagblatt*, 13.12.1980
Anon., 'Jurek Becker', *Stuttgarter Nachrichten*, 12, 5.1.80, p. 17

JOURNALS

F. D. Hirschbach, *World Literature Today*, Autumn 1981, 55 (4), p. 577
Michael Hofmann, 'Rebels and Servants', *Times Literary Supplement*, 10.10.1980, p. 1145
J. Meidinger-Geise, 'Trauma mit Lächeln', *Zeitwende*, 52, 1981, pp. 121–2
N. Schachtsiek-Freitag, *Tribüne*, 19 (75), 1980, p. 192
G. Steffens, 'Der Nachteil eines Vorteils', *Merkur*, 34, 1980, pp. 1157–62

Secondary literature on Becker

N.B. There is no detailed discussion of any of the stories apart from a few observations in S. M. Johnson's general work on Becker and in S. Gölz's article on *Das Parkverbot* (a feminist reading of the story).

Heinz Ludwig Arnold, *Jurek Becker*, Munich, 1992
M. Dorman, 'Deceit and Self-deception: An Introduction to the Works of Jurek Becker', *Modern Languages*, LXI (1), March 1980, pp. 28–36
K. Fingerhut, 'Brief über eine Kafka-Lektüre', *Diskussion Deutsch*, 14, 1983, p. 455

Sabine Gölz, 'Where Did the Wife Go? Reading Jurek Becker's *Parkverbot*', *Germanic Review*, LXII (1), Winter 1987, pp. 10–19
Karin Graf and Ulrich Konietzky, *Jurek Becker*, Munich, 1991
Volker Hage, 'Wie ich ein Deutscher wurde: Jurek Becker', in *Alles erfunden: Porträts deutscher und amerikanischer Autoren*, Reinbek bei Hamburg, 1988, pp. 36–54
Hilmar Hoffmann and Berndt Dugall, *Jurek Becker: Begleitheft zur Ausstellung der Stadt- und Universitätsbibliothek Frankfurt a.M.*, Frankfurt a.M., 1989
Susan Martha Johnson, *The Works of Jurek Becker: A Thematic Analysis*, Chapel Hill, NC, 1986
Sigrid Lüdke-Haertel/W. Martin Lüdke, 'Jurek Becker', in *Kritisches Lexikon zur deutschsprachigen Gegenwartsliteratur*, vol. 1, A–F, ed. H. L. Arnold, edition Text und Kritik, Munich, 1978, pp. 2–11
W. Noll, 'Jurek Becker in Essen', *Litfaß 4*, 13, 1979/80, pp. 104–7
Gerda-Marie Schönefeld, 'Der Liebling von Kreuzberg', *Brigitte*, 9, 1988, pp. 118–24
John P. Wieczorek, 'Irreführung durch Erzählperspektive? The East German Novels of Jurek Becker', *Modern Languages Review*, 88, July 1990, pp. 640–52
Eva Windmöller, 'Jurek Becker', *Der Stern*, 31 (29), 13.7.78, pp. 116–20
Richard A. Zipser, 'Jurek Becker: A Writer with a Cause', *Dimension*, 11 (3), 1978, pp. 402–7

The Polish background

A. Alderson and R. Lapides, *Lodz Ghetto*, New York, 1989
Lucjan Dobroszycki, *The Chronicle of the Lodz Ghetto 1941–1944* (translated by Richard Lourie, Joachim Neugroschel *et al.*, Yale University Press, New Haven and London, 1984
Paul Hilberg, *The Destruction of the European Jews*, Vols. I and II, New York and London, 1985
M. R. Marrus, *The Nazi Holocaust*, vol. 1: *The Victims of the Holocaust*, Westport, CT, 1989. See particularly the following contributions:
(i) Solomon F. Bloom, 'Dictator of the Lodz Ghetto: The strange case of Mordechai Chaim Rumkowski', pp. 295–306
(ii) Bendet Herschkovitch, 'The Ghetto in Litzmannstadt (Lodz)', pp. 340–77
(iii) Shmuel Huppert: 'King of the Ghetto: Morchecai Haim Rumkowski, Elder of the Lodz Ghetto', pp. 307–39
Jüdisches Museum, *Das Getto in Lodz 1940–1944*, Frankfurt a.M., 1990

General works on GDR literature

Ehrhard Bahr, 'The literature of hope: Ernst Bloch's philosophy and its impact on the literature of the German Democratic Republic', in H. Birnbaum and T. Eekman, *Fiction and Drama in Eastern and Southeastern Europe*, Columbus, OH, 1980
Wolfgang Emmerich, *Kleine Literaturgeschichte der DDR* (Erweiterte Ausgabe), Sammlung Luchterhand 326, Darmstadt and Neuwied, 1989
Martin Kane, *Socialism and the Literary Imagination*, Berg, New York/Oxford/Munich, 1992

J. H. Reid, *Writing Without Taboos*, Berg, New York/Oxford/Munich, 1990
Richard A. Zipser, *DDR-Literatur im Tauwetter*, New York, 1985

General background

E. Baumann *et al.*, *Der Fischer Weltalmanach Sonderband DDR*, Frankfurt a.M., 1990
M. Bur and A. Kosing, *Kulturpolitisches Wörterbuch Bundesrepublik Deutschland/DDR im Vergleich*, Stuttgart, 1983
David Childs, *The GDR: Moscow's German Ally*, London, 1983
David Childs (ed.), *Honecker's Germany*, London, 1985
P. C. Ludz, *DDR Handbuch*, Cologne, 1979

Select vocabulary

The Vocabulary covers all three main sections of this edition: Introduction, the five stories and *Arbeitsteil.* It contains neither very basic vocabulary nor expressions mentioned in the Notes to the text. It gives only the meaning which the words have in the context in this edition. Where different meanings arise, they are given in order of their occurrence.

Separable verbs are indicated (**um.bringen**); the vowel changes for strong/ irregular verbs are shown in abbreviated form, e.g. **stoßen, ie, o** and not **stoßen, stieß, gestoßen**; plurals are only given when common or relevant to the stories. The abbreviations are: coll (colloquial), inf (informal), impers (impersonal), jdn (jemanden), jdm (jemandem), jur (legal), mil (military), pej (pejorative), pl (plural), sl (slang), sb (somebody), sth (something).

ab.drücken to fire (gun)
ab.geben, i, a, e to hand in
sich a. mit to bother oneself with
abgebrüht (coll) hard-boiled
abgegriffen well-used
abgesehen von (quite) apart from
ab.gewöhnen, jdm etwas a. to get sb to stop sth
das Abgewöhnen des Rauchens giving up smoking
der Abgrund, üe precipice
ab.halten, ä, ie, a, (von) to keep sb (from)
ab.handeln to deal with
ab.hauen (inf) to clear off
sich ab.kehren von to turn away from
ab.klopfen to brush down
ab.laden, ä, u, a (inf) to dump
ab.legen zu to put sth down to
die Ablehnung disapproval
ab.lenken to distract
der Abnehmer consumer
ab.melden to have (telephone) disconnected
die Abnormität abnormality
die Abrechnung settling of scores
die Abriegelungseinrichtungen (pl) arrangements for sealing off (the ghetto)
ab.schieben, o, o to deport
ab.schneiden, i, i to cut off
ab.schreiten, i, i to pace out
absehbar foreseeable
die Absicht intention
absichtlich deliberately
die Absperrungsvorrichtung, -en barrier for closing off streets
sich ab.spielen to go on (life)
der Abstand distance
ab.suchen, die Gegend a. to scour the area
ab.tasten to feel cautiously
die Abteilung, -en department
die Abteilungsleiterin (female) head of department
der Abtransport evacuation
ab.tropfen to drip
ab.wägen to weigh up
die Abwartenden (pl) those sitting on the fence
ab.wehren to avert; fend off
achten, darauf a., ob to see whether
der Advokat -en, -en lawyer
der Adressat, -en, -en addressee

ahnen to suspect
die **Akte, -n** file **eine A. an.legen** to start a file
albern silly
allenfalls at best
allerdings though
allesamt all of them
der **Alltag** everyday aspects, everyday life
die **Ampel** traffic-lights
sich **amüsieren über** to laugh at
das **Amt** office **von Amts wegen** officially
die **Amtsperson** official
der **Anbetracht, in A.** (+ gen) in view of
an.brennen, a, a to burn
ander, zum anderen secondly
andernorts elsewhere
anderweitig other
an.drohen (+ dat) to threaten
aneinander.reihen to range side by side
die **Anerkennung** recognition, respect
an.führen to cite
der **Anführer** (ring)leader
die **Angabe, -n** detail
angeblich supposedly
das **Angebot** offer
angebracht appropriate
an.kündigen to announce
die **Angelegenheit** matter
angerollt kommen to come rolling along
angestürmt kommen to come storming along
angewiesen auf (+ acc) reliant upon
die **Angewohnheit** habit
der **Angriff, -e** attack
ängstlich timid
der **Anklang, äe** echo
an.kommen, a, o, es kommt auf jdn nicht an sb doesn't matter
an.kündigen to announce
die **Anlage, -en** installation
der **Anlaß, äe** cause
die **Anmaßung** arrogance
an.melden to announce
die **Annahme** assumption
an.nehmen, i, a, o to accept
an.ordnen to order
an.passen (+ dat) to adapt (to)
die **Anpassung** conformity
die **Anprangerung** pillorying
die **Anschauung** view
der **Anschlag, bis zum A.** as far as it will go **im Anschlag** in firing position
die **Ansicht, -en** view
sich **an.schließen, o, o** (+ dat) to follow
ansprechend attractively
der **Anspruch, üe** claim, requirement, demand **etwas in A. nehmen** to claim **A. haben auf** (+ acc) to be entitled to
anspruchsvoll demanding
an.starren to stare at
an.stoßen, ö, ie, o to bump into
an.strengen to be an effort
anteilnehmend sympathetically
an.tippen to tap
der **Antrag, einen A. stellen auf** (+ acc) to make an application for
der **Antragsteller** applicant
an.weisen, ie, ie to show
an.wenden, .wandte, .gewandt, die schärfsten Mittel a. to take the toughest measures
der **Apparat, -e** apparatus
der **Appell, -e** (mil) roll-call
appellieren an (+ acc) to appeal to
die **Arbeitsabteilung, -en** work unit
arbeitsfähig fit for work
die **Arbeitskraft, äe** labour; worker
der **Ärger** trouble
ärgerlicherweise to my annoyance
ärgern to annoy
arglos innocent(ly)
der **Argwohn** suspicion
das **Armaturenbrett** dashboard
ästhetisieren to aestheticise

der **Aufbau** construction
auf.bauschen to blow up (exaggerate)
auf.decken to uncover
auf.fallen, ä, ie, a to attract attention
auffällig conspicuous
das **Aufflackern** spark (of interest)
auf.fordern zu to invite to
die **Aufforderung** invitation
auf.fressen, i, a, e (animals) to eat up
aufgeregt nervous
aufgrund (prep. + gen) because of
auf.heben, o, o to lift (a ban)
die **Auflehnung** rebellion
auf.lösen to dissolve
aufmerksam für aware of
auf.nehmen, i, a, o to take
sich **auf.rappeln** to pick oneself up
aufrechterhalten, ä, ie, a to maintain
aufregend exciting
auf.reißen, i, i to open wide (eyes)
sich **auf.richten** to sit up
auf.rufen, ie, u (zu) to call upon (to be)
auf.schneiden, i, i to cut open
auf.schreien, ie, ie to yell out
der **Aufschub** delay
auf.spießen to impale
das **Aufspüren von Feinden** tracking down enemies
auf.steigen, ie, ie to be promoted
sich **auf.stellen** to line up
auf.tauchen to turn up, emerge, arise
sich **auf.teilen** to be divided up
die **Aufteilung** division
der **Auftrag, äe** task
auf.tragen, ä, u, a, jdm etwas a. to instruct sb to do sth
auf.treten, i, a, e to occur
auf.weisen, ie, ie to show
auf.zählen to list
auf.ziehen, o, o to draw up (curtain); to wind up (watch)
auf.zwingen, a, u (+ dat) to force upon
aus.arbeiten to work out
aus.brechen, i, a, o to break out
aus.brennen, a, a to cauterise
aus.bügeln to make good, iron out
ausdeutbar interpretable
sich **aus.denken, a, a** to think up
aus.drücken to stub out (cigarette)
auseinander.laufen, äu, ie, au to spread
auseinander.setzen to explain
aus.fallen, ä, ie, a to not take place
aus.führen to carry out
ausgeglichen (well) balanced
ausgeklügelt cleverly worked-out
ausgeliefert, einer Sache a. sein to be at the mercy of sth
das **Ausgeliefertsein, das A. des einzelnen an die vielen** the fact that the individual is at the mercy of the many
ausgeschlossen out of the question; excluded
ausgerechnet mein Haus! my house, of all the houses!
aus.holen to raise one's hand (to hit sb)
sich **aus.kennen, a, a** to know one's way around
aus.kommen, a, o, (mit, ohne) to get by (with, without)
aus.legen to interpret
sich (dat) **aus.malen** to imagine
die **Ausnahme** exception
aus.rauben to rob sb of all their money
ausreichend sufficiently
die **Ausrottung** extermination
die **Aussage** statement
der **Ausschlag, den A. geben** to be the decisive factor
ausschließlich exclusively
das **Aussehen** appearance

das Außenarchiv, -en outer archives
sich äußern to manifest itself
außerstande unable
aus.setzen (dat) to expose (to); (acc) to offer (reward); to stop
die Aussicht prospect
sich aus.wachsen, ä, u, a (zu) to develop (into)
der Ausweg way out
die Ausweglosigkeit hopelessness
aus.weisen, ie, ie to identify
aus.wringen, a, u to wring out
die Auszeichnung special honour

die Backe, -en cheek
das Bärtchen little beard
baukünstlerisch architecturally
baumeln to dangle
beachten, jdn nicht b. to take no notice of sb
das Beben trembling
bedächtig careful, deliberate
das Bedauern regret
der Bedenken misgiving
sich bedienen (+ gen) to make use of
die Bedingung, -en condition
der Bedränger thing pressurising sb
bedrohlich threatening
die Bedrohung threat
die Bedrückung oppression
das Bedürfnis, -se need
befangen biased
die Befangenheit, -en self-consciousness; prejudice
der Befehl, -e order
der Befehlsgeber issuer of commands
befördern to promote
befriedigen to satisfy
die Begebenheit, -en event
der Begleitumstand attendant circumstance
begreifen, i, i to comprehend
begründen to substantiate, give reasons for
begründet sein in (dat) to have (its) roots in
begütigen to placate
behandeln to treat
die Beharrlichkeit persistence
behaupten to maintain
sich beherrschen to contain oneself
die Behörde, -n authority
der Behördenapparat machinery (of the authorities)
der Behördenangestellte official
die Behördenwillkür arbitrariness of the authorities
behutsam carefully
der Beifall applause
bei.kommen, a, o, jdm. b. to get the better of sb
die Beiläufigkeit casualness
bei.messen, i, a, e, einer Sache Bedeutung b. to attach importance to sth
bei.tragen, ä, u, a (zu) to contribute (to)
belassen, ä, ie, a to leave
beleidigen to offend
belustigt amused
sich benehmen, i, a, o to behave
beneiden to envy
benötigt necessary
der Beobachter observer
die Bequemlichkeit idleness
beraten, ä, ie, a to advise
sich beraten, ä, ie, a (mit) to consult (with)
berechnen to calculate
berechtigt justifiably
die Berechtigung justification
beredt eloquent
der Bereich province; sphere
sich bereit.halten, ä, ie, a to be at the ready
die Bereitschaft preparedness
die Bereitstellung (mil) putting on stand-by
bergen, i, a, o to conceal
berücksichtigen to take into consideration
die Berücksichtigung, unter B. taking into account
beruflich professional
beruhigen to reassure, calm, relieve **sich b.** to feel reassured

berühren to touch
die **Besatzungszone** zone of occupation
beschaffen to get hold of
die **Beschäftigung** preoccupation
bescheiden modest
der **Beschluß, üsse** decision
beschönigen to gloss over
der **Beschützer** protector
beschwören, o, o to conjure up
besetzen to occupy
sich **besinnen, a, o, auf** (+ acc) to remember
die **Besinnung, zur B. kommen** to come to one's senses
besitzen, besaß, besessen to possess
bestechen, i, a, o (durch) to be impressive (because of)
bestätigen to confirm
bestimmen to determine, choose
bestrafen to punish
bestreiten, i, i to deny, dispute
die **Bestürzung** consternation
die **Beteuerung** asseveration
betrachten to look at
betreffend in question
betreiben, ie, ie to conduct
der **Betrieb, -e** factory
die **Betreuung** care
der **Betroffene** the one (really) affected, the person affected
betrüben to grieve
sich **beugen** to bend sich **b. zu** to lean over to
beurteilen to appraise
die **Beute** booty
bevor.stehen, .stand, .gestanden to be imminent
bevorzugen to give preference to
bewachen to guard
die **Bewachungskräfte** men on special guard-duty
die **Bewachungsmannschaft, -en** team of men on guard-duty
die **Bewachungsmaßnahmen** measures for guarding
bewährt well-established
bewältigen to deal with
sich **bewegen** to move
der **Beweggrund, üe** motive
die **Bewegung, in B. setzen** to set in motion
der **Beweis, -** proof
bewilligen to grant, approve
bewirken to bring about
bewußt, sich (dat) **einer Sache b. sein** to be aware of sth
das **Bewußtsein** consciousness **jdm etwas ins B. heben** to make sb conscious of sth
bezeichnen to describe
die **Bezeichnung** description; term
beziehen, -zog, -zogen to obtain
die **Beziehung, -en** connection
der **Bezirk, -e** region
bezug, in b. auf in respect of
bieten, o, o, sich (dat.) **etwas b. lassen** to stand for sth
die **Bildung** formation
billigen to approve
die **Billigung** approval
bisherig previous
bitterernst deadly serious
blank mere
das **Blechauto** toy car (made of tin)
bleiben lassen, ä, ie, a to leave (undone)
der **Blick auf** (+ acc) view of
blindlings blindly
blinken to glint
der **Bogen** arc **einen Bogen gehen, ging, gegangen** to make a detour
die **Bordsteinkante** kerb
die **Bosheit** malice
böswillig malicious
die **Braut** bride-to-be
das **Bremsenquietschen** screeching of brakes
brüllen to bellow
buchstäblich literally
das **Bundeskriminalamt** Federal Criminal Police Office
bunt colourful; varied
der **Bürgersteig** pavement

dafür instead

dahinter.stecken to be behind it
dalli, aber dalli! go on, quick!
der **Damm** road
dar.legen to explain
die **Darstellung** representation
da(r).tun, a, a to lend
die **Dauer, auf die D.** in the long run
dazwischen.treten, i, a, e to intervene
die **Decke, -n** blanket
sich **decken (mit)** to agree with
die **Demütigung** humiliation
der **Denkvorgang, äe** thought-process
deprimieren to depress
derentwegen on account of which
dergestalt in such a way
dergleichen that sort of thing
der **Deut, um keinen D. besser** not one jot better
deuten to point; interpret
die **Deutung** interpretation
der **Dienst** service
die **Dienststelle, -n** administrative department
die **Dienstvorschrift, -en** official regulation
das **Ding, sich guter Dinge fühlen** to feel in good spirits
Donnerwetter, warum zum D. why for heaven's sake
doppelstöckiges Bett bunk
dösen, vor sich hin d. to doze away
dran.geben to give up
drängen to press
drauf und dran sein to be on the point of doing
drehen to turn
die **Dreistigkeit** audacity
die **Dringlichkeit** urgency
dröhnen to boom
die **Drohung** threat
drücken to squeeze
sich **drücken an** (+ acc) to huddle against
dulden to put up with
dumpf drab and oppressive
die **Dunkelziffer** estimated number
das **Durcheinander** confusion
durch.prügeln to give (sb) a beating
durchschauen to grasp (situation)
durchspielen to play through
durch.zählen to count off

ehedem formerly
ehemalig former
der **Ehrgeiz** ambition
ehrlich honest
eigenartig strange
die **Eigenschaft** characteristic, quality
eigentümlich strange(ly)
die **Eile** hurry
einbeziehen, -zog, -zogen to include
sich (dat) **ein.bilden** to imagine
ein.bringen, a, a to earn (also fig), yield; bring in
ein.dringen, a, u (in) to force one's way (into)
ein.fallen, ä, ie, a, jdm e to occur to sb
die **Eingabe** petition
eingehend thorough
der **Eingriff. -e** intrusion
sich **einigen** to agree
einigermaßen to some extent
ein.knicken (knee) to give way
ein.kreisen to consider from all sides
die **Einkünfte** (pl) income
ein.lassen, ä, ie, a to set in
ein.leiten to introduce
die **Einleitung** introduction
ein.leuchten to be clear
einleuchtend reasonable, clear
einmalig unique
sich **ein.mischen** to butt in
ein.reichen to hand in
ein.reißen, i, i to tear
ein.richten to furnish
ein.saugen, o, o, etwas mit der Muttermilch e to learn sth from the cradle

ein.schärfen, jdm etwas e. to impress sth upon sb
sich **ein.schleichen, i, e** to slip in
ein.schüchtern to intimidate
das **Einsetzen** onset
die **Einsicht (in)** (+ acc) insight (into)
ein.sparen to save
ein.sperren to confine
das **Einspruchsrecht** right to object
ein.stecken to put in one's pocket
die **Einstellung, -en** attitude
ein.tauschen gegen to exchange for
die **Eintragung** entry
einverstanden in agreement
das **Einverständnis** consent
der **Einwand, äe** objection
ein.ziehen, .zog, .gezogen, in to move into; to draw in
der **Eisenstab, äe** iron rod
eisern rigid
ekelhaft revolting
empfinden, a, u to feel **das Empfinden, für mein E.** to my mind
die **Empfindsamkeit** sentimentality
empört indignant
die **Empörung** indignation
die **Endlösung** the Final Solution (*extermination of the Jews by the Nazis*)
das **Endziel** ultimate goal
die **Enge** crampedness, narrowness
die **Engstirnigkeit** narrow-mindedness
entblößen to expose
die **Entdeckung** discovery
entfahren, ä, u, a (+ dat) to slip out
entfallen, ä, ie, a, jdm entfallen to slip sb's mind
die **Entfaltung** development
die **Entfremdung** alienation
entgegengerichtet opposed
entgegen.treten, i, a, e to approach
entgegnen to reply
die **Entgegnung** reply
entheben, o, o, jdn einer Sache e. to relieve sb of sth
die **Enthüllung** revealing
entkommen (+ dat) to escape, get away from
entkräften to weaken
die **Entlarvung** exposure
sich **entpuppen** to reveal oneself
entrüstet indignantly
die **Entrüstung** indignation
entscheidend, alles e. all-decisive
die **Entscheidung** decision **eine E. treffen** to make a decision
entschlossen determined
der **Entschluß, den E. fassen** to make the decision
entsetzlich dreadful
entsetzt horrified
sich **entsinnen, a, o** (+ gen) to remember
die **Entspannung** relaxation
entsprechen (+ dat) to suit, correspond (to) **entsprechend** (prep + dat) in accordance with
entwaffnen to disarm
entziehen, -zog, -zogen (+ dat) to take away (from)
das **Erachten, meines Erachtens** in my opinion
erbringen, -brachte, -bracht to produce
das **Ereignis** event
die **Ereignislosigkeit** uneventfulness
ereilen to overtake
erfahren, ä, u, a to find out; (*adj.*) experienced
die **Erfahrung** experience
erfassen to include; record
erfinden, a, u to invent
erfolgen to take place
das **Erfordernis, -se** requirement
erfüllen to fulfil
ergaunern, sich (dat) **etwas e.** to get sth by dishonest means
ergeben, , a, e to reveal **sich ergeben** to present itself

(opportunity); to follow on; **sich e. aus** to result from
erhaben superior
erheblich considerable
die **Erholung** recreation
erkennbar recognizable
die **Erkenntnis** realisation
erlangen to achieve
das **Erleben** experience
das **Erlebnis** experience **der Erlebnisinhalt, -e** content of experience
erledigen to carry out **sich von selbst e.** to take care of itself
erleichtert relieved
die **Erleichterung** relief
erliegen, a, e (+ dat) to succumb to
erlügen, o, o to fabricate
ermessen, i, a, e to calculate
das **Ermittlungsverfahren** (jur) judicial inquiry
ermuntern to encourage
die **Ernsthaftigkeit** seriousness
erpressen to blackmail
das **Erreichen** achievement
die **Errichtung** setting-up
die **Errungenschaft, -en** achievement
der **Ersatz, als E. für** in place of
die **Ersatzhandlung, -en** (psych) substitute (act)
erschießen, o, o to shoot (dead)
erschließen, o, o to open up
erschreckend alarming
erschüttern to shake
erschwindeln to obtain by fraud
ersinnen, a, o to think up
erstbest the first that comes to mind
die **Erstellung** construction
ersticken to suffocate
ertappen (bei) to catch (at)
erträumt imaginary
erwachsen, ä, u, a (Vorteil) to result
erwägen, o, o to consider
erwähnen to mention
erwärmen to cheer
erweisen, ie, ie, sich e. als to turn out to be
erwischen to catch
erzählenswert worth telling
die **Erzählführung** narration
erzwingen, a, u to enforce
der **Esel** ass
ewig perpetual
die **Ewigkeit, seit einer E.** for ages
exaltiert exalted
die **Existenzverhältnisse** (pl) living conditions

der **Fachmann, -leute** expert
die **Fähigkeit** ability
die **Fahrbahn** roadway
fahren, ä, u, a, in einen f. to get into sb
die **Fahrt, in F. kommen, a, o** to get going
die **Faktizität** factuality
der **Fall, äe** case; eventuality
familiär family
faßbar comprehensible
fassen, ins Auge f. to look at
die **Faust, äe** fist
die **Fehlanpassung** (psych) maladjustments
die **Fehleinschätzung, -en** misjudgement
die **Fehlhandlung, -en** (psych) slip
der **Feigling** coward
der **Feind, -e** enemy
feindlich hostile
das **Fensterbrett, -er** window-sill
das **Fensterkreuz** crossbar of the window (cross formed by the window transom and the mullion)
das **Fernglas** binoculars
fertig bringen to manage
fesseln to tie up
fest fixed; firm
die **Festlegung** establishing
feststellbar ascertainable
finster dark and gloomy; shady (dubious)
die **Finsternis** darkness
der **Fleck** spot **ein blauer F.** a bruise
flehentlich imploringly

die Fliege, -n fly
fiehen, o, o to flee
fluchen auf (acc) to curse
die Flucht, auf der F. on the run
flüchten to flee
die Fluchtvermutung assumption that he was on the run
der Flur hall
flüstern (vor sich hin) to whisper (to oneself)
die Folterexzessen (pl) excess of torture
fordern to demand
fördern to encourage
die Forderung demand
die Förderung promotion
förmlich formal
die Formulierung formulation (wording)
die Fortbewegungsart way of moving along
fort.humpeln to hobble off
fort.schaffen to remove
Frage, es kommt nicht in F. it's out of the question
der Fragebogen, -bögen questionnaire
freiwillig voluntar(il)y
fremd strange, alien
der Fremde stranger
die Fremdheit strangeness
die Freude, F. haben an (+ dat) to get pleasure from
der Frieden peace
die Frist deadline
die Frontscheibe windscreen
die Fuge gap
sich fügen (+ dat) to obey
der Fund find
das Fünkchen the slightest glimmer
das Fußgelenk, -e ankle
die Fußspitze, -n tip of the toes, tiptoe

der Gang way of walking; corridor **im Gange sein** to be under way
die Gardine curtain
die Gaskammer, -n gas chamber
das Gaspedal accelerator
das Gattungswesen generic nature
sich gebühren to be proper
der Gedanke, sich (dat) **über etwas Gedanken machen** to think about sth
das Gedankengewirr, in meinem G. in the confusion of my thoughts
gedanklich, ihr gedankliches Ende its end in terms of its ideas
das Gedächtnis memory
die Geduld patience
gefährden to threaten
die Gefährdung danger
Gefallen, jdm einen G. tun to do sb a favour
gefaßt auf (acc) ready for
der Gegenstand, äe subject; object
gegenständlich concrete
das Gegenteil opposite **im G.** on the contrary
gegenüber.stehen, .stand, .gestanden (+ dat) to face
die Gegenüberstellung identity parade
gegenüber.treten, i, a, e (+ dat) to confront
gegenwärtig present(-day)
gegnerisch opposing
das Geheimnis, -se secret; mystery
gehen, vor sich g. to go on
gehorsam obedient
der Gehorsam obedience
der Gehsteig pavement
der Geistesreflex, -e mental reflex
geistig spiritual, mental
gelassen calm
die Gelegenheit opportunity
das Gelenk, -e wrist
gelten, i, a, o (als) to be regarded (as)
gemächlich leisurely
gemäß (+ dat) in accordance with
gemein nasty
die Gemeinde, -n municipality
gemeinsam together **gemeinsame Zeit** time together **g. haben** to have in common

die Gemütsverfassung frame of mind
die Genauigkeit precision
genehmigen to approve
das Genick, -e scruff of the neck
genügen to be sufficient
der Genuß enjoyment
geradeheraus forthright
geradezu almost
geraten an (+ acc) to come to
geraum, seit geraumer Zeit for some time
geräumig spacious
gerecht fair
geregelt well-ordered
gereizt irritable
gern, das will ich g. glauben I can well believe that!
die Gesäßtasche back pocket
das Geschehen events
das Geschehnis, -se event
die Geschichte, -n story; history
geschickt skilful
das Geschiebe pushing and shoving
geschweige denn let alone
die Geselligkeit social intercourse
gespalten split
gestalten to shape
das Geständnis, -se confession
der Gestank stench
die Geste gesture
gestehen, -stand, -standen to confess
geteilter Meinung of different opinions
das Getuschel whispering
gewaltig hoch terribly high
das Gewand, im G. (+ gen) in the guise of
das Gewehr, -e rifle
der Gewehrkolben rifle butt
gewerkschaftlich union
das Gewicht, nicht ins G. fallen to be of no consequence
das Gewissen conscience
gewissenhaft conscientious
die Gewohnheit habit
gewogen (+ dat) favourably disposed (towards)
gießen, o, o to pour
das Gift, -e poison
der Glanz gleam, sparkle
glanzlos dull
die Glasscherbe, -n piece of broken glass
das Gleichgewicht balance
gleichgültig (dat) indifferent; unimportant (to)
das Glück bliss
glücken (+ dat, impers) to manage (to do sth)
gönnen, jdm g. to allow sb
der Gott, die Götter god
gradlinig direct
grauenhaft terrible
die Grauenhaftigkeit horror
die Grazie gracefulness
greifen, griff, gegriffen to get hold of
der Greuel atrocity
der Griff, -e handle
grob course; gross
großartig splendidly
größenmäßig as far as size is concerned
großzügig generous
die Grundlage fundamental principle, basis
grundlegend basic
gründlich thoroughly
die Gründlichkeit thoroughness
grundsätzlich in principle
die Gunst, -en, zu seinen Gunsten in his favour
günstig convenient; favourable
ich war recht g. über ihm I was in a very opportune position above him
das Gut, das höchste G. the greatest good
gutwillig well-meaning

das Haar, um ein H. very nearly
der Halt support
die Haltung, -en stance, attitude
der Halunke, -n, -n rogue
die Handbewegung, -en gesture
das Handeln action

das Handgelenk, -e wrist
die Handlung, -en action; plot
die Handlungsweise way of behaving
die Handschellen (pl) handcuffs
das Handschuhfach glove compartment
das Handumdrehen, im H. in the twinkling of an eye
hartnäckig obstinate
häßlich ugly
die Hast haste
hasten to hurry
hastig hastily
der Hauch breath of air
der Haushalt, -e household
Haut, mit heiler H. unscathed
heftig sharply; violent
der Heimberuf home-based occupation
heimlich in secret
heim.zahlen to pay back
die Heiratsabsicht intention to marry
die Heiterkeit cheerfulness
der Held, -en, -en hero
hell sheer
hellhörig für keenly receptive to
der Helm, -e helmet
heraus.fordern to provoke
sich heraus.stellen to turn out
her.gehen, .ging, .gegangen (vor) to walk along (in front of)
die Herrschaft domination
herum.schleppen to lug around
herumsticken an (+ dat) to embroider away at
herunter.rutschen to slide down
der Herzstich stabbing pain in the chest
heulen to bawl
die Hexe witch
die Hilfsbedürftige the one in need of help
die Hilfskraft, äe assistant
das Hin und Her to-ing and fro-ing
hinab.steigen, ie, ie to descend
hinaus.zerren to drag out
hindern an (+ dat) to prevent from
hinein.gehören to belong in it
die Hinfälligkeit frailness
hingegen on the other hand
hin.rennen, .rannte, .gerannt to run up there
hinterlassen, ä, ie, a to leave (behind)
der Hinweis, -e tip
hinweg.sehen, ie, a, e, über (+ acc) to ignore
der Hinweis pointer
das Hirn brain
hoch.klappen to open up
hocken (pej) to sit around; to crouch
die Höhe height; level
der Höhenunterschied difference in height
der Höhepunkt climax
die Höhle hollow part
holen to take away
der Hörer receiver
die Hüfte, -n hip
hübsch fine (words)
das Hupen hooting (of horns)
hüpfen to jump
husten to cough

der Ich-Erzähler first-person narrator
die Impulshemmung inhibition of impulse
der Inhalt contents
sich irren to be mistaken
irreführend misleading

die Jalousie venetian blind
jammervoll wretchedly
die Jetztzeit present (time)
jeweilig respective
das Joch yoke
das Jod iodine
der Jude, -n, -n Jew
jüdisch Jewish
der Junggeselle, -n, -n batchelor

die Kartei card index
der Kasernenblock, -s barrack-block
der Kauf, in K. nehmen to accept

der Kaufmann, -leute merchant
die Kenntnis, etwas zur K. nehmen to take note of sth **zur K. geben** to inform
der Kerl, -e fellow bloke
keuchen to pant
kinderreich with many children
die Kinderschar multitude of children
die Kiste box
klären to clarify
die Klarheit clarity
der Klarname, -ns, -n uncoded name
klar.stellen to make clear
das Klatschen applause
klattern, es klattert there's a clattering noise
klauen (inf) to pinch (steal)
kleinlich narrow-minded
die Klinke handle
klopfen to beat (heart)
knarren to creak
der Kniff, -e knack
das Kommando command
konsequent consistent
die Kontrolle check
der Kopf, etwas aus dem K. schlagen to put sth out of one's mind
die Kopflosigkeit panickiness
das Kopfnicken nod of the head
das Koppel belt
kraft (+ gen) by the use of
das Kraftzentrum centre of power
krächzen to caw (crow); to croak
kränken to hurt
kränkend hurtful
kraus muddled
der Kreis, -e district
kriegen, zum Leben k. to bring to life
der Kulturbetrieb (inf) culture industry
der Kumpan mate
künftig future
der Kunstlederbezug artificial leather cover
künstlerisch artistic
das Kunststück, -e trick
das Kunstwerk work of art
kurz, zu k. kommen to not get one's fair share
das Kuvert, -s or **-e** envelope

lächerlich ridiculous **die Lächerlichmachung** ridiculing
laden, ä, u, a to load
die Lage situation **nicht in der Lage** not in a position (to)
das Lager camp
lagern to be stored
der Landwirt, -e farmer
die Langeweile boredom
das Laster vice
lästig, jdm l. sein to be a nuisance to sb
die Latte, -n (wooden) slat
lauern to lurk
der Lauf, im Laufe (+ gen) in the course of
die Laufbahn, -en career
die Laune mood **bei L.** in a good mood
die Lebensbedrohung mortal threat
die Lebensfreude joy of living
die Lebenstätigkeit vital activity
das Lederfutteral, -e leather case
lediglich merely
der Leerlauf vain endeavours
leer.spielen to play out
leer.stehlen, ie, a, o to strip
der Leichtsinn negligence
leichtsinnig foolish
leiden, litt, gelitten (an + dat) to suffer (from)
leisten to do
die Leistung, -en service; achievement
der Leiter head (of section)
lenken auf (acc) to direct at
das Licht, jdn hinters L. führen to pull the wool over sb's eyes
die Liebedienerei subservience
die Liquidierung liquidation
das Lob praise
losen to draw lots
lösen to solve
die Lösung solution

los.trappeln to trot off
die **Lücke, -n** gap
die **Luft, L. holen** to take a deep breath
lupenrein pure
der **Lustgewinn** achievement of pleasure
lustig, sich l. machen über to make fun of

die **Macht** power
mächtig powerful
die **Mahnung** reminder
der **Maikäfer** cockchafer
mannigfach various
die **Mantellawine** avalanche of coats
die **Manteltraube** bunch of coats
das **Maß** extent
meinetwegen as far as I'm concerned
die **Meinungsäußerung** expression of opinion
die **Meinungsbildung** shaping of opinion
die **Meinungslosigkeit** lack of any opinions
das **Meisterstück** masterpiece
sich **melden** to answer (telephone); announce one's presence
die **Menschlichkeit** humanity
merkwürdig strange
mißbilligen to disapprove
mißbrauchen to misuse
die **Mißstände** (pl) things which are wrong
das **Mißtrauen** distrust
der **Mistkerl** (sl) the little beggar!
das **Mitleid** pity, sympathy
mit.teilen to inform
die **Mitteilung** statement **jdm M. machen** to inform sb
das **Mittel** means
mittelbar indirect
mittlerweile in the meantime
mit.zählen to count in
die **Motorhaube** bonnet
der **Mund, den M. halten** to keep one's mouth shut
die **Munterkeit** cheerfulness
das **Mützchen** little cap

nachdrücklich emphatically
nacherzählen to retell
nach.forschen to try to find out
nach.geben, i, a, e to give way, give in to
nachlässig sloppy (work)
der **Nachteil, -e** disadvantage
der **Nachwuchs** offspring
nahe.kommen, a, o to approach
nebenbei, ganz n. quite by the way
das **Nebengelaß** small dark adjoining room
der **Nebenton, öe** undercurrent
sich **neigen** to bend down
die **Neigung** inclination
die **Neugier** curiosity
die **Neurose** neurosis
nichtig invalid
die **Niedergeschlagenheit** despondency
die **Niedertracht** malice
niesen to sneeze
das **Nimmerwiedersehen, auf N.** never to be seen again (I hope)
die **Not** plight
der **Notfall, im N.** if necessary
nötig, etwas n. brauchen to need sth urgently
die **Notwendigkeit** necessity
nüchtern sober
der **Nutzen, zu ihrem eigenen N.** for their own benefit

sich **offenbaren** to reveal itself
die **Offenbarung** revelation
offenkundig obvious(ly)
offensichtlich obvious
ohnehin anyway
die **Ohnmacht** impotence
operativ operational
ordnungsgemäß in accordance with regulations
die **Ordnungspolizei** regular (uniformed) police
die **Ordnungswidrigkeit** infringement of the law

örtlich local

packen (bei) to grab, seize (by)
das **Parkverbot, hier ist P.** there's no parking here
pathogen pathogenic
die **Patrone, -n** cartridge
die **Personenschar** crowd of people
die **Pest, jdn wie die P. hassen** to hate sb's guts **die Pestbeule** plague spot
pfeifen, i, i to whistle
die **Pfütze, -n** puddle
der **Pfiff, -e** catcall
das **Pflaster** road (surface)
die **Pflicht** duty
phantasieren to fantasise
pinkeln (inf) to pee
plagen to torment
das **Plänemachen** making plans
das **Portemonnaie, -s** purse
die **Postanweisung** money order
der **Posten** sentry
sich **postieren** to station oneself
prächtig marvellous, splendid; magnificently
prahlerisch boastful
die **Praktik, -en** practice
die **Prämie** reward
die **Pranke, -n** paw
die **Preisgabe (an)** exposure (to)
der **Privatbesitz** private property
die **Probe** rehearsal
der **Puff** (inf) whorehouse
pusten to blow

die **Qual** torment
quälen to torment
sich **quälen vor** to suffer because of
das **Quartal** quarter (year)
die **Quelle** source
quer diagonally

das **Rädchen** little wheel
der **Rand** verge; edge
rasend schnell at a terrific speed
rasseln to rattle
der **Rat, äe** council
ratlos helpless **r. sein** to not know what to do
die **Ratlosigkeit** helplessness
der **Raum** space
räumen to evacuate
rechnen auf (acc) to count on
recht.kommen, a, o, jdm r. to suit sb fine
die **Rechtfertigung** justification
sich **reden um** to talk oneself out of
der **Reiter, spanische R.** (pl) barbed-wird barricades
das **Referat, ein R. halten** to present a paper/project
regeln to control
reglementieren to regulate
reichlich ample
die **Reihe** row
reizvoll alluring
das **Rennauto, -s** racing-car
der **Ressort, -s** department
restlos totally
die **Rettung** salvation
der **Rezipient, -en, -en** receiver
richten, Fragen r. an to direct questions at **r. auf** (+ acc) to direct (towards), point at **sich r. auf** to be directed at **sich r. nach** to let oneself be guided by, go by **r. zu** to turn towards
der **Richter** judge
die **Rolle** role **es spielt keine R.** it doesn't matter
ruckartig jerky
die **Rückenstütze** support for one's back
die **Rücksicht (auf** + acc) consideration (for)
rücksichtslos ruthless
der **Rückspiegel** rear-view mirror
die **Rückverwandlung** changing back again
die **Rückwand (eines Betts)** head-board
die **Rückwirkung, -en** repercussion
der **Rüffel** (inf) ticking-off
ruhig calm

in Runden spazieren to walk round in circles
rutschen to slide
rütteln to rattle **rütteln an** (+ dat) to try to shake; rattle at

die Sache, bei der S. really on the ball
sämtlich all
der Samthandschuh, mit Samthandschuhen (inf) with kid gloves
säubern (von) to clear (of)
sauber.wischen to wipe clean
sanft gentle
saugen, o, o to suck
der Satz, äe sentence
schaben to scrape
der Schaden, ä defect
schaffen, u, a to create
jdm zu s. machen to cause sb bother
das Schafott, -e scaffold
die Scham haben to be ashamed
sich schämen to be ashamed
schändlich disgraceful
die Schärfe sharpness
scharfsinnig astute
die Schätzung estimation
die Schau, jdn zur S. Stellen to make a spectacle of sb
schaudern to shudder
die Scheibe pane
der Schein appearance
scheußlich dreadful
ein schiefes Licht auf jdn werfen to show sb up in a bad light
der Schimmer shimmer
schimpfen to swear
das Schicksal fate
schieben, o, o to push
die Schilderung account
die Schläfe temple
der Schlag, mit einem S. all at once
schlagartig suddenly
die Schlamperei sloppiness
die Schlechtigkeit bad thing
schleichen, i, i to creep
die Schleier veil
schleierig mysteriously
schlenkern to swing
schlüssig conclusive
schmächtig frail
schmählich ignominous
schmieden, Pläne s. to make plans
Schnauze, halt deine S.! (sl) belt up!
schonungslos mercilessly
die Schramme, -n scratch
der Schrank, äe cupboard
schrappen to scrape
der Schrecken horror, terror
der Schriftsteller writer
die Schüssel, -n bowl
die Schublade drawer
der Schubs shove
die Schußwaffe firearm
der Schuster cobbler
schütteln to shake
schütter thin (hair)
der Schutz protection
schützenswert worth protecting
der Schwachsinn idiocy
schweben to float
schwindlig dizzy
seelenruhig as calm as you please
segensreich beneficial
die Sehnsucht longing
die Selbstbegegnung self-encounter
der Selbstbetrug self-deception
der Selbstmord suicide
selbstquälerisch self-tormenting
das Selbstverständliche things which are regarded as a matter of course
die Selbstverständlichkeit, es ist eine S. it is a matter of course
der Selbstzwang self-compulsion
seltsam strange
sensibel sensitive
seufzen to sigh
das Sichanpassen conformity
das Sichbewußtwerden becoming aware
der Sicherheitsgefährder threat to security

die Sicherheitspolizei security police
sichern to secure **s. gegen** to safeguard against
Sicht, einem die S. versperren to block sb's view **auf lange S.** for a long time ahead
der Sieg victory
die Skizze, -n sketch
sonstig other
sonstwer anybody
sorgsam carefully
der Spalt chink
die Spannung, -en tension
der Spätherbst late autumn
der Speichel saliva
die Sperrung blocking off
spitz pointedly
der Splitter splinter
der Spott mockery
der Sprachumfang linguistic range
die Sprechzeit consultation
sprichwörtlich proverbial
spritzen to splash
spucken to split
spürbar noticeably
spüren to feel
das Sprachmodell, -e linguistic model
der Sprung, jdm auf die Sprünge helfen to give sb a helping hand
staatlich by the state
die Staatssicherheit state security
die Stachel prickle
städtebaulich urban development
der Stadtrand outskirts of town
die Stadtverwaltung municipal authorities
der Stand der Angelegenheit the way the matter stands
ständig constantly; regular (meeting-place)
starr intransigent
die Starre stiffness
starren (auf) (+ acc) to stare (at)
Stasi = der Staatssicherheitsdienst (DDR) state security service
statt.finden, a, u to take place
stechen, i, a, o to prick
stecken (hinter) to be, be concelaed (behind)
stecken.bleiben, ie, ie to get stuck
die Steinbaracke stone-hut
der Steinwurf stone's throw
die Stelle, auf der S. on the spot
stellen to catch **sich s.** to position oneself
stemmen gegen to press against
stets always
der Stift, -e pencil
der Stillstand, zum S. kommen to come to a stop
stimmen to make sb feel
die Stimmung mood
die Stirn forehead
die Stockung interruption
der Stoff, -e material
der Stoffball, äe ball made of cloth
stöhnen to groan
stolpern to stumble
stopfen to stuff
stören to disrupt things; disturb
stoßen, ie, o (gegen) to push (against); (knife) to plunge
stottern to stutter
der Strafbescheid notification of a fine
straffen to stiffen
strähnig straggly
das Straßenbild street scene
die Straßensperrung, -en road barrier
die Strebe, -n strut
das Streben nach striving for
streicheln to stroke
streifen to brush against
der Streifen stripe
stülpen über to pull down over
stümperhaft (pej) in an amateurish way
stumpf dull
stürzen, sich ins Unglück s. to plunge headlong into disaster
stützen to support
der Suchende seeker
summen to hum

die Symptombildung, -en formation of symptoms

tagtäglich every single day
die Tagung conference
tänzerisch dance-like
tarnen to disguise
die Tarnung concealment, disguise
die Tätigkeit activity
tauchen to dip
tauschen gegen to exchange for
täuschend deceptively
der Termin date
die Teufelei devilish trick
der Topf, öe pot
das Tor gate
töricht foolish
torkeln to stagger
tragen, ä, u, a to produce a (good) yield
der Treppenabsatz landing
träufeln to let dribble
treiben, ie, ie, die Absicht t. to pursue the intention
treffen, i, a, o to affect
sich trennen von to part with
der Treppenabsatz landing
der Triebanspruch, üe instinctive urge
der Triebimpuls, -e instinctive drive
der Tritt step
der Tropfen drop
der Trost, ein schöner T. some consolation!
trösten to comfort
der Trotz defiance
trüben to cloud
die Tüchtigkeit competence
tückisch malicious
tumb dim
der Türgriff door handle
tuscheln to whisper

sich üben an (+ dat) to practise on
überdauern to be long surviving
übereilen to rush
überein.kommen, a, o to agree
überfallen, ä, ie, a to attack, to come upon suddenly
Überfluß, zu allem Ü to crown it all
überflüssig superfluous, unnecessary
die Übergangsmaßnahme transitional measure
überhöhen to exaggerate
überlassen, ä, ie, a, jdm etwas ü. to let sb have sth
die Überlebensambitionen (pl) desire to survive
die Überlegenheit superiority
die Überlegung consideration, thought
übermächtig superior; overpowering
überprüfen to scrutinise
die Überquerung climb
überschimmern to gloss over
überschreiten, i, i to cross
überstehen, -stand, -gestanden to survive
übersteigen, ie, ie to go beyond
übertreffen, i, a, o to surpass
übertreiben, ie, ie to exaggerate, take too far; overdo things
übertrieben excessively
überwachen to keep under surveillance
die Überwachung surveillance
das Überwachungspersonal surveillance personnel
überwinden, a, u to overcome, get over **sich ü.** to force oneself (to do sth)
die Überwindung will-power
überzeugen to convince
die Überzeugung conviction
die Überzeugungskraft persuasiveness
um, die Stunde ist um the hour is over
um.bringen, .brachte, .gebracht to kill
umfassend comprehensive(ly)
der Umgang contact
die Umgebung environment; surrounding area
umgekehrt the other way round

die Umgrenzungslinie, -n boundary-line
um.kippen to keel over
der Umkreis area
um.sehen, ie, a, e, sich groß u. to make a point of looking round
umspielen to play around with
der Umstand, äe circumstance
umständlich long-winded
der Umweg, -e detour
die Umwelt environment
unabhängig independent
unangestrengt effortless
unangreifbar unassailable
die Unbedachtheit thoughtlessness
unbedingt really
unbefugt unauthorised
das Unbehagen (feeling of) unease
unbelehrbar, Sie sind ja u. you just won't be told
unberechtigt without justification
unberührt unaffected
unbescheiden presumptuous
unbeschwert in a carefree way
unbestimmt vague
unbewußt unconscious
undurchführbar impracticable
die Unentschlossenheit indecision
unerhört unheard of
das Unerklärliche the inexplicable
unerträglich unbearable
unerschütterlich unshakeable
unerwünscht unwelcome
unfähig incompetent
die Ungeduld impatience
ungeeignet inappropriate
ungeheuer outrageous **u. aufpassen** to keep an incredibly good watch out
ungenügend unsatisfactory
ungerechtfertigt unjustly
ungeschehen machen to undo
ungeschickt clumsy
ungestört undisturbed
das Unglück disaster; unhappiness
unheimlich sinister, (frighteningly) disconcerting
die Unlust reluctance
die Unmenschlichkeit inhumanity
unmittelbar immediate; direct
das Unmutszeichen sign of displeasure
unnachgiebig unyielding
die Unnachgiebigkeit intransigence
unnütz useless
das Unrecht injustice
unschlüssig undecided
unselig unfortunate
unsereins people like us
unsichtbar invisible
unsinnig nonsensical
die Unsitte, -n bad habit
der Unterlaß, ohne U. incessantly
unterbrechen, i, a, o to interrupt
unter.bringen, .brachte, .gebracht to accommodate
die Unterkunft, üe accommodation
unterlaufen, äu, ie, au, jdn u. (sport) to slip under sb's guard
unterliegen, a, e (dat) to succumb (to)
untermauern to substantiate
unternehmen, i, a, o to undertake
das Unternehmen venture
unter.ordnen (+ dat) to subordinate (to)
der Unterschied, -e difference
unterstellen to suppose **jdm etwas u.** to imply that sb is doing sth
die Untersuchung, -en investigation
der Unterton, öe undertone
untertreiben, ie, ie to understate
die Unterwürfigkeit obesequiousness
die Unüberlegtheit rashness
unübersehbar incalculably vast
unumgänglich absolutely necessary
ununterscheidbar indistinguishable
unverhüllt open
die Unverletzbarkeit inviolability
die Unvernunft unreasonableness
die Unverschämtheit impertinence
unverzichtbar indispensible

unverzüglich at once
unwürdig undignified
unzählig innumerable
die Ursache, -n cause
das Urteil judgement

verachten to despise
die Verachtung scorn
die Veranstaltung, -en event
die Verantwortung responsibility
die Verbarrikadierung, -en barricading
verbergen, i, a, o to conceal, hide
verblüffen to astonish
sich verbohren in (+ acc) to become obsessed with
der Verdacht suspicion
verdächtigen to suspect
verderben, i, a, o to spoil
verdrängen to repress, suppress
verfahren, ä, u, a (mit) to deal (with)
das Verfahren procedure
verfassen to write
die Verfassung constitution
verflucht nochmal! well I'll be damned!
sich verflüchtigen to be dispelled
der Verfolger pursuer
der Verfolgte victim of persecution
der Verfolgungswahn persecution mania
verfremden to defamiliarise
verfrüht premature
verfügbar available
die Vergangenheit past
vergeblich in vain
vergehen, -ging, -gangen to pass (of time), wear off
vergeuden to waste
vergleichbar comparable
sich vergreifen, i, i to make a mistake
die Verhaftung arrest
das Verhalten behaviour
sich verhalten to behave
die Verhaltensweise, -n way of behaving
das Verhältnis proportion; relationship **für meine Verhältnisse** for me (by my standards)
verhindern to prevent
verkennen, -kannte, -kannt to underestimate
die Verkrüppelung deformity
verlagern to transfer
verlangen to demand
verlaufen, äu, ie, au to run (border)
die Verlegenheit embarrassment
die Verleumdung defamation
sich verlieren, o, o to fade away
verlockend tempting
verlöschen, o, o to fade away
sich vermehren to multiply
vermitteln to arrange
vermuten to assume
vernichten to destroy
die Vernichtung annihilation, destruction
die Vernunft reason
vernünftig sensible
veröffentlichen to publish
verordnen, jdm etwas v. to prescribe sth for sb; decree
die Verordnung order
verpflichtet (+ dat) obliged; committed (to)
verraten, ä, ie, a to reveal (to sb) to tell
der Verrückte (adj noun) lunatic
die Versammlung meeting
verschieben, o, o to postpone; alter
verschweigen, ie, ie (+ dat) to conceal (from)
verschwimmen, a, o to become blurred
verschworen sein to be sworn conspirators
das Versehen oversight; error
versetzen, jdn in die Lage v. to put sb in a position to do **sich v. in** to put oneself in
versichern to assure
versinken, a, u, in (+ acc) to lose oneself in

versorgen to provide for
die Versorgung provision
verspätet delayed
versperren to block
die Verspottung mockery
der Verstand reason **den V. verlieren** to lose one's mind **ohne Sinn und V.** without sense or reason
die Verständigung understanding
sich verstecken to hide
verstellen to obscure **sich verstellen** to act a part
das Versteck, -e hiding-place
verstoßen, ie, o (gegen) to offend (against)
verstritten sein (mit) to have fallen out (with)
vertauschen to mix up
die Verteilung allocation
das Vertreiben aus being turned out of
vertun, a, a to waste
vertuschen to hush up
verunsichern to make unsure
die Verunstaltung disfigurement
verwahren to keep (safe)
verwalten to administer
sich verwandeln in to turn into
die Verwandlung transformation
verwechseln (mit) to mistake (for)
verweigern to refuse
verweilen to stay
verwischen to cover over
verworren confused
verwundert astonished
verzichten auf (+ acc) to do without
die Verzweiflung despair
volkswirtschaftlich economic
vollständig complete
die Vorarbeit, -en preliminary work
voraus.schicken to send on ahead
voraus.sehen, ie, a, e to foresee
die Voraussetzung, -en prerequisite
der Vorbehalt, -e reservation
vorbehalten, ä, ie, a, dies behalte ich mir vor this is up to me
vorbei.spucken to spit past
sich vor.beugen to lean forward
vor.bringen, .brachte, .gebracht to produce, say
voreilig rash
vorenthalten, ä, ie, a, jdm etwas v. to deny sb sth
vorerst for the time being
der Vorfall incident
vor.führen (+ dat) to demonstrate
der Vorgang, äe process; occurrence; dossier
vor.geben, i, a, e to pretend
vor.gehen, .ging, .gegangen to go on
vorgesetzt superior
vor.haben, .hatte, .gehabt to intend
vor.halten, ä, ie, a, mit vorgehaltener Waffe at gunpoint
vorhanden available; in existence
das Vorhandensein existence
vorig previous
vor.kommen, a, o (+ dat) to happen (to); seem
vor.lassen, ä, ie, a to admit
vorläufig for the time being
vor.nehmen, i, a, o to carry out **sich** (dat) **etwas v.** to intend to do sth
vornehm angezogen smartly dressed
vornherein, von v. from the outset
vorrangig as a matter of priority
vorausschauend with regard to the future
der Vorsatz, äe intention
vor.schlagen, ä, u, a to suggest
vor.schreiben, ie, ie to stipulate
vorschriftsmäßig correctly (according to regulations)
vor.sehen, ie, a, e to plan, **v. für** designate for
die Vorsicht caution

vor.stehen, .stand, .gestanden (+ dat) to be at the head of
die **Vorstellung(skraft)** idea; (imagination)
der **Vortrag, einen V. halten** to give a talk
vor.tragen, ä, u, a to put forward **jdm etwas v.** to put sth to sb
der **Vorwand, äe** excuse
vor.werfen, i, a, o, jdm etwas v. to accuse sb of sth
der **Vorwurf, üe** reproach, accusation
vorwurfsvoll reproachfully

wackeln to be loose
die **Waffe, -n** weapon
die **Wahl** choice
der **Wahnsinn** madness
wahren to keep
wahr.nehmen, i, a, o to notice; observe
die **Wahrheit** truth
wahrheitsgemäß in accordance with the truth
die **Wahrscheinlichkeit** probability
sich **wälzen** to roll
wechselnd alternating
weg.fangen, ä, i, a to snatch away
weggetreten! (mil) dismissed!
weg.jagen to chase off
weg.ziehen, .zog, .gezogen to move away
sich **wehren** to put up a fight
weh.tun, a, a to hurt
weichen, i, i (+ dat) to give way (to)
weis.machen, jdm etwas w. to make sb believe sth
weiter.spinnen, a, o to develop further
weltanschaulich ideological
die **Werterhaltung** preservation
werfen, i, a, o, um sich w. to bandy about (words)
die **Werkstatt** workshop
der **Wertmaßstab, äe** yardstick
das **Wesen** nature; being
wesentlich essential **im wesentlichen** essentially
die **Wette** bet
wichtig tun to show off
widerfahren, ä, u, a (+ dat) to happen (to)
wider.spiegeln to reflect
widersprechen, i, a, o (+ dat) to contradict
der **Widerstand** resistance
widerstehen, -stand, -standen (dat) to resist
die **Willensbildung** development of an independent mind
die **Willensstärke** will-power
willkürlich arbitrarily
der **Winkel** corner **in jeden Winkel** in every nook and cranny
winken to wave
wirken to seem
die **Wirklichkeit** reality
wirr weird
das **Wissen** knowledge
der **Witz, -e** joke **Witze machen** to joke about it
die **Woge, -n** wave
das **Wohlwollen** goodwill
der **Wohnbezirk** district of residence
der **Wohnraum** living space
der **Wohnraumbedarf** need for living space
der **Wohnraummangel** shortage of living space
die **Wohnraumvergabe** allocation of living space
die **Wohnraumverwendung** use of living space
der **Wohnungsbestand** stock of flats
die **Wohnungskommission** housing committee
die **Wohnungsvergabe** housing allocation
die **Wohnungsversorgung** provision of housing
wortkarg taciturn
wühlen to rummage
wund, ich suche mir die Augen wund I make my eyes sore searching (for)

sich wundern to be surprised **sich mit keinem Blick w.** to give no sign of surprise
würdelos undignified
die Wurzel, -n root
die Wut rage

die Zahl, -en number
sich zanken to quarrel
zart delicate
die Zauberei magic
der Zauberspruch, üe magic spell
das Zeichen sign
der Zeigefinger forefinger
der Zeitgenosse contemporary
die Zeitumstände (pl) circumstances of the time
zermartern, den Kopf z. to rack one's brains
zerreißen, i, i to tear up
zerren to pull
die Zerstörungen (pl) destruction
zertrampeln to trample on
der Zettel piece of paper
das Ziel, -e objective
zittern to tremble, shake
Zivil, in Z. in civilian clothes
der Zivilist, -en, -en civilian
zögern to hesitate
das Zögern hesitation
der Zorn anger
zu.blinkern to wink at
zücken to draw (weapon)
zu.decken to cover up
der Zufall chance; coincidence
zufällig by accident
die Zuflucht refuge
die Zufriedenheit satisfaction, contentedness
der Zug, üe drag (cigarette)
der Zugang access
zugegen sein to be present
zugestehen, a, a to admit
zugrunde.liegen, a, e (+ dat) to underlie
zuletzt in the end
zumal particularly (as)
die Zumauerung bricking up
die Zumutung unreasonable demand
zu.ordnen (+ dat) to assign (to)
zurecht.falten to fold into shape
sich zurecht.finden, a, u to be able to cope
zurecht.legen to get ready
zurecht.rücken to put straight
zu.reden (+ dat) to persuade
zurück.erstatten to refund
zurück.stoßen, ie, o to push away
zurück.ziehen, .zog, .gezogen to withdraw
die Zusammenfassung concentration
zusammen.fassen (zu) to combine (in)
zusammen.führen to bring together
zusammen.hängen, i, a, das hängt damit zusammen, daß that is connected with the fact that
zusammen.legen to combine
zusammen.rücken to move closer together
zusätzlich in addition
zu.schlagen, ä, u, a to hit out
zuschulden, sich (dat) **etwas z. kommen lassen** to do sth wrong
der Zuspruch (words of) encouragement
der Zustand, äe (mental) state
zustande.kommen, a, o to come about
zuständig responsible, appropriate
zu.stehen, .stand, .gestanden, etwas steht jdm zu sb is entitled to sth
zu.stimmen to agree
die Zustimmung assent, approval
die Zutat, -en extras
zu.teilen to allocate
zuverlässig reliable
zuvor before
zu.weisen, ie, ie to allocate
zuwider unpleasant **es ist mir z.** I detest the idea of it
der Zwang, äe compulsion

der Zweck, -e purpose
    zweckmäßig purpose-built
der Zweifel doubt
zwingen, a, u to compel
der Zwischenfall incident